Manfred Gebhardt

Dietmanns Diamanten sind tödlich

Originalausgabe

D1665346

EINBUCH Buch- und Literaturverlag Leipzig
www.einbuch-verlag.de

EINBUCH Belletristik Edition

copyright 2021 by **EINBUCH** Buch- und Literaturverlag Leipzig
printed in Germany
Umschlaggestaltung: Welle

ISBN 978–3–949234-06-4

www.einbuch-verlag.de

Dieses Buch widme ich meiner Frau, meinen Kindern und meinen fünf Enkelkindern.

Diamanten sind wertvoll,
Freunde unbezahlbar

Die Freiheit der Fantasie ist
keine Flucht in das Unwirkliche.
Sie ist Kühnheit und Erfindung.
Eugene Ionescu

Nun gilt es noch an all denen zu danken, die mitgeholfen haben, dass dies Buch entstehen konnte.

Ich danke meiner **Frau und meiner Familie, Anne und Rainer Groh,** die die Initialzündung ausgelöst haben, **Uli Eberle,** der die Erstkorrektur gelesen hat, **Mirav,** die den israelischen Teil kritisch gelesen hat, meinen Wanderfreunden **Gerhard, Heinrich und Kurt,** die auf den Wanderungen Teile des Buches erzählt bekamen und kritisch hinterfragten, und nicht zuletzt dem Lektor, der hilft, dass das interessant wird

Eins

Es war schon merkwürdig bei dieser Einweihung einer Driving Range Hall. Eine Indoor Anlage. Was für Honoratioren dort anzutreffen waren. Da war der Herr Amtsgerichtsdirektor Bayerl, schön rund und fast keine Haare mehr auf dem Kopf, schon ganz rot im Gesicht, aber nicht von der Sonne. Ihm schmeckten halt der Sekt und dann noch der Lemberger von der Roßwager Halde. Fast alle Zahnärzte aus dem Landkreis und der leitende Medizinische Direktor des Kreiskrankenhauses gaben sich ein Stelldichein. Auch einige Bürgermeister der umliegenden Ortschaften konnte Elmar Garner erkennen. Die Sonne versuchte sich neugierig durch die Wolken zu drücken. Man könnte auch sagen, sie versteckte sich dahinter wie eine orientalische Frau hinter ihrem Schleier oder wie die Frauen, die in die Harems gesperrt waren oder sind, sich hinter den kleinen Öffnungen in den Fenstern vor den Blicken Fremder versteckten und doch sehen konnten, was auf den Straßen vor sich ging.

Garner fragte sich, was der Kameramann, den die Redaktion geschickt hatte und der ihn mit auf die Schwäbische Alb genommen hatte, wohl an Bildmaterial in der Redaktion ablieferte. Es wurden Reden gehalten. Die waren es, seines Erachtens, nicht wert, dass man sie aufnahm oder gar mitschrieb, wie eine Kollegin vom Metzinger Kurier sich abmühte. Es könnte aber auch sein, dass sie an ihrem nächsten Liebes-Heimat-Roman schrieb. Oder war es der Einkaufszettel?

Eigentlich war die schon etwas ältere Kollegin ja recht nett. Ah, sieh mal, der Herr Oberbürgermeister der Kreisstadt war auch da. Wahrscheinlich hielt der auch eine Wahlrede. Oder heißt es nicht, dass einer der Oberbürgermeister sich bei der Range eingekauft hat und nach seiner Pensionierung die Rendite einschiebt. Elmar wollte es nicht mehr wissen. Das gab bloß Ärger. Leider war das Buffet noch nicht eröffnet. Bis es etwas zu essen gab, wollte er bleiben. Es war die beste Gelegenheit, von den Rednern ihre Vortragsnotizen zu bekommen, wenn man sie beim Essen fragt. Vielleicht kann ich dann mit der Kollegin in die Kreisstadt fahren. Sonst müsste ich ein Taxi rufen und das kostet von hier aus doch eine Stange Euros. Er versuchte schon mal, Blickkontakt mit ihr aufzunehmen. Aber sie war in ihre Schreiberei vertieft. Also schlich er sich in die Nähe des Buffets. Ah, sieh mal, der Herr Landtagsabgeordnete Brielmeier war auch gekommen und stand schon am Büffet.

„Guten Tag Herr Brielmeier", begrüßte Elmar ihn freundlich, entgegen seiner wirklichen Gesinnung. Dem Brielmeier sein Grüß Gott fiel etwas knapp aus. Journalisten sind halt nur dann die Freunde der Abgeordneten, wenn sie im Wahlkampf positive Dinge über die Damen und Herren Abgeordneten schreiben. Aber er kann es nicht lassen. So wie er früher international die Finger in die Wunden des Weltgeschehens gelegt hatte, machte Elmar das ab und zu auch heute noch. Wie meinte seine Frau: „Du lässt auch keine Chance aus, dich unbeliebt zu machen." „Aber Lene", erwiderte er dann lachend, „solange du mich liebst und ich dich liebe, brauche ich nicht bei anderen beliebt zu sein." Na ja, damals, nach seinem Unfall, merkte er, dass es doch gut ist, Freunde zu haben.

Zwei

„Hallo, bist du doch gekommen?", rief es vom Rand des Rasens. Die sagen hier Green dazu. Elmar dachte nicht, dass er gemeint war. Aber dann kam eine große athletische Gestalt auf ihn zu. Er war sicher schon etwas älter als Elmar, aber er ging ganz beschwingt und sehr aufrecht. Zuerst wusste Garner nicht, wer der Sprecher war und dass damit das Unheil auf ihn, Elmar, zukam. Aber an den blitzenden Zähnen, Raubtierzähne, meinte er ihn doch zu erkennen. Klar, der ging mal mit Elmar Garner zur Schule. Dadurch, dass Elmar erst als Dreizehnjähriger in die Ortschaft zog, eigentlich zogen seine Eltern um, und ihn hatten sie im Schlepptau, war er nicht allzu lange mit den Klassenkameraden zusammen. Aber wenn er mit ihm in die Schule ging, musste er fast gleichaltrig sein. Junge, sieht der Kerl alt aus, dachte Elmar. Was will er denn von mir. Ich bin doch kein VIP. Vielleicht meint er mich auch nicht.

Elmar drehte sich also um, aber es war niemand hinter ihm, und der ging zielstrebig auf ihn zu. „Ich sehe schon, du kennst mich nicht mehr. Aber es ist auch nicht verwunderlich. Wir haben uns mindestens zwanzig Jahre nicht mehr gesehen. Ich bin Dirk Dietmann und du bist Elmi Garner."

Wie er das Elmi hasste! Wahrscheinlich hat dieser Typ das absichtlich gesagt, damit er wieder einmal merkte, dass er Elmar über ist. Aber er tat ihm den Gefallen nicht, dass er ihn berichtigte. Elmar spielte den Gelassenen. Den Abgeklärten, den nichts mehr erschüttern kann. „Tag auch", drückte er zwischen seinen Zähnen hervor. „Ich hätte es mir denken können, dass du auch bei diesen Leuten bist. Als Zahnklempner kennst du deren Innenleben von der Mundhöhle runter fast bis zum Bauch."

Dietmann lachte und meinte: „Kein Zahnarzt mehr, es hat sich damit, den Leuten in den ungeputzten Mund zu gucken, niente, vorbei. Du hast recht, da sieht man mehr als man will. Vor allem, man riecht mehr."

Elmar überlegte, ob er jetzt Mitleid mit ihm haben sollte. So wie er Dirk Dietmann in Erinnerung hatte, konnte das nur bedeuten, dass Dietmann jetzt ein lukrativeres Geschäft hatte.

Dietmann brachte ihn im Verlauf des Essens so weit, dass er zustimmte, sich mit ihm mal zu treffen. Er würde ihm gerne mehr über sein Geschäft und die Sache mit der Vermögensberatung erzählen. Das war für Garner Grund genug, auf den weiteren Teil des Büfetts zu verzichten. Er schob einen Termin vor, den er noch heute wahrnehmen müsse, und wies darauf hin, dass er, Dietmann, ja wahrscheinlich seine Telefonnummer wisse und man könne dann einen Termin vereinbaren.

Die Kollegin aus Metzingen war auch bereit zu fahren und nahm ihn gerne mit nach Urach, Bad Urach, wie es seit vielen Jahren heißt. In Bad Urach ging er in das Hotel Vier Jahreszeiten. Er brauchte einfach Abstand und Gelegenheit zu resümieren, was das war. Hier in diesem Hause war Geschichte, ein Teil seiner Geschichte. Hier hat er mal vor langer Zeit gekellnert. Es gab ganz schönes Geld und der damalige Besitzer der Gaststätte, der, wie man sehen konnte, sie gut ausbaut hatte, war ein ziemlich netter Kerl. Meistens gab er nach Feierabend im Beatkeller noch einen an die Stammkunden aus. Da musste ihn, Elmar, auch mal der Kochlehrling nach Hause bringen. Seitdem kam er aber immer alleine oder zumindest ohne Hilfe nach Hause. Er aß eine Kleinigkeit und trank ein Glas Barolo dazu. Es kannte ihn niemand. Das gefiel ihm, aber es war auch schade. Es ist doch so, wie Lene gerne sagte: Mach dir Freunde, sonst fehlen sie dir irgendwann.

Nach dem Essen schlenderte er über den Marktplatz mit seinem schönen Brunnen. Er wusste gar nicht mehr, ob es jetzt inzwischen doch das Original war oder ob das Original nach Frankreich transportiert worden war und hier nur eine Kopie steht. Er besuchte noch den Buchladen von Frau Hunziker, den gab es früher in seiner Jugend nicht. Dann ging er über den Marktplatz weiter zum Café BeckaBeck.

Der Mensch ist nie alleine, am wenigsten da, wo er es sich erhofft oder erwartet. So saß dort Wilfried, einer seiner früheren Schulkameraden. Wilfried war älter geworden. Seine rotblonden Haare waren schon sehr licht. Er hatte ein rundes rotbäckiges Gesicht. Die Nase leicht nach vorne unten gebogen. Was ihm beim Wein kosten sehr zugute kam. So war die Nase nahe am Glas und prüfte schon vor dem Gaumen die Kostbarkeit. Er war auch etwas rundlich geworden. Nicht dick. Elmar dachte, dass es nicht schaden konnte, wenigstens einen Ureinwohner zum Freund zu haben, und so setzte er sich zu ihm. Wie nicht anders zu erwarten, begann Wilfried ihn nach seinem Woher und Wohin zu fragen. Garner erzählte Wilfried, mit dessen Arglosigkeit er rechnen konnte, dass er bei der Eröffnung einer Driving Range Hall auf der Alb war und jetzt mal wieder Urach besichtigen wollte.

Wilfried meinte: „Es hodd sich ja ned vil gänderd." Elmar widersprach ihm: „Na ja, gegenüber früher schon. Du bist jetzt Pfarrer." Wilfried korrigierte: „Bredigr, des isch ebbes anderes." „Egal", fuhr Elmar fort, „und auch manches Gute ist nicht mehr da. Zum Beispiel Café Schladerer mit seinen wunderbaren Schwarzwälder Kirschtorten." „Jo, da haschd du scho rechd odr woischt du no jemand, der no einr Veranschdaldung Serviedda einsammeld um sie dahoim als Klobabir odr Schnubftieuch zu verwenda wie des mai Großmuadr gmachd hedd?"

Elmar musste lachen und Wilfried fiel herzhaft mit ein. Wilfried wollte ihn nun überreden, bei einer seiner Versammlungen in seiner Gemeinde einen Vortrag über Fremdenfeindlichkeit zu halten. „Odr du schbrichschd ganz allgemein übr die Weldlag ond warum die Weld in Euroba ond Amerika ond anderswo so nazionalischdisch gworda isch. Des isch do ned chrischdlich. Jesus hedd do gsagd, dass man die Fremdling ufnehma soll ond ned nur der Drumb ban Maura baua wölle mir in Europa dun des au au unsre Grenza. Schdimmd des, dass die Tierka uf die Syra schiessa, wenn sie zu uns komma wolla Und die Schbanier würda des au in Afrika macha?"

Darauf konnte Elmar nur sagen, dass er das von den Türken auch gehört habe. Kollegen von ihm waren dort. Aber sie wollten nicht genannt werden. Wilfried deklamierte dann auch noch: „Es schdehd in der Bibl bei Mose, oda da Levidikus: wenn a Fremdling bei eich wohnd in eirem Land, den solld ihr ned bdrügga. Er soll bei eich wohna wie a Einheimischr undr eich, ond du sollschd ihn lieba wie di selbsd; noh ihr seid au Fremdling gwesa in Ägybdenländle. I bin der Herr eir Godd. Ihr solld ned unrechd handeln im Gerichd, mid der Elle, mid Gewichd, mid Maß. Rechde Waag, rechdes Gewichd, rechdr Scheffl ond rechdes Maß solla bei eich sein; i bin der Herr, eir Godd, der eich aus Ägybdenländle gführd had, dess ihr älle mai Sadzunga ond älle mai Rechde halded ond dud, i bin der Herr."

„Sag mal Wilfried, willst du mich bekehren?", fragte Elmar.

„Ha noi, mir is des bloß eigfalla, weil du ja auch für die Fremde immer eitrittst und in der Hinsicht scho a rechter Kerle bischt."

„Okay, aber ich spreche trotzdem nicht auf eurer Versammlung. Sonst stellt man mich noch in die Ecke der Pietisten. Und jede Farbe, die man mir zusätzlich anhängen will, ist mir eine zu viel. Ich will zwar nicht farblos sein, aber ich glaube, es ist besser, neutral zu sein, und Glaube ist meines Erachtens Privatsache. Ich habe nichts gegen die Pietisten. Es ist immer gut, wenn Leute einen Glauben haben, der ihr Leben positiv beeinflusst. Und noch zum Rassismus: Es gibt einen Prof. Dr. Borwin Bandelow, der ist Psychiater und Neurologe, Psychologe und Psychotherapeut. Der Angstforscher erklärte mit evolutionsbiologischen Erkenntnissen, woher die Angst vor dem Fremden kommt: Aus der Steinzeit, von der Organisation der Menschen in Stämmen. Die Angst half den Urzeitbewohnern beim Überleben. Den Teil des Hirns, in dem diese archaischen Muster abgespeichert sind, bezeichnete er als Angstgehirn. Dieses Angstgehirn habe keinen Hochschulabschluss. Wenn das Angsthirn die Oberhand gewönne, so Bandelow, dann passieren Dinge wie derzeit in Deutschland. Sein Tipp: Reisen, um die Angst vor den Fremden zu verlieren. Soll heißen: Unser Gehirn ist lernfähig, es kann umprogrammiert werden." Elmar fragte Wilfried: „Aber wenn ich dich schon hier treffe, was kannst du mir über Dirk Dietmann erzählen?"

„Willsch mi aushorcha? Abr i kann dir da ned vil erzähla. Der war Zaharzd ond des hedd ihm ned gfalla, glab i, noh hedd er umgesaddeld ond hedd die andeern Zahärzde berada wie sie mehr Geld macha könna. Und anscheinend beräd er sie jedzd wie sie ihr Geld verschdegga könna. Abr es isch bei ihm so a Geldvermehra wie damals beim Herrn Jesus mid d Brodbrogga."

Elmar musste lachen und freute sich über die Offenheit und Nähe zu diesem ehemaligen Schulkameraden.

„Wenn d jedzschd nemma Journalischd bischd, wirschd noh mid ihm zsamma schaffa? Willschd au a baar Brogga abgriega?"

„Wilfried, ich bin Rentner, und ich bin schwerbeschädigt. Seit dem Überfall in Afrika kann ich nicht mehr lange und schon gar nicht mehr schnell laufen. Mein Gehör ist eingeschränkt und ebenso meine Sehfähigkeit." So viele Handicaps hatte er bisher noch niemanden, außer Lene, seiner Frau, eingestanden. Aber er wusste, Wilfried würde das richtig verstehen und nicht als Mitleidhaschen interpretieren. „Weißt du, ich war ja selber schuld und ich bin froh, dass mein Mitarbeiter nichts abbekommen hat. Warum mussten wir auch in das Dorf fahren, vor dem mich alle gewarnt hatten, in das Dorf, in das in den letzten Tagen die Aufständischen einmarschiert waren. Angeblich hatten die Regierungstruppen die Aufständischen schon vertrieben. Du weißt, dass ich immer mehr Sympathie für Rebellen hatte. Also wollte ich sehen, wie die Regierungstruppen gewütet hatten. Aber so weit kamen wir nicht. Wir fuhren auf irgendeine Mine auf. Ich flog mit dem Jeep in die Luft und hielt mich krampfhaft am Überrollbügel fest. Und dann überschlug sich der Jeep in der Luft. Ich fand mich dann in irgendeinem Fahrzeug wieder. Und Wilfried, als sie mich im Flugzeug nach Alemannia geflogen haben und ich zwischendurch trotz Schmerzmittel wach geworden bin, da habe ich auch darum gebetet, weiterleben zu können und einigermaßen alles zu überstehen."

„Des glaub i dir ond i find´s doll, dass du mir des so offa gseid hoschd. I denk, der Heiland hedd des gehörd."

„So mag es sein und jetzt hören wir auf mit der Vergangenheitsbewältigung", beendete Elmar das Gespräch.

Sie tranken ihren Kaffee aus und bezahlten bei der sehr freundlichen Bedienung. Wilfried ließ sich an diesem Tag nicht einladen. Wilfried begleitete Elmar noch zum Zug, und da sie noch eine Weile Zeit bis zur Abfahrt hatten, fragte Elmar ihn nach alten Bekannten. Aber Wilfried kannte auch kaum noch jemand. „Dr Weingärdnr, an den erinnerschd du di doch noch, der des Bierle arg mag, der ischd inzwische gschieda. Na ja ond noh warschd du ja meh mid d andern zsamma, die ned so große Kirchgängr wared. Einige sind wegzoga, manche scho lang. Andere hend sich häuslich niederglassa wie des hald äwweil so is."

Elmar machte Wilfried noch auf eine Anzeige in der Stuttgarter Zeitung aufmerksam. „Frühlingserwachen in Bad Urach erleben im Biosphärenhotel Vier Jahreszeiten."

„Na ja", meinte Wilfried: „Die werda´s nödig haba."

Also erfuhr Elmar nichts Neues.

Inzwischen war der Tag schattig geworden. Er hatte seine einschmeichelnde Wärme verloren. So fuhr Elmar mit dem Zug, von dem angeblich Cem Özdemir mal behauptet hat, dass er,

Cem Özdemir, persönlich dafür gesorgt hätte, dass dies Zügle wieder fahren würde, zurück nach Metzingen. Vielleicht war es so, er erinnerte sich, eine Zeit lang mit dem Bus von Metzingen nach Urach unterwegs gewesen zu sein. Wahrscheinlich ist damals tatsächlich der Zug nicht mehr gefahren. Von Metzingen aus konnte er mit dem Regionalexpress weiterfahren. Den Bericht über die Eröffnung schrieb er im Zug und sandte ihn an die Redaktion in Reutlingen. Da er Zeit hatte überlegte er, dass ihn die Gelassenheit von Wilfried beeindruckte. Ob das mit dessen Glaube zu tun hatte?

Elmar erinnerte sich, dass er in Bad Urach, das damals noch kein Bad war, italienische, spanische, griechische und türkische Freunde hatte. Auch eine Kroatin zählte zu seinen Bekannten. Die Familie Özdemir kannte Elmar nicht. Garner liebte das multikulturelle Flair. Ob die ehemaligen Freunde sich alle inzwischen integriert hatten? Irgendwann integrieren sich alle. Die evangelischen Franzosen nach 200 Jahren.

In Stuttgart fuhr er mit der Straßenbahn zu seinem Häuschen in einem der schönsten Stadtteile Stuttgarts. Dort holte er sich den restlichen Rinderbraten vom Vortag aus dem Kühlschrank, schüttete kräftig Ketchup drauf, garnierte das Ganze mit italienischen Gewürzen und legte dick Käsescheiben obenauf, bevor er das Ganze in der Mikrowelle warm machte und genüsslich verzehrte.

Als Lene, seine Frau, nach Hause kam, erzählte er ihr von dem seltsamen Auftrag seines Redaktionsleiters. Wieso das Blättle von einer Eröffnung einer Driving Range Hall auf der Schwäbischen Alb berichten wollte, war für Elmar nicht ganz schlüssig. Auch die überraschende Begegnung passte nicht in sein Weltbild.

Auch Lene hielt das für eine arrangierte Sache. Sie meinte: „Zu dem Treffen mit Dirk kannst du ja gehen und mal sehen, was er von dir will. Wahrscheinlich bietet er dir einen Job an, bei dem vor allem er davon profitiert. Aber du sitzt dann wenigstens nicht daheim und wartest auf mein Heimkommen."

„Na ja, so ist es auch nicht. Einen Teil der Hausarbeit erledige ja ich. Häufig spiele ich ja mit den Enkeln oder fahre unseren Kleinsten im Kinderwagen spazieren."

Lene war oftmals direkt und Elmar danach verschnupft und sie nahm ihn gerne auf den Arm. Aber beide kriegten sich in der Regel wieder schnell ein. Elmar liebte seine Frau immer noch, und wenn er sie anschaute und ihr ovales ebenmäßiges Gesicht betrachtete, dann spürte er einen leichten Schauer. Aus den grünbraunen Augen strahlte Wärme und sie wirkte oftmals deeskalierend, wenn sich eine Situation verschärft hatte. Wenn die Lippen ein Lächeln zeigten, was häufig der Fall war, dann flammte seine Liebe immer wieder neu auf. Lene wurde jünger geschätzt als sie war, und Elmar hielt sie sowieso immer noch für fünfundzwanzig. Nur eben etwas reifer und vor allem klüger.

Nun, untätig sein, heißt nicht unnütz sein. Unnütz sein, heißt nicht wertlos sein. Unfähig sein, heißt nicht unnütz sein. Wilfried würde sagen: Wir alle bekommen unseren Wert schon dadurch, dass der Schöpfergott uns gewollt und gemacht hat.

Drei

Aus Kohle wird Vermögen

Das Gespräch mit Dirk Dietmann fand eine Woche später in Stuttgart im Café des Schlossgartenhotels in der Nähe des Bahnhofs statt. Obwohl Dietmann tatsächlich mit einem Lamborghini kam, den er ihm nach der Unterhaltung in der Tiefgarage zeigte, wohin sie dann noch gingen, war Elmar nicht besonders von dem Angebot angetan. Der Lamborghini gefiel ihm schon, aber er war sich nicht sicher, ob er das Geschäft für sehr reell hielt. Aber grundsätzlich war er bereit, ein oder zwei Werbeclips mit Freunden zu produzieren. Aber dazu es kam nie.

Während der Besichtigung des Lamborghini fragte ihn Dietmann: „Was weißt du über die Einfuhr von Rohdiamanten in die Europäische Union?"

„Gar nichts", antwortete Elmar. „Warum? Was hast du mit Diamanten zu tun?"

„Sie steigen fast ständig an Wert. Das bedeutet, dass sie als Sicherheit für Einlagen eine gute Möglichkeit sind. Ich habe einige davon in einem Banksafe. Also falls du bei mir einsteigst, solltest du wissen: Rohdiamanten sind nicht sortierte Diamanten, unbearbeitet, nur gesägt, gespalten oder rau geschliffen I-Position: 7102 10, Industriediamanten, unbearbeitet, nur gesägt, gespalten oder rau geschliffen HS-Position: 7102 21, oder andere Diamanten, unbearbeitet, nur gesägt, gespalten oder rau geschliffen HS-Position: 7102 31"

„Das hört sich ja an, als würdest du mir Unterricht geben über Rohdiamanten", unterbrach Elmar.

„Genau das tue ich", antwortete Dirk Dietmann. „Du musst wissen, dass die Einfuhr von Rohdiamanten grundsätzlich nur dann zulässig ist, wenn die Rohdiamanten von einem Zertifikat im Original begleitet werden, dessen Gültigkeit von einer zuständigen Behörde eines Teilnehmerstaates bestätigt wurde. Weiter ist es erforderlich, dass die Rohdiamanten sich in einem versiegelten Behältnis befinden, dessen Versiegelung unverletzt ist und das Zertifikat die Sendung, zu der es gehört, eindeutig ausweist. Warum ich dir das deklamiere? Damit du auf jeden Fall Bescheid weißt, also Mitwisser bist. Ich habe eine Quelle, die mich mit Rohdiamanten beliefert."

„Hör mal, davon will ich gar nichts wissen, ich bin mir ja noch gar nicht sicher, ob ich bei der Vermögensberatung einsteige", unterbrach ihn Elmar.

Dietmann fuhr weiter fort: „Werden diese Rohdiamanten reell eingekauft, decken sie so in etwa die Einlagen ab. Somit habe ich eine ehrliche Sicherung der Einlagen vorgenommen. Aber das Geschäft wird erst interessant, wenn ich die Diamanten günstig einkaufe und wenn ich einen Schleifer finde, der gut genug ist und den Wert der Rohdiamanten durch Schleifen verdreifacht. Wenn ich dem dann eine gute Prämie zahle, bleibt mir immer noch ein Gewinn von 100 Prozent der Einlagen."

Elmar konnte sich immer noch nicht richtig für die ganze Sache begeistern. „Du führst die Rohdiamanten legal ein?"

„Wenn ich wirklich Kohle machen will, dann kaufe ich sie direkt in Afrika auf dem Schwarzmarkt", schmunzelte Dietmann.

Darauf fragte Elmar nun richtig elektrisiert weiter: „Wie bekommst du die dann durch den Zoll, nachdem du mir so breit die Einfuhrbestimmungen aufgezeigt hast?"

„Das ist mein Geheimnis", schnitt ihm Dietmann das Wort ab. „Lass das meine Sorge sein. Dein Job wäre, die Leute mit Geld dafür zu interessieren, dass sie sich bei meiner Vermögensberatung ihr Geld vermehren lassen wollen."

„Das geschieht tatsächlich", winkte Dietmann eine Frage von Elmar ab. „Das einzige Problem ist, immer genügend Rücklagen in Euro zu haben, damit die Kunden ihre Einlagen samt Gewinn jederzeit abrufen können."

Dietmann war so in seinem Element, dass er nicht bemerkte, dass das Interesse von Elmar mehr in die Richtung ging, wie er aus diesen Informationen eine Story machen könnte. Elmar bewegte die Geschichte hin und her und fragte sich, ob er Dietmann klar machen sollte, dass das ja wohl einen guten Artikel geben würde. Außerdem wäre auch interessant, wie die Ware ins Land kommt. Bei diesem Gespräch liefen sie langsam immer wieder um den Lamborghini herum. Als ob der Lamborghini ein Altar wäre, um den sie dreimal oder mehrmals laufen müssten, um die Gottheit in diesem Lamborghini zu besänftigen oder zu beschwören, damit die Geschäfte auch gut laufen. Das Gesicht von Dietmann konnte man fast verklärt nennen, während sich Elmars Stirn immer mehr in Falten legte.

Dietmann sah ihn nun an und schoss die Frage ab, auf die Elmar die ganze Zeit schon wartete: „Bist du dabei?" Von den Augen von Dietmann ging ein richtiges Leuchten aus. „Von mir aus kannst du morgen beginnen. Ich vertraue dir. Du siehst, ich habe dich in die dunkelsten Geheimnisse meines Geschäftskonzeptes eingeweiht." Dietmann hatte den Eindruck, dass Elmar von den Millionen überzeugt war. Er setzte deshalb nach: „Du bist viel gereist, warst in Asien, im vorderen Orient, auch in Afrika. Du hast dich für die Unterdrückten und für die eingesetzt, die die Diktatoren bekämpft haben."

„Na ja, da muss man auch differenzieren", unterbrach Elmar. „Da gibt es auch welche, die nur die Macht ablösen wollen, um selbst die Macht zu übernehmen und reich zu werden."

„Stimmt", fiel Dietmann Elmar ins Wort, „aber diese Leute brauchen alle Geld. Die Guten und die Bösen. Sie wissen um die Gier der Europäer, Amerikaner, Russen und Chinesen nach Öl und Diamanten. Du weißt, wo Diamanten vorkommen, und du könntest Kontakte aufbauen und ausbauen. Ich weiß, das liegt dir vielleicht nicht, weil du denkst, das sei auch eine Art von Ausbeutung, wenn wir die Rohdiamanten billig einkaufen. Aber wir geben etwas dafür. Es gibt dort Banditen, die nehmen den Diamantenschürfern die Ausbeute ab und andere, die lassen sie für sich ohne Bezahlung arbeiten. Wir zahlen reell." Dietmann glaubte bei Elmar nun Interesse erzeugt zu haben. Er setzte nach: „Wie viel du den Diamantenbuddlern auch zahlst, es ist immer noch ein Gewinn für dich drin, denn der Gewinn wird durch das Veredeln, das Schleifen erzielt. Du kannst ruhig großzügig sein und die Projekte fördern, die du für gut erachtest. Dir bleibt allemal noch was übrig."

„Und den Anlegern", fügte Dietmann hinzu, als ob er den Einwurf von Elmar an der Stirn ablesen könnte, „auch die Anleger machen mehr Gewinn, als wenn sie ihr Geld irgendwo sonst anlegen würden."

„Weißt du", setzte er nach, „es geht um Millionen, zig Millionen."

Elmar vermied zu zeigen, dass ihn die Millionen nicht reizten. Es war immer dasselbe mit ihm, wenn es um Geld ging, dann war er nicht zu begeistern. Lene, seine Frau beklagte das oft, dass er so eine fatalistische Einstellung zum Geld hatte. Aber er wollte dies Dietmann nicht unbedingt zeigen. Elmar wollte über die Sache nachdenken. Es hatte etwas Abenteuerliches an sich. Einerseits die alten Kontakte nach Afrika wieder aufleben zu lassen, wegen der Rohdiamanten, und andererseits im vorderen Orient und in Russland die Schleifer aufzusuchen und sich dort wieder umzusehen. Es könnten auch wieder gute Storys für die Zeitschriften drin sein. Elmar überlegte, dass er Dietmann sagen könnte: Ich mache lieber einen guten Artikel daraus. Doch dann schob er die Entscheidung lieber noch ein wenig hinaus. „Das Ganze muss bedacht sein", antwortete Elmar und blieb stehen.

„Lass uns wieder ans Tageslicht gehen, ich mag Tiefgaragen nicht", sagte er und wandte sich zur Tür.

Dietmann fragte ihn, ob er Lust habe, mit in eine Sauna zu gehen: „Keine Sorge, ich bezahle."

Elmar hatte keine Lust, trotzdem fuhr Dirk fort, davon zu schwärmen, welchen Superservice die Damen anbieten. „Da gibt es keine Spielart, die dir diese Damen abschlagen. Von zärtlich bis dominant."

Elmar sagte: „Danke", und ging nach oben ins Tageslicht.

Einige Tage später gab Elmar Dietmann per Telefon eine Absage und rechnete damit, dass er mit der Sache nichts mehr zu tun haben würde. Vielleicht war es nur eine Hoffnung. Einen Artikel schrieb er auch nicht darüber, das hätte wohl doch jemand auf die Spur von Dietmann bringen können. Und da hatte er Bedenken. Er wollte das Vertrauen von Dietmann nicht missbrauchen. Er wusste auch nicht, ob Dietmann allein agierte oder ob er Kumpane, sprich Mitarbeiter, Kollegen hatte. Eigentlich interessierte es ihn auch nicht.

Vier

Typisch Stuttgart

Nach einem Besuch in der Stiftskirche in Stuttgart stand Elmar mit einem Freund zusammen, den er nicht jeden Tag sah, eher nur ab und zu. Sie redeten über Vergangenes und Zukünftiges, wie schnell es doch eigentlich gegangen sei, dass sie die sechzig schon überschritten hätten, und was man sich so sagt, wenn man sich kennt und doch nicht so viel voneinander weiß. Da kam eine Gruppe verschiedener Menschen aus der Kirchstraße in ihre Richtung. Angeführt von einer Frau im mittleren Alter, die in eine Kittelschürze gewickelt war. Sie war mit einem Straßenbesen bewaffnet und durch ein Schild auf dem Rücken gekennzeichnet, das wies sie als Frau Schwätzle aus. Dies war ein Anblick, über den man außerhalb der Spätzle-republik so allgemein über die schwäbische Hausfrau lästert. Sie waren echt angetan von dieser Art Stadtführung. Unruhige Geister, die sie beide nun mal waren, überlegten sie natürlich, ob sie dies nicht auch machen könnten.

Uli sein Freund meinte: „Da wir Wert auf korrekte Bezeichnungen legen, wären wir mehr für ein Schild, auf dem stehen sollte: Schwätzer." Aber einige Stunden später, in denen er in einem Museum als Aufsicht tätig war, kam ihm der Gedanke gar nicht mehr so absurd vor. Man hätte immer wieder mit anderen Personen Kontakt und könnte sein Wissen über die schöne Landeshauptstadt Stuttgart weitergeben, und wenn er seine lustige Stimmung ausgraben würde, hätten die Leute auch noch Spaß. Fraglich war nur, ob und wie lange es ihm Spaß machen würde.

Fünf

Ein anderer Inselurlaub

Im Sommer waren sie dann wieder auf der Insel Arousa. Diese hat eine Fläche von sieben Quadratkilometer. Nach einer Erhebung am 1. Januar 2016 leben dort 4909 Einwohner größtenteils in der Umgebung einer Landzunge, welche eine kleine Halbinsel, auf der sich die höchste Erhebung der Gemeinde befindet, mit dem Rest der Insel verbindet. Seine Frau Marlene und er, Elmar Garner, nur zu zweit.

Da es mit Dirks Angebot nichts wurde, war er weiter nur hin und wieder als Journalist tätig, freier Mitarbeiter eines Regionalblattes, den Nieselbach Nachrichten, überwiegend verantwortlich für Lokalnachrichten, es gab keine anderen. Also der Regiofritze. Er sagte immer: „Nein, ich heiße nicht Fritz. Ich heiße Elmar. Genau, so ein Name, der einfach alle dazu verleitet mich Elmi zu nennen."

Bis zur 10. Klasse fand er das noch okay, aber seitdem hasste er das. Mehr gab es von ihm erst mal nicht zu erzählen. Für die jetzige Situation: Seine Frau ist brünett, nur ein paar Zentimeter kleiner als er, inzwischen nicht mehr so schlank aber immer noch sehr agil und bewegend. Vor allem ihn. Okay, auch beweglich. So waren sie auf der Insel Arousa vor Spaniens Nordküste. Anstatt Sonne pur gab es ausreichend Wind, damit es einem nicht zu warm wird.

„Du kannst dich ja in den Sand buddeln", half ihm seine liebe Lene.

„Lene, hast du gerne Sand in allen Falten? Ich nicht. Also früher mit den Kindern in Südfrankreich, da ließ ich mich gerne von denen einbuddeln. Aber man wird ja reifer."

Also ging er spazieren. Zuerst am Strand hin und her. Das Meer sah heute auch nicht so aus, wie er es gerne gehabt hätte. Er hatte für den Urlaub ein blaues Meer geplant, mit sanften Wellen. Aber wie das so ist. Es sah grau aus.

„Wahrscheinlich hat der Wind das Meer aufgepeitscht und das Wasser hat den Sand aufgewühlt", meinte Lene. Er enthielt sich. „Du machst mich nervös!", sagte Lene.

„Okay, ich gehe in den Ort und suche etwas zu trinken für uns", proklamierte er. Das Hemd hatte er wegen des Windes schon an, also stieg er in die Hosen, prüfte, ob er den Geldbeutel hatte, die Badehose war noch trocken, schlüpfte in seine Strandlatschen und zog los.

Er hörte noch wie Lene rief: „Ich habe doch Kaffee in der Thermoskanne."

„Na und ich liebe Kaffee aus der Thermoskanne", rief er zurück. Es war Urlaub, so sprang er über seinen Schatten und bot ihr an: „Komm doch mit. In einem Café schmeckt der Kaffee doch besser. Ist einfach eher urlaubslike."

Aber sie wollte sich in der Sonne entspannen und nicht immer in Cafés rumsitzen. Nun gut, er fühlte sich alt genug, um alleine Kaffee mit Whisky zu trinken.

Von einer Anhöhe aus, oberhalb des Strandes, sah er auf das Meer und auf Marlene und wollte noch einen Blick auf den Küstensteifen werfen, ob er nicht doch Wale vor der Küste sehen könnte, und freute sich dann doch über das, was er da sah, auch ohne dass Wale durch das Meer pflügten, und er genoss das Leben und so. Das Meer übte immer wieder einen ganz besonderen Reiz auf ihn aus. Er konnte die Zyprioten verstehen, dass sie Aphrodite, die schönste Frau der Antike, als Meerschaumgeborene sahen. Fast war er geneigt zu sagen: Alles Leben kommt aus dem Meer. Er schlenderte an der Promenade entlang. Außer ihm waren nur wenige unterwegs. Das war ein Grund, weshalb sie zu diesem Zeitpunkt Urlaub auf der Insel, auf dieser Insel im Atlantik gebucht hatten. In einem Café setzte er sich auf die Terrasse und dachte über diesen Urlaub nach. Bis jetzt lief es doch ganz gut. Sie beide, Marlene und er, verstanden sich und nach ein paar Tagen vergaß er auch den Job, seine Behinderung und was sonst noch alles hätte besser sein können. Er fand in diesem Augenblick das Leben einfach nur schön.

Am nächsten Morgen waren sie wieder am Strand. Nach der schönen Nacht und der Möglichkeit, so lange zu schlafen, freuten sie sich über das ausgiebige regionale Frühstück. Über das späte Aufstehen freute eher er sich. Lene war schon bei Sonnenaufgang vor dem Frühstück am Strand, um sich abzukühlen. Dann gingen sie wieder zusammen zum Strand. Sie ließen sich von der Sonne verwöhnen, hörten auf das Rauschen der Wellen und er döste vor sich hin, ohne etwas zu denken. Er registrierte, dass ihm das gar nicht so schwer fiel. Obwohl er immer aussah, als würde er alle Probleme der Welt lösen wollen, manche Leute, die ihn kannten, behaupteten das von ihm. Aber das stimmte gar nicht. So viele Probleme wollte er gar nicht lösen, und schon gar nicht die anderer Leute. Seit seinem Unfall hatte er genug mit seinen Behinderungen zu tun. Als er einmal den Blick hob, sah er am Horizont eine Hochseejacht. Ziemlich weit draußen. Wie konnte die da ankern?

„Lene, guck mal da raus. Die Möwen umkreisen immer das Schiff, das da draußen ziemlich weit vor der Küste steht. Hast du mein Fernglas dabei? Mich würde interessieren, was das für ein Boot ist. Von hier sieht die Jacht richtig schön aus. Aber sie bewegt sich nicht."

„Doch, sie schaukelt doch auf den Wellen", widersprach Marlene. „Das Fernglas habe ich eingepackt. Wenn du es nicht mitgenommen hast und es niemand geklaut hat, dann ist es noch im Koffer." Das war am Dienstag.

Am Mittwoch war eine Wanderung auf der Insel angesagt. Von Marlene. Sie wandert gerne und er fand das sehr gut, so wurde er immer wieder in Bewegung gehalten und rostete nicht ein und seiner Hüfte sollte das angeblich auch gut tun. Laut seinem Orthopäden. Abends wollte Lene noch mal kurz am Strand sitzen. Er ging mit und sie saßen am Strand und sahen auf den Himmel und auf das Meer hinaus.

„Die Jacht liegt immer noch an der gleichen Stelle", behauptete er gegenüber seiner Lene.

Natürlich widersprach ihm Marlene. „Das ist doch eine ganz andere."

Wer den Frieden schätzt, widerspricht nicht. Und wer beruflich immer alles besser weiß, wie ich, muss in der Beziehung zurückhaltend sein, dachte Elmar.

Zum Glück half ihm seine Frau immer wieder, dass er sich bei den Kindern immer mal wieder bremsen kann. Aber das ist das Alter, man weiß immer alles besser. Man hat ja auch schon zwanzig, dreißig Jahre länger gelebt und so viel Erfahrung. Sie waren im Urlaub und er wollte den Urlaub gemeinsam genießen, also hielt er sich zurück und beobachtete. Ach so, das Fernglas hatten sie wieder nicht dabei. Morgen ist auch noch ein Tag.

Nach dem Frühstück waren sie wieder am Strand. Er sprang ins kalte Wasser und schwamm eine Runde. Na ja, er schwamm ein bisschen rund herum. Dann schnell in das Handtuch gewickelt und auf die Liege, um noch mal eine Runde zu schlafen.

„Lene, es ist nicht zu glauben, aber das Boot liegt immer noch an der gleichen Stelle!", rief er aus.

„Mein lieber Elmar, heute habe ich das Fernglas eingepackt", lachte seine liebe Frau. Sie wollte, dass er ihr die Strandtasche reichte. Und dann begann das Graben. Nur das Fernglas war nicht dabei. „Aber ich habe es doch extra auf den Tisch gelegt", betonte sie.

„Okay, dann gehe ich zurück in die Pension und hole es."

Er tat ihr den Gefallen, rollte sich von der Liege und schon war er unterwegs. Das Fernglas fand er tatsächlich auf dem Tisch und da er inzwischen hungrig geworden war, holte er sich am

Kiosk ein paar Schokoriegel für unterwegs. Von Helmut Kohl wird behauptet, dass er öfter den Chauffeur anhalten ließ, und der musste ihm dann Schokoriegel besorgen. Nein, so gewichtig ist er, Elmar Garner, nicht, noch nicht. Aber Kohl ist inzwischen auch gestorben. Kohl bekam sogar ein europäisches Begräbnis in Speyer. Wie es sich eben für einen Kaiser gehört, und wie ein Kaiser hat Kohl sich ja manchmal aufgeführt. Vom Strand aus beobachtete er die Jacht vor der Küste. Er konnte den Namen nicht entziffern. „Lene, du siehst besser als ich. Bitte sei doch mal so gut und versuche, den Namen der Jacht zu lesen. Ich sehe doch trotz Brille auf diese Entfernung nicht genau."

Er gab Lene das Fernglas und sie buchstabierte: „Es, e, e, a, de, el, e, er."

„Seeadler", rief er aus. „Du Lene, die Jacht kenne ich."

„Und woher kennst du eine Jacht?"

„Du kennst doch Dirk? Dirk Dietmann. Der mal mit mir in die Schule ging. Der mich für seine Vermögensberatung anwerben wollte. Der hat sich vor einiger Zeit eine Jacht angeschafft und die hat er Seeadler genannt. Als wir uns angeblich zufällig getroffen haben, da erzählte er davon, nun ja, er prahlte richtig damit. Ich sollte doch über die prunkvolle, politisch wichtige Eröffnung einer Driving Range Hall eines Golfklubs auf der Alb berichten. Es stellte sich dann heraus, dass es ein Treffpunkt einer Partei war, die nicht so bekannt ist. Keine linke oder rechte Randgruppe, eher bürgerlich liberal. Dort bin ich ihm begegnet. Ich erkannte ihn nicht. Aber er kam auf mich zu und sprach mich an. Wir kamen dann ins Gespräch. Wir beide, du und ich, hatten doch den Eindruck, das war arrangiert. Er wollte mich treffen."

„Der erzählte dir, dass er eine Jacht hat und dass die Seeadler heißt?", fragte Lene.

„Genau und er lud mich ein, mit ihm mal nach Italien zu fahren, natürlich in seinem Lamborghini, dann könnten wir ein paar Tage im Mittelmeer rumgondeln. Natürlich hat mich der Typ Elmi genannt. Mein Lieblingsname. Ich habe ihn dann mit Hallo Dicki begrüßt. Das hat er lachend quittiert. ʹSo sprechen mich alte Freunde eben immer noch an´, sagte er. Für ihn war ich also immer noch keine Herausforderung."

„Ob der dort draußen liegt?", sinnierte Lene.

Er fragte sich das auch. Aber das konnten sie nur in Erfahrung bringen, wenn sie rausfuhren. Da hier im Ort kein Hafen war, konnten sie nicht beim Hafenmeister fragen, ob eine Jacht Seeadler mit dem Eigner oder Kapitän Dietmann im Hafen der Insel festgemacht hat. „Was sollen wir auch auf seiner Jacht?", fragte er.

„Ein bisschen schippern würde mir schon gefallen", verriet ihm seine liebe Frau ihre kühnen Träume. „So von Insel zu Insel."

Sechs

Dramatischer Besuch auf der Jacht

Lene hatte in ihrer Jugend den Bootsschein gemacht.

„Sag mal Lene, hast du deinen Bootsschein dabei?", fragte er sie.

„Wieso willst du das wissen?", gab sie kurz zurück.

Wahrscheinlich war sie an eine interessante Stelle in der Fachzeitschrift zurückgekehrt. Sie liebte in solchen Situationen keine Störung. Sonst ist sie immer dafür, dass wir möglichst viel kommunizieren. Wenn sie etwas zu erzählen hat oder sie mir etwas klar machen möchte. „Du könntest mich dann zu einer Küstenrundfahrt einladen und wir könnten gucken, ob wir Wale sehen", schmeichelte er.

„Mein Lieber, halt mich nicht für blöd", konterte sie. „Ich weiß, dass du zu der Jacht raus willst. Die Wale interessieren dich heute nur, weil sie dich auf die Jacht aufmerksam gemacht haben. Sei dir darüber im Klaren, allein gehst du nicht auf das Schiff. Den Schein habe ich tatsächlich dabei, weil ich wal watching mit dir machen will", grinste sie ihn an.

Na sag einmal einer was zu so einer gescheiten Frau. Glück muss der Mann haben.

„Dein Part, mein lieber Mann, ist es, ein Boot aufzutreiben und mir beim Segeln zu helfen."

„Ich kann aber nicht segeln", entgegnete er kleinlaut. „Geht auch ein Motorboot?"

„Wenn du eines bekommst, geht das auch", meinte sie, nachdem sie einen Augenblick und einen Wimpernschlag lang nachgedacht hatte.

Er fuhr mit dem Mietwagen in die nächste Ortschaft und suchte den Hafen und dort den Hafenmeister, oder wie immer das dort heißt. Vielleicht hatte es Lene ihm nicht zugetraut, aber er wurde fündig. Auch einen Bootsverleiher fand er. Das Boot mietete er gleich noch für den heutigen Tag. Den Hafenmeister fragte er nach Dietmann als Eigner und ob sie was über das Boot dort vor der Küste wüssten. Dort gab man ihm als Auskunft, dass man sich nicht um Boote kümmern würde, die so weit draußen lagen, um die Hafengebühr nicht bezahlen zu müssen. Er fragte noch, wie das Boot dort draußen festmachen konnte.

„Der Skipper hat die Sandbank gefunden. Aber wenn ein Sturm kommt, wandert die Sandbank, und er hatte Glück, dass er sie an der Stelle gefunden hat", erklärte ihm der Beamte von der Hafenbehörde.

Mit dem Mietwagen fuhr er zurück, um Lene zu holen. Der Bootsverleiher wollte von Lene den Bootsführerschein sehen. Dann buchte er von der Visa Card noch 500 Euro ab, als Sicherheit. Elmar fragte sich, ob das Boot wohl nur 500 Euro wert war. Aber es sah recht ordentlich aus.

Nun begann die Diskussion, ob sie noch an dem Nachmittag oder erst am Abend zu der Seeadler rausfahren würden. Elmar war dafür, es sofort anzupacken. Der Bootsverleiher sagte ihnen noch, sie müssten sich beim Hafenwart abmelden. Als sie zu dem kamen, wollte er genaueres wissen. Sie erklärten ihm, dass sie vermuten, das Boot und den Besitzer zu kennen und dass sie zu dem rausfahren wollten. Daraufhin bestand der Hafenmeister darauf, dass sie einen Beamten mitnehmen mussten. „Nachdem die Jacht, wie Sie mir erzählen, schon mehrere Tage ohne Lebenszeichen da draußen liegt, könnte es sein, dass jemand verletzt oder krank geworden ist, oder dass ein Verbrechen geschehen ist. Wenn Sie allein sind, können Sie nicht helfen, und falls ein Verbrechen vorliegt, kann Ihnen das angelastet werden. Ich bestehe darauf, dass Sie jemanden von unserer Behörde mitnehmen."

Wer will im Urlaub schon Streit mit den Behörden. Also warteten sie, bis ein Beamter in Uniform und mit einer großen Schildkappe zu ihnen kam und sie mürrisch begrüßte. „Buen Dia." Der Bursche sah eher aus, als würde er den ganzen Tag irgendwelche Dokumente sortieren, als einer, der mit ihnen zu einem möglichen Unfall- oder Tatort fahren sollte. Aber sie mussten ihn unbedingt mitnehmen.

Vor Wasser schien er keine Scheu zu haben, im Gegensatz zu Elmar, der einmal als Jugendlicher unter eine größere Welle geriet, die ihn so schockte, dass er gerne im Meer schwamm, aber möglichst bei ruhigem Wetter.

Zu dritt waren sie dann im Boot. Lene fuhr. Der Beamte lümmelte sich gelangweilt auf der Bank. Elmar war furchtbar aufgeregt. Seine Hüfte und sein Bein schmerzten wie seit Langem nicht mehr. Aber das war immer so, wenn er aufgeregt war. Krampfhaft hielt er sich fest. Bei jeder Welle, die Lene schnitt, hüpfte das kleine Boot wie ein Känguru.

Gekonnt machte Lene an der Jacht mit dem kleinen Boot fest. Elmar wollte gleich hinüber zur Jacht. Aber der Beamte ließ ihn nicht als Ersten hinüber. Er rief: „Boot, ist da jemand. Hier ist ein Freund, der sie besuchen will."

Niemand meldete sich.

„Hallo Boot, hören Sie mich?", rief er diesmal lauter.

Da hielt es Elmar nicht mehr aus. Er sprang auf die Jacht. Zum Glück waren in diesem Augenblick die beiden Schiffe auf gleicher Höhe, sonst wäre er unweigerlich zwischen die beiden Boote gefallen. Er hielt sich gerade noch an der Reling der Jacht fest. Da kam neben ihm auch schon der Beamte an Bord.

„Bleiben Sie zurück! Sie haben hier noch gar nichts zu suchen." Als Elmar weiter wollte, hielt ihn der Beamte fest. „Zurückbleiben sagte ich!", schrie er gegen den Lärm der Wellen, die an die beiden Boote klatschten.

Dass er deutsch sprach, und zwar ein fast akzentfreies, fiel Elmar erst jetzt auf. Er schob Elmar zur Seite, sodass er beinahe von der Jacht gefallen wäre.

„Passen Sie doch auf!", schrie Elmar den Beamten an.

„Hör doch auf den Beamten!", schrie Lene von dem kleinen Boot hoch.

Doch Elmar humpelte so schnell er konnte hinter dem Beamten her. Kurz vor dem Niedergang zur Kajüte drehte sich der Beamte um. „Waren Sie schon mal auf dieser Jacht?"

„Nein", schrie Elmar zurück.

„Dann bleiben Sie jetzt zurück, ich sehe nach, ob jemand in der Kajüte ist." Und damit war er im Niedergang verschwunden. Elmar versuchte hinterherzukommen, aber der Beamte versperrte ihm den Weg.

„Bleiben Sie zurück", raunzte er Elmar an.

Aber so einen Ton hatte Elmar schon in der Schule nicht gemocht. So schob er den Beamten weiter nach vorne und nun konnte er es sehen. Auf dem Boden lag ein Mann. Es waren dunkle Flecken auf dem Boden zu sehen. Der Mann lag auf den Rücken. Elmar glaubte, Dirk Dietmann zu erkennen. Er wollte den Beamten zur Seite schieben, aber dieser blieb standhaft und bewegte sich nicht mehr weiter. Dann dreht er den Kopf und sagte grimmig zu Elmar: „Wollten Sie, dass ich das zu sehen bekomme? Das sieht nach einem Tötungsdelikt aus und ich habe den Verdacht, Sie waren daran nicht ganz unbeteiligt. Ich nehme Sie deshalb vorläufig fest. Gehen Sie zurück auf Ihr Boot. Ich werde die Polizei rufen."

Elmar war zu verblüfft um etwas zu sagen. Der Beamte schob ihn nach oben, aber Elmar drängte sich an ihm vorbei, um noch einen Blick auf die Szene werfen zu können. Doch der Beamte war stärker, als Elmar gedacht hatte, und schob ihn einfach nach oben. Da unten lag Dietmann, und wenn er richtig vermutete, war dieser erschossen worden. Nun holte ihn sein Verstand auch wieder ein. Klar musste der Beamte annehmen, er wollte auf den Mord aufmerksam machen, und wenn er, Elmar, das tat, wäre Elmar Garner weniger verdächtig. Doch für diesen Beamten hatte er sich erst recht verdächtig gemacht.

An Bord des kleinen Bootes, bei Lene, fragte diese: „Was ist los? Was habt ihr gesehen? Ihr seht so anders aus als vorher."

Der Beamte sagte kurz angebunden: „Fahren Sie zurück zum Hafen. Auf der Jacht liegt ein Toter. Ihr Mann meint, dass es sein Freund sei."

„Das stimmt gar nicht. Sie fragten, ob ich die Person kennen würde, und ich sagte, ich wüsste es nicht. Es könnte mein Bekannter Dirk Dietmann sein. Ich sagte nichts von einem Freund."

„Egal ob Bekannter oder Freund, das ist für mich das Gleiche. Und es ist besser, Sie schweigen jetzt. Sie stehen für mich im Verdacht, den Mann getötet zu haben. Ob gemeinschaftlich mit Ihrer Frau oder allein, das muss die Polizei im Ort klären."

Sie fuhren ziemlich bedrückt die Strecke bis zum Hafen. „Sie Herr Garner kommen mit zur Polizei und Sie Frau Garner, bringen das Boot zurück und melden sich dann auf der Polizeistation", lautete die Anweisung des Beamten. Garner wollte noch etwas erklären, aber der Beamte sagte in scharfen Ton: „Schweigen Sie. Ich werde sonst alles gegen Sie verwenden. Und kommen Sie jetzt mit. Sollten Sie versuchen zu fliehen, mache ich von meiner Waffe Gebrauch."

Als ob man von einer Insel so einfach flüchten könnte.

Sieben

Elmar im spanischen Gefängnis

Bis dahin hatte Elmar noch gar nicht bemerkt, dass der Beamte eine Waffe im Schulterholster trug. Elmar Garner trottete neben dem Beamten vom Hafen zur Polizeiwache. Dort erklärte der Beamte den anwesenden Polizisten auf Spanisch, was er entdeckt hatte und dass er Elmar Garner für den Mörder hielt, man solle ihn in Gewahrsam nehmen, bis eine Anhörung vor einem Richter stattgefunden habe.

Elmar schwieg und ließ sich widerstandslos zu einer Zelle im Untergeschoss führen. Er rechnete mit Lene, das war seine Geheimwaffe. Immerhin verfügte sie besser über die Landessprache als er. Außerdem rechnete er damit, dass sie sich umgehend nach einem Rechtsanwalt umsehen würde, der ihnen beiden raten könnte.

Die Zelle stank nach Urin, Erbrochenem und allem anderen Ekligen und sie war alles andere als sauber. Die Wände waren von verschieden begabten Künstlern mit Schmierereien und Obszönitäten verziert worden. Außer einer Pritsche bestand das Mobiliar nur noch aus einem Eimer und einer grauen Decke. Elmar setzte sich weit von der Decke entfernt auf die Pritsche. Da war er ja wirklich in eine üble Sache hineingeraten. Aber in seiner guten Zeit als Journalist hatte er hin und wieder die Gastfreundschaft der Polizei genossen, in verschiedenen Ländern, sodass er sehr wohl einen Vergleich anstellen konnte. Nur brachte ihm das nichts. Er musste pinkeln. Sollte er den Eimer benutzen oder die Polizisten rufen? Als er sich umsah, entdeckte er einen Klingelknopf, aber der war abgeklebt. Also mit dem würde er wohl niemanden zuhilfe rufen können. Also die alte Methode aller Männer. Er stellte sich vor den Eimer. Da konnte er sich gerade noch umdrehen und tief durchatmen. Im Eimer hatte sich eine Ratte ertränkt. Ob das ein Suizid der Ratte war oder ob man die Delinquenten auf diese Weise mürbe kochen wollte, war ihm egal. Zwar hatte er schon oft Ratten gesehen, aber noch keine, die in einem Abortkübel ertränkt war. Über seine Reaktion war er selber erstaunt. So schlimm war das nun auch wieder nicht. Trotzdem wollte er es mit Klopfen versuchen.

Er schlug an die Tür und rief: „Señores, por favor. Tengo que ir al baño! Meine Herren! Bitte! Ich muss auf die Toilette!" Er hörte lautes Lachen. Ob sie über ihn lachten, wusste er nicht und wollte es auch nicht annehmen. Also klopfte er nochmals und rief nochmals. "Señores, por favor. Tengo que ir al baño!" Diesmal lauter und dringlicher. "Tengo que ir al wáter! Ich muss auf die Toilette gehen!"

Es kam jemand. Der öffnete die Türklappe und fragte: „Lo que está pasando? Was ist los?"

Elmar wusste, jetzt musste er schnell antworten, doch was war richtig. So sprudelte er schnell heraus: „El cubo es una rata! Im Eimer ist eine Ratte!"

Der auf der anderen Seite der Tür lachte schallend, sperrte die Tür auf und sah in den Eimer.

Elmar grinste ihn an.

Der Polizist befahl: „Toman el cubo!" Nehmen Sie den Eimer!

Da der Polizist ihn per sie ansprach, gehorchte Garner. So konnte er noch ein wenig von seiner Würde behalten. Er schnappte sich den Eimer und trug ihn mit ausgestreckten Armen vor sich her, dem Polzisten hinterher. Dabei dreht er den Kopf soweit er konnte zur Seite. Der Polizist führte ihn zu einer Toilette, die zwar auch nicht den Ansprüchen der Weltgesundheitsorganisation entsprach, aber man konnte wenigstens hinterher spülen. Elmar schüttete vorsichtig den Inhalt des Eimer in das Klobecken und machte dem Polizisten ein Zeichen, dass er gehen solle, weil er sich hier nun erleichtern wolle. Der Polizist schüttelte den Kopf, also erleichterte sich Elmer im Stehen und probierte die Klospülung, die auf wunderbare Weise funktionierte. Aber es half nichts, er musste wieder zurück. Also trug er den Eimer wieder zurück in die Zelle. Zum Glück hatte er ein Taschentuch, ein Papiertaschentuch in der Hosentasche, mit dem rieb er sich dann in der Zelle die Hände ab. Nun war er schon so an den widerlichen Geruch gewöhnt, dass er sich auf die Liege legte und die Decke ans Fußende legte. Sehr bequem war es nicht, aber er schlief trotzdem ein und wurde erst wieder wach, als der Polizist einen Herrn im Alter von Elmar in die Zelle ließ.

„Su abogado. Ihr Advokat", sagte der Polizist diesmal grimmig. Anscheinend war er nicht gewohnt, dass so schnell ein Rechtsanwalt kam.

Elmar musste grinsen, da ihm klar war, dass Lene Himmel und Hölle in Bewegung gesetzt hatte, damit ein guter Anwalt so schnell als möglich zu ihm kam. Der Mann war so groß wie Garner, hatte glatte, schwarze, glänzende Haare, die jedoch keineswegs fettig wirken, sondern anscheinend den natürlichen Glanz der Spanier hatte. Er war dunkel gebräunt, viele Deutsche hätten ihn als Nordafrikaner eingestuft, aber wie Elmar später erfuhr, legte er viel Wert darauf, dass er von den Iberokelten abstammen würde. Seine Statur verriet ein hartes Training, das er mindestens dreimal pro Woche absolvierte. Über sein markantes, glattrasiertes Gesicht ging ein Strahlen, das sicher nicht für jeden Klienten erschien. Und er konnte Deutsch.

„Guten Tag Herr Garner, ich bin Doktor Guitirrez, ich bin Ihr Anwalt. Ihre Frau hat mich beauftragt. Im Wesentlichen bin ich über die Sachlage informiert. Wurden Sie hier ordentlich behandelt? Wir können auch gleich gehen, wir warten nur noch auf einen Kriminalpolizisten. Und wenn der in fünf Minuten nicht da, ist, gehen wir ohne Ihre Aussage. Die Polizisten hier wissen Bescheid und machen auch keinen Ärger. Die sind froh, sie loszuhaben, weil denen klar ist, dass Ihre Zelle keinen guten Eindruck macht. Warten Sie, wir gehen in einen anderen Raum, den Gestank hält ja kein Mensch aus."

Er klopfte, und die Tür wurde geöffnet. In der Tür stand ein kleiner schlanker Mann, Ende 50 mit einem dichten Schnauzer unter der Nase, der den Mund fast ganz verdeckte. Auch er war sehr elegant gekleidet, sodass Elmar im ersten Moment annahm, dass es sich um einen Kollegen von Herrn Guitierrez handeln würde. Jedoch begrüßte ihn Herr Guitierrez: „Señor inspector general."

Und da war ihm klar, dass der Kriminaler doch noch rechtzeitig gekommen ist.

„Buen Dia Señor Guitierrez, Buen dia Señor Garner. Sind Sie bereit für das Verhör?", fuhr er in fast akzentfreiem Deutsch fort. „Wir werden das Verhör in Deutsch führen. Wir gehen dazu in ein anderes Zimmer, man wollte Sie ein wenig schrecken oder besser gesagt einschüchtern, aber das brauchen wir nicht. Wir suchen die Wahrheit und ich bin sicher, Sie Herr Garner, werden uns dabei helfen."

Nun öffnete Elmar zum ersten Mal wieder den Mund. „Selbstverständlich werde ich alles tun, um den wirklichen Mörder oder die Mörderin zu finden. Nur ich weiß nicht viel. Ich war zum ersten Mal auf dem Boot, mit dem Beamten von der Hafenbehörde."

„Nun, der Beamte von der Hafenbehörde hatte den Eindruck, dass Sie sehr wohl wussten, was Sie dort zu sehen bekommen würden."

„Sehen Sie, Herr Kommissar, der Mann auf dem Boot ging vor Jahrzehnten mit mir zur gleichen Schule, aber wir waren nicht unbedingt Freunde. Er traf mich vor einiger Zeit bei einer Veranstaltung, über die ich als Journalist berichten sollte. Dann verloren wir uns wieder aus den Augen. Aber bei diesem Treffen erzählte er mir davon, dass er sich eine Jacht zugelegt hat, die er Seeadler genannt hat. Da nun da draußen seit Tagen diese Jacht liegt, wollte ich erkunden, ob dies die Jacht des Schulkameraden sei. So wollte ich hinausfahren. Aber die Hafenbehörde ließ nicht zu, dass wir alleine fuhren. Ehrlich, ich bin froh, dass der Beamte der Hafenbehörde dabei war."

„Gegenüber dem Hafenbeamten erklärten Sie, dass der Tote Ihr Freund sei", unterbrach der Kommissar.

„Das ist nicht richtig. Er fragte mich: ΄Kennen Sie sich auf der Jacht aus?΄ Und ich sagte: ΄Nein.΄ Er hat mich nicht gefragt, ob ich den Toten kenne."

„Woher wissen Sie, dass der Mann im Boot tot war?"

„Ich weiß es vom Beamten der Hafenbehörde. Er sprach davon, dass ein Tötungsdelikt vorliegt und er uns deshalb bei der Polizei vorführen werde. Also kann ich jetzt gehen?"

„Leider nein", sagte der Kommissar, „ein Richter hat verfügt, dass Sie in ein Gefängnis überführt werden, in Deutschland nennt man das Untersuchungshaft."

Der Anwalt meldete sich auch mal wieder zu Wort. Elmar fand, das hätte er längst tun müssen. „Dagegen werde ich Einspruch einlegen. Es gibt kein einziges Indiz, dass Herr Garner vorher auf dem Boot war. Nur dass er das Boot kannte und den Toten, das ist kein Grund, ihn in Untersuchungshaft zu nehmen."

„Ihre Ansicht", sagte der Kommissar, „der Richter in Villanova de Arousa hat sich anders entschieden, und ich habe hier die Verfügung, nach der ich Herrn Garner ins Provinzgefängnis überführen soll. Also Herr Garner, packen Sie ihre Sachen zusammen und dann fahren wir. Ich denke, ich muss ihnen keine Handschellen anlegen. Ein Fluchtversuch ist zwecklos, von der Insel kommen Sie nicht mehr runter, ohne von uns festgenommen zu werden. Also fahren Sie lieber mit uns."

Elmar sah den Anwalt an, nicht gerade freundlich. Der wich seinem Blick aus. „Ich habe keine Sachen zu packen, also können wir gehen. Herr Gutierrez, bitte versuchen Sie, mich so schnell wie möglich aus dem Gefängnis herauszubringen. Meine Frau soll mir meine Medikamente bringen."

Der Kommissar ließ ihm den Vortritt. Ob das eine Geste der Freundlichkeit war oder nur deshalb, weil er Elmar draußen einem anderen Polizisten übergeben wollte? So landete Elmar Garner im Gefängnis in Vilagarcia de Arousa.

Im Gefängnis fiel ihm ein, dass er mal gelesen hatte, dass die Syllogistik des Aristoteles so erklärt werden könne: Eine Behauptung gilt als logisch richtig, wenn zwei ihrer Prämissen vorhanden sind. Zum Beispiel: Aus der Tatsache, dass erstens alle Menschen sterblich sind, und zweitens, dass Sokrates ein Mensch ist, kann logisch geschlossen werden, dass drittens Sokrates sterblich ist. Aber was er damit anfangen sollte oder könnte, konnte er sich nicht erklären. Nur so weit, dass er und Lene natürlich das Boot entdeckt hatten und zweitens, dass darauf Dirk Dietmann tot lag, hieß drittens, dass der Job des Vermögensberaters gefährlicher war als er sich gedacht hatte. Nun so ganz war das nicht nach der Lehre des Aristoteles. Aber klar war, dass er hier wieder raus wollte. Er hatte Dietmann nicht ermordet und hatte auch gar keinen Grund, kein Motiv, wie es bei den Krimis immer hieß. Er hoffte auf seinen Abogado.

Acht

Daheim in Deutschland

Anzeige in den regionalen Zeitungen.
Reutlinger Geschäftsmann ermordet.
Wie wir in Erfahrung bringen konnten, wurde vor der spanischen Küste der Reutlinger Geschäftsmann Dr. D. auf seiner Jacht ermordet aufgefunden. Er wurde von einem Schulkameraden gefunden und da dieser kein Angehöriger war, wurde D. von seiner Ex-Frau identifiziert. D. hat noch eine Schwester und einen Bruder. Beide waren nicht erreichbar. Die Schwester

wohnt in einem kleinen Ort auf der Alb und wollte sich aus Krankheitsgründen die Reise nach Spanien nicht zumuten. Der Bruder hält sich angeblich in Südafrika auf und ist nicht zu erreichen. Der Schulkamerad wurde zeitweilig der Tat verdächtigt, wurde aber nach drei Tagen wieder aus der Haft entlassen.

Neun

Gefährliche Spazierfahrt

Ein paar Tage später.

Elmar war durch die Hilfe des renommierten Anwalts nach drei Tagen aus der Haft entlassen worden. Entschuldigt hatten sich die Polizisten nicht. Es war ein schöner Frühsommertag, es war warm, sie wollten den Schock vergessen. So fuhren sie mit dem Mietauto, einem nagelneuen Peugeot 308, auf dem Festland an einem Fluss entlang. Lene saß am Steuer. Lene saß gerne am Steuer. Sie diskutierten noch über den Mord an Bord der Seeadler. Die Vorwürfe von Lene, selbst daran schuld zu sein, dass er ins Gefängnis kam, wies er zurück. Wie üblich, wenn er in Bedrängnis kam, fuchtelte Elmar mit den Armen in der Luft herum. Plötzlich riss es Lene das Lenkrad herum und sie landeten im Fluss.

„Lene", schrie er „schnell, bei drei öffnen wir beide gleichzeitig die Türen! Später kriegen wir sie nicht mehr auf. Eins, zwei, drei."

Es klappte und sie sprangen in den Fluss.

„Lene, was war denn los, warum fährst du in den Fluss?"

„Ich spürte plötzlich einen Schlag und dann riss es mir das Steuerrad nach rechts", weinte sie.

Er nahm sie in den Arm und sagte: „Hauptsache, wir leben. Ich habe einen Knall gehört. Vielleicht ist der Reifen geplatzt. Wir rufen den ADAC."

Sie mussten eine Weile, das heißt zwei Stunden warten. Da es warm war, wurde ihnen in den nassen Kleidern nicht kalt.

Nach einiger Zeit ging Elmar los, um in der Raststätte, die sie noch nicht lange vorher passiert hatten, etwas zu trinken zu holen. Am liebsten hätte er sich eine Flasche Schnaps geholt, aber ihn holte noch rechtzeitig der Verstand ein. Das konnte ihnen negativ angelastet werden. Also besorgte er zwei Flaschen Wasser und etwas zum Knabbern. Fahrzeuge, die vorüber fuhren, reduzierten die Geschwindigkeit, fuhren jedoch vorbei. Niemand fragte, niemand machte Anstalten zu helfen. Schneller als der ADAC, beziehungsweise die örtliche Schwesterorganisation, war die Polizei.

Als erstes wollten Sie die Papiere, fast so wie in Deutschland. Dann erst fragten sie: „Que paso?"

Lene antwortete ihnen auf Deutsch, damit sie merkten, dass sie Ausländer sind: „Ich habe den Wagen gefahren. Ich war nicht zu schnell, plötzlich spürte ich einen Schlag gegen die Lenkung. Dadurch konnte ich den Wagen nicht mehr halten und wir fuhren in den Fluss."

„Lo que está pasando que no entiendo! – Was ist los, ich kann sie nicht verstehen", herrschte sie der jüngere der Polizsten an.

„Conduje el coche. No era demasiado rápido.De repente sentí un impacto en contra de la dirección por lo tanto no podía mantener el coche y nos fuimos en el río. – Ich habe das Auto gefahren. Es war nicht zu schnell. Plötzlich spürte ich einen Aufprall gegen die Lenkung, deshalb konnte ich das Auto nicht mehr halten und wir fuhren in den Fluss", versuchte Leni ihm auf Spanisch den Vorfall zu erklären.

Dieser zuckte nur mit den Schultern. Dann kam tatsächlich schon ein Abschleppwagen.

Sie hatten Glück, der Fahrer des Abschleppautos sprach Deutsch. Vielleicht, weil sie den ADAC gerufen hatten. Sie erklärten auch ihm, wie es dazu kam, dass ihr Auto im Fluss ist und sie patschnass am Ufer sind. Er guckte dann doch recht ernst und fragte, von wem sie den Mietwagen hätten. Sie erklärten ihm, dass sie ihn über die ADAC-Autovermietung am Flughafen gemietet hätten. Dann erklärte der Helfer den Polizisten nochmals, wie das ganze nach Sicht von den Garners abgelaufen ist und sagte ihnen, dass man einen Taucher bräuchte, um das

Auto am Abschlepper festzumachen. Die Polizisten fragten über den Servicemann, wo sie wohnten. Sie sagten ihnen die Adresse ihres Appartments auf der Insel Arousa. Einer der Polizisten schrieb die Adresse auf, fragte nach der Telefonnummer und rief dort an. Die Vermieter bestätigten, dass ein Ehepaar Garner bei ihnen wohnt. Da gaben sich die Polizisten zufrieden und fuhren erst mal wieder weg.

Der Abschlepper hatte inzwischen telefonisch einen Taucher aufgetrieben, der bereit war, gleich zu kommen, damit ihr Fahrzeug aus dem Fluß gezogen werden konnte. Ausserdem hatte er ein Taxi gerufen, das die Garners in ihr Appartement bringen sollte. Sie wollten jedoch bei der Aktion dabei sein. Die Abschleppaktion ging dann recht geräuschlos vonstatten. Der Taucher war ein junger Mann, der sich bis auf die Badehose auszog, ins Wasser stieg und von dem Abschlepper das Schleppseil verlangte. Mit diesem schwamm er zu ihrem Auto. Dort tauchte er kurz und signalisierte dann dem Servicemann, dass er nun mit dem Schleppfahrzeug ihr Fahrzeug langsam rausziehen sollte. Es ging schneller als gedacht, da war ihr Fahrzeug wieder auf der Straße. Der Mann vom ADAC-Service untersuchte ihr Fahrzeug und sagte dann, dass er das Auto nicht abschleppen könne. „Ihr Auto ist beschossen worden. Ich muss die Polizei verständigen und die müssen dies feststellen. Oder war das Loch schon vorher drin?"

Elmar antwortete: „Nein, wir hatten kein Loch im Auto, weder in der Karosserie noch an anderer Stelle. Wir haben bei der Übernahme das Auto genau kontrolliert, da wir keine Probleme bekommen wollten."

Sie setzten sich wieder an den Straßenrand.

„Nun hätte ich doch gerne einen Schnaps, aber das kann Probleme geben", sagte Elmar zu Lene.

„Wenn wir zu Hause im Appartment sind, genehmigen wir uns einen großen Whisky", versprach ihm Lene, die seinen Geschmack bei Spirituosen kannte.

Die Polizisten ließen doch nicht lange auf sich warten. Sie besahen sich das Einschussloch und suchten dann ein Austritts-loch. Währenddessen wurde der Verkehr von einem zweiten

Wagen der Gardia civil reguliert, der inzwischen eingetroffen war. Von dem zweiten Wagen kam nun einer der Polizisten zu ihnen und fragte sie auf Deutsch: „Haben Sie einen Schuß gehört?"

„Nein!", antworteten beide gleichzeitig.

Der Polizist sagte dann, dass er das Fahrzeug zur Polizei schleppen ließe und dort würde es noch genauer untersucht. „Wahrscheinlich hat ein Jäger aus Versehen in diese Richtung geschossen!", meinte er dann.

„Schießen in Spanien die Jäger alle in Richtung Straße? Müssen wir in Zukunft öfter damit rechnen, beschossen zu werden? Ich bitte Sie zu klären, ob jemand absichtlich auf uns geschossen hat."

„Das wird nicht möglich sein. Es gibt zu viele Jäger in Spanien, und falls doch jemand Sie als Ziel ausgewählt hat, dann wissen wir nicht warum", machte ihm der Polizist in freundlichem aber bestimmtem Ton klar.

Nun wollte der Polizist ihre Papiere sehen. Er sah sie sich genau an, dann sagte er, „Das Beste ist, wir nehmen Sie mit auf die Wache. Dort können wir alles klären. Steigen Sie bitte in meinen Wagen."

Elmar bekam es mit der Angst, er wollte nicht schon wieder während seines Urlaubs einige Tage im Gefängnis verbringen.

„Wäre es möglich, dass wir Herrn Abogado Guitierrez anrufen?"

„Selbstverständlich, es liegt zwar nichts gegen Sie vor. Aber wenn Ihnen das Sicherheit gibt, gerne."

Elmar rief den Anwalt an und dieser fragte, welche Wache das wäre. Elmar erkundigte sich bei dem Polizisten, dann gab er dem Beamten jedoch das Handy, damit der Polizist dem Anwalt in Spanisch die Angelegenheit erklären konnte. Dies dauerte eine Weile. Aber dann sagte der Polizist: „Ihr Anwalt kommt auf die Wache. Steigen Sie bitte ein."

Dies taten sie dann auch.

Dort auf der Wache erklärte ihnen ihr Anwalt Doktor Guitirrez, dass der Abschlepper festgestellt hat, dass ihr Auto von zwei Schüssen getroffen worden war. Er fragte sie, ob sie von irgendjemandem erwarten würden, dass er auf sie schießt. Sowohl Lene als auch Elmar konnten das verneinen. Ihnen war nicht bewusst, dass sie irgendwelche Feinde hätten, die auf sie schießen würden.

Wieder einmal wurden Ihre Personalien festgehalten, wieder einmal wurden sie von einem Polizeibeamten zweifelnd angesehen und gefragt: „Sind Sie sicher, dass niemand auf sie schießen würde, den Sie kennen?"

„Wir sind völlig sicher!", antwortete Elmar, und Lene bestätigte dies.

Als sie nach einiger Zeit die Wache verlassen konnten und Doktor Gutierrez sie nochmals beglückwünschte, dass sie so eine gute Rechtsschutzversicherung hätten, riefen sie bei ihrem Mietwagenverleih an und bestellten einen neuen Mietwagen. Auf Nachfrage, warum sie einen neuen bräuchten, erklärten sie, dass die Polizei den anderen eingezogen hätte, weil auf sie geschossen worden war.

Eine Stunde später, die sie in einem nahe gelegenen Café mit Grübeln verbrachten, wer wohl vorhatte sie umzubringen, blieben sie doch daran hängen, dass es wahrscheinlich ein Jäger war, der sich gestört fühlte oder der nicht zielen konnte.

Glücklicherweise brachte der Mietwagenverleih ihnen recht schnell einen neuen Mietwagen. Auf der Fahrt in ihr Feriendomizil schwiegen sie beide betroffen. Außenstehende würden sagen, dass sie traumatisiert waren. In ihrem Zustand nahmen sie auch die interessante Landschaft nicht wahr. Sie wirkten verbissen. Erst in ihrer Unterkunft setzten sie sich auf die Terrasse und tranken tatsächlich einen doppelten Whiskey und langsam löste sich ihr Erstarrung.

„Was war das?", fragte Lene ihren Elmar, der meist auf alles eine Antwort hatte.

„Ich weiß es nicht. Entweder es war wirklich ein blinder Jäger, oder einer, der merkte, dass wir Touristen sind und keine Touris leiden kann. Aber das ist Unsinn. Von dem Schusswinkel, den uns der Polizist gezeigt hatte, konnte ja niemand erkennen, dass wir keine Spanier sind."

Auf die Idee, dass es mit dem Besuch auf der Jacht zu tun haben könnte, sind sie beide nicht gekommen.

Die Wirtin merkte, dass den beiden etwas Entsetzliches geschehen sein musste, und hatte den Mut zu fragen. Elmar berichtete und die Wirtin meinte: „Ein Jäger war das nicht. Die sind derzeit nicht unterwegs. Wahrscheinlich hat ein Jugendlicher das Gewehr seines Vaters ausprobiert. Das kommt bei uns schon mal vor. Ich bringe Ihnen noch einen großen Brandy, unseren guten spanischen Branntwein. Der spült alle Sorgen runter." Und schon ging sie fort, um einen wirklich großen Brandy zu holen.

„Ich habe heute eine gute Lammschulter als Abendessen anzubieten."

Sie rochen und schmeckten den guten Braten, das zarte Fleisch, die Zwiebeln, Knoblauch, Möhren, Rosmarin und Sellerie, selbst das Olivenöl schmeckten sie raus, Fenchel, Lorbeer und Tomaten gingen über die Zungen und der Ahornsirup und Rotwein schmeichelte dem Gaumen.

Zehn

Ein merkwürdiger Strandbesucher

„Guten Tag, Hilrath mein Name."

„Schön, Garner, was kann ich für Sie tun?", so fragte er den großen, breiten, glatzköpfigen Schattenspender, der ihn so von oben herab musterte.

„Sie kannten Dietmann?"

„Welchen Dietmann?" Journalisten stellen Fragen, auch Provinzler.

„Der von dem Boot", schob der Große nach.

„Flüchtig", sagte Elmar lapidar.

„Sie fanden doch Dietmann auf dem Boot."

„Ja schon, aber was für ein Interesse haben Sie daran?", fragte Garner.

„Entschuldigung, ich rede nicht gerne lange um den heißen Brei herum. Ich bin Privatdetektiv. Eine Versicherung hat unsere

Kanzlei beauftragt. Als ich von dem Boot mit der Leiche hörte, habe ich mich erkundigt, wer das Boot gefunden hat."

„Warum sollte eine Versicherungsgesellschaft Interesse daran haben?", fragte Elmar.

„Nun, Dietmann hat den Diebstahl von Diamanten der Versicherung gemeldet. Als diese von dem Leichenfund auf der Jacht von Dietmann hörte, beauftragte sie mich, vor Ort Untersuch-ungen anzustellen, ob die Diamanten gefunden wurden. Sie haben keine gefunden?", fragte er so nebenbei.

„Herr Hilrath, mich hat man gar nicht richtig auf das Boot gelassen. Ich habe nicht mal die Leiche richtig gesehen, und dann hat man mich verdächtigt, die Person ermordet zu haben. Und jetzt verdächtigen Sie mich, die Diamanten geklaut zu haben? Ich denke, Sie verziehen sich so schnell als möglich", ließ Elmar seinen Ärger los.

„Verzeihen Sie, so war das nicht gemeint. Ich dachte nur, da Sie ja ein Bekannter von Dietmann waren, hätte es ja sein können, dass sie schon vor seinem Tod auf der Jacht waren. Okay, ich gehe schon", sagte er schnell, als er Elmars Gesicht bemerkte.

Elf

Beerdigung von Dietmanns Asche

Elmar ging doch zur Urnenbestattung von Dirk Dietmann. Es war doch klar, dass Dietmann auf dem Waldfriedhof in Reutlingen beerdigt wurde. Das bedeutete, dass Elmar, der mit dem Zug nach Reutlingen gefahren war, mit dem Taxi zum Friedhof fahren musste. Das tat ihm gewaltig weh. Für Dietmann auch noch Geld ausgeben, war ihm nicht einsichtig.

Am Friedhof angekommen, wunderte er sich über die Trauergäste. Elmar kannte niemanden außer der Ex-Frau von Dietmann. Der Bruder war angeblich in Südafrika und konnte nicht weg. Ob sein Sohn und seine Tochter dabei waren, konnte er von hinten nicht erkennen. Es fiel ihm eine dunkelhäutige große Frau auf, die hinter einer anderen Frau saß. Also in der dritten Reihe.

Zuerst kam seine Ex-Frau, dann die Kinder, wenn sie es waren. Zwei junge Leute. Dann kam eine blonde Trauernde, dann die mindestens 1,90 Meter große dunkelhäutige Frau, dann einige Männer, die auf seriös gemacht hatten.

Einen dieser Honoratioren, der wie er hinten saß, sprach Elmar an. „Und das soll alles sein, was von ihm übrig geblieben ist?", fragte er seinen Nebensitzer in der hintersten Reihe in der Grabkapelle.

„Psst, sie sagen, das wäre er", flüsterte der dicke Glatzköpfige mit einem runden Gesicht und gelbem Schnauzer unter der dicken roten Nase. „Sind Sie Geschäftspartner oder Verwandter?", fragte der große stattliche Mann flüsternd weiter.

„Nein, ich bin nur so da", antwortete Garner, „aber wir gingen mal miteinander zur Schule."

„Dann sind Sie der, an den wir uns zu halten haben, hat es geheißen", raunte der auf der anderen Seite von Elmar sitzende, ebenfalls ältere aber nicht dicke Trauergast Elmar zu.

„Nicht hier und jetzt", meldete sich der Dicke wieder, „etwas Pietät muss doch sein."

Damit ließen sie Elmar Garner ratlos zurück.

Unterdessen bestaunte er die runde Schatulle. Dunkel war sie, die Urne. Sie sah aus, als wäre sie aus schwarzem Marmor. Ungläubig starrte er auf das Ding. Es war etwa 35 Zentimeter hoch mit einem Durchmesser von vielleicht 20 Zentimetern. Es war reich geschmückt mit Glitzerzeug, das aussah, als wären mehrere Reihen Brillanten darum angebracht. Er fragte sich, ob die Urne voll Asche war. So groß war Dietmann nun auch nicht. Irgendwann war auch diese Zeremonie zu Ende und sie gingen zu einem kleinen Grab, in das die Urne nach ein paar Worten des Pfarrers versenkt wurde.

So schnell geht das, dachte Elmar und wanderte die fast neun Kilometer zum Bahnhof in Reutlingen und fuhr mit dem Zug nach Stuttgart.

Zwölf

Ein Schreiben verändert Garners Welt

Sie waren bereits drei Wochen wieder vom Urlaub zurück, als ihm der liebe Kollege von der Postverteilung ein großes dickes Kuvert auf den Schreibtisch warf.

„Hallo mein Freund", meinte er, „welche liebe Freundin schickt dir Urlaubsfotos?"

„Wenn ich den Absender nicht lese, kann ich dir nicht sagen, wo ich mich mit ihr das letzte Mal getroffen habe und ob ich sie dir empfehlen kann."

„Ist ja gut, ich lass dich schon in Ruhe", maulte er und zog ab.

Private Post in die Redaktion war selten und Elmar mochte das schon gar nicht. Eigentlich war es nur eine Wohnung, in der die Zimmer mit Computern vollgestellt waren. Aber Garner nannte es gern Redaktion. In der Regel warf er das in den Papierkorb. Er drehte den großen dicken Brief hin und her. Woher kam er? Als Absender nur zwei Buchstaben D.D. Im Moment kam ihm keine Erleuchtung. Er war schon wieder zu sehr im Tagesgeschäft und schrieb gerade an einem Artikel über eine Ausstellung, die der Stern dieser so hoch kultivierten Stadt sein sollte. Dann fiel der Groschen. Dirk Dietmann. Warum schickte er ihm einen Brief? Wann hat er ihn abgesandt? Hat er ihn vorher noch weggeschickt? Vor der Ermordung. Abgestempelt war das Kuvert in Italien. Die Adresse war an ihn persönlich, Elmar Garner. Nächste Zeile: Redaktion des Kuriers Nieselbach. Er war total geplättet. Er musste schnaufen wie zu den Zeiten als er noch 80 Zigaretten am Tag in sich hineinzog. Es war ein Gefühl der Angst, mit dem er zu kämpfen hatte. Er getraute sich nicht, den Brief zu öffnen. Mal sehen, wann der in der Redaktion ankam. Vielleicht lag er schon einige Zeit in der Poststelle. Was hatte er mit Dirk Dietmann noch zu tun? Sie gingen zusammen ein paar Jahre in die gleiche Klasse und er, Dietmann, musste ihm, Elmar, immer beweisen, dass er besser war. War er sowieso. Elmar hatte nicht den Ehrgeiz, mehr als ein bisschen über mittelmäßig zu sein. Er konnte und wollte sich damals nicht anstrengen. Erst als er beruflich eine echte Herausforderung fand, entwickelte sich auch sein Ehrgeiz, setzte er seine ganze Energie in den Beruf. Auch nach seinem Unfall machte er weiter. Bis zum Burn-out und fast bis zum Ende seiner Ehe. Aber Marlene fing ihn auf und alles war wieder gut. Er trat beruflich ein paar Schritte zurück und kennt inzwischen seine Grenzen. Er war nur noch gelegentlich beschäftigt. In der Lokalredaktion hat er nicht die Herausforderung wie als Auslandjournalist. Nicht diese Reisen, nicht die Welt im Blick. Aber die Region, in der er lebt, ist liebens- und lebenswert. Ja, als er noch ein Journalist war, da redete Dietmann mal wieder bei einem Klassentreffen mit ihm, Elmar Garner. Aber seit mehreren Jahren als gelegentlicher Regiofritze hatte er nichts mehr von ihm persönlich gehört. Man konnte in der Zeitung lesen, dass Dr. Dietmann seine gut florierende Zahnarztpraxis aufgegeben hatte und im internationalen Medizinhandel erfolgreich sei. Aber, wie später berichtet wurde, war er auch in der Finanzbranche erfolgreich. Beratung von Medizinern, wo und wie sie am besten ihr Geld anlegen konnten. Ein Jahr war das schon wieder her, dass Dietmann ihm eine Beteiligung in der Finanzberatung ange-boten hatte. Und dann die Geschichte vor ein paar Wochen an der Küste der spanischen Insel, als man die Leiche von Dirk fand. Und jetzt bekam Elmar ein dickes Kuvert von ihm. Er hatte doch Dirk gefunden auf der Jacht. Er war sogar verdächtigt worden, der Mörder zu sein. Wie kommt dieses Kuvert zu ihm?

Er ließ es erst einmal liegen, Post von einem Toten hatte keine Eile.

Aber wahrscheinlich hatte das Kuvert ein Eigenleben. Immer wieder zog es seine Aufmerksamkeit auf sich. Er traute sich nicht, es in den Papierkorb zu werfen. Er traute sich nicht, es aufzu-machen. Bis. Bis das Telefon klingelte. Dies nahm er als Zeichen, dass er dem monströsen Kuvert zuleibe rücken sollte. Er ließ das Telefon klingeln und nahm den braunen, dicken Umschlag in die Hand. Merkwürdig, dass der Umschlag nicht weiß war, fand er. Er hätte nicht erwartet, dass Vermögensberater braune

Briefhüllen verwenden. Wenn er Post von der Bank bekam, dann war die in den meisten Fällen, nein, immer war die Post von der Bank in weißen Kuverts. Nur das Finanzamt schickte ihm die Belege in braunen, dicken, großen C 4 Kuverts zurück. Das war zwar auch ein C 4 Kuvert, aber es kommt nicht vom Finanzamt, dachte er. Dieses braune Päckchen, es hätte gut auch als Päckchen geschickt werden können. Dieses Kuvert war braun. Ein ordinäres Braun. Nicht so braun wie das Holz seines Schreibtisches oder wie der Sand. Nein, es war so eierbraun. So wie die Eier werden, wenn man sie zu Ostern mit Zwiebelschalen abreibt. Er drehte das Kuvert nochmals hin und her, obwohl er sich schon entschlossen hatte, dass er es öffnen würde. Da sah er es: Der Brief war nicht abgestempelt und nicht frankiert. Dass ihm das nicht gleich aufgefallen war, kritisierte er sich. Trotzdem, obwohl jetzt noch unsicherer, holte er sein Taschenmesser aus der Schublade oben links seines Schreibtisches. Normalerweise benützte er es nur zum Teilen seines Pausenapfels, den ihm seine Frau immer mitgab. Für Briefe hatte er einen Brieföffner. Aber den sah er heute nicht auf seinem Schreibtisch. Obwohl, überlegte er, meistens kamen die Briefe geöffnet zu ihm. Zumindest die Geschäftsbriefe. Aber das war ja kein Geschäftsbrief. Normalerweise bekam er keine Privatpost an die Redaktion.

Als er den Brief aufgeschlitzt hatte, hielt er an. Sollte er wirklich nachsehen, was in dem Kuvert ist? Er hatte so eine Ahnung, dass sich damit etwas verändern würde, dass damit etwas anders werden würde in seiner Beziehung, oder besser gesagt, in seiner Nichtbeziehung zu Dirk Dietmann. Da war wahrscheinlich etwas drin, was er sicher erst einmal nicht wollte. Aber Elmar war ein neugieriger Mensch, das gestand er sich ein. Elmar wollte immer wissen, was liegt da vor mir. Was hat das Leben mir heute, jetzt, Neues zu bieten? Wo geht die Reise hin? Was kann er heute noch erleben? Zwar war er mit den Jahren ruhiger geworden, hatte erlebt, dass hinter der nächsten Kurve auch Enttäuschungen liegen können. Vor allem wenn er an seinen Unfall dachte. Da hatte er noch die Freude auf das Neue, die Erwartung auf eine gute Überraschung. Aber hier, fast spürte er eine Gefahr von diesem Kuvert und seinem Inhalt ausgehen. Es war jetzt offen, was ihn erwarten könnte, immer noch, das spürte er. Noch wollte er wissen, was hinter der nächsten Kurve, hinter dem nächsten Hügel, hinter dem nächsten Dorf liegt.

Nachdem er das Kuvert nun offen hatte, konnte er doch auch sehen, was drin ist. Elmar fühlte noch einmal die Briefhülle ab, so als könnte er erraten, was drin ist. Dann räumte er den Schreibtisch frei und schüttete den Inhalt des Briefes auf die polierte Platte. Und dann staunte er. Auf dem Tisch lagen jetzt ein kurzes Schreiben und viele große Bilder. Bilder von Steinen. Er konnte sich zuerst nicht vorstellen, was das sollte. Dann waren da Listen mit Namen und Adressen. Das alles legte er zur Seite. Nun nahm er doch den Brief in die Hand. Es war weißes Papier. Der DIN A 4 Bogen war mit einer roten Farbe beschrieben. Dies rief ein innerliches Kopfschütteln bei ihm hervor. Was wollte der Schreiber, was wollte Dirk Dietmann ihm mit der roten Tinte andeuten? Er fand dann noch einen Stick und eine Karte von einer Bank.

Dreizehn

Dann las er doch den Brief:

Lieber Elmar,

Du wirst Dich wundern, von mir ein Kuvert mit Fotografien, Bankkarte und Stick zu bekommen. Du hast sicher davon gehört, dass ich nicht mehr lebe. Deshalb kontaktiere ich Dich mit diesem Schreiben. Auch wenn Du abgelehnt hast, mit mir zusammen in der Vermögensberatung tätig zu sein, bin ich der Meinung, dass Du der Einzige bist, der die Ansprüche der Anleger zufriedenstellen kann, wenn ich nicht mehr bin. Selbst meine geliebte Lebensgefährtin wird wohl nicht in der Lage sein, sich den Forderungen der Anleger entgegenstellen zu können. Ich habe ein Testament bei einem Notar hinterlassen, in dem ich Dich zum Nachlassverwalter bestellt habe. Außerdem habe ich Dich als Teilhaber eingesetzt und dich damit mit allen Rechten und Pflichten betraut. Von meiner Ex-Frau erwarte ich nicht die geschäftlichen Kompetenzen, jedoch wirst du mit ihren Attacken rechnen müssen, da sie hofft, nach meinem Tod ein großes Erbe zu bekommen. All ihre rechtlichen Ansprüche sind jedoch abgedeckt. Dennoch rechne damit, dass sie Forderungen erhebt. Ich habe veranlasst, dass sich meine Assistentin, Felizitas Schäberle, die sehr gewissenhaft und kompetent ist, mit Dir in Verbindung setzt. Ihr solltest Du vertrauen. Nun wünsche ich Dir viel Erfolg.

Ach, so ein Danke wäre auch angebracht. Also Danke schön und alles Gute.

Du findest, hoffentlich ist es noch drin, im Kuvert ein Geldbündel mit fünfzigtausend Euro. Das ist Dein Arbeitskapital. Wie ich Dich kenne, nehme ich an, dass Du keinen Lohn akzeptieren wirst. Aber es ist ebenfalls notariell geregelt, dass Dir zehn Prozent der Erlöse als Bezahlung zustehen. Mein Mitarbeiter, der sich gerne als Teilhaber sieht, ist durch ein gesondertes Schreiben vom Notar informiert worden, dass Du die Geschäfte leitest. Wenn Du das nicht machst, kann ich Dich nicht belangen. Aber wahrscheinlich werden die Einleger Dich belangen. Beim Notar habe Dich als Miteigentümer eintragen lassen. Dennoch bist Du von meiner Seite aus frei in Deiner Entscheidung.
Vielleicht sehen wir uns irgendwo wieder.
Dirk Dietmann

Elmar schimpfte vor sich hin: „Hätte ich das Kuvert doch nicht geöffnet. Dieser unverschämte Kerl hat mir eine Last auf den Rücken gebunden. Der wusste genau, dass ich mir nicht einfach das alles vom Hals schütteln könnte. Oder vielleicht doch? Einfach so sein, wie Dietmann über die Ansprüche der anderen hinweg gehen. Nur eigene Entscheidungen akzeptieren, ohne sich von anderen beeinflussen zu lassen, war seine Devise, hat er mir mal erklärt. Aber kann ich das auch? Ich werde es versuchen."

Elmar packte alles wieder ins Kuvert, warf es in den Papierkorb. Doch dann merkte er, dass er heute nichts mehr arbeiten könnte, und nahm das Kuvert wieder aus dem Papierkorb und steckte es in seine Laptoptasche. Er musste es richtig quetschen, damit die Tasche zuging. Er ging nach Hause. Von der Redaktion aus konnte er in zehn Minuten zu Hause sein. Als er den Hügel erklomm, merkte er, dass er nicht mehr fit war. Also buchte er innerlich einen Termin in seinem Sportstudio.

Zu Hause war alles still. Seine Lene war noch nicht von der Arbeit zurück. Er ging ins Wohnzimmer, schenkte sich einen Single-Malt-Scotch ein, setzte sich aufs Sofa mit Blick auf die Terrasse und versuchte abzuschalten.

Es klingelte und sein ältester Enkel Phillip stand vor der Tür. „Opa, kann ich bei dir spielen?"

Klar konnte er bei Opa spielen. Der Achtjährige war schließlich einer seiner fünf Lieblingsenkel. Er suchte sich die Spielsachen, die immer in einer Ecke lagen, und spielte eine Weile. Elmar sah ihm zu und entspannte wirklich. Vergaß alles und freute sich einfach an seinem Enkel. Als der dann fragte, ob er im Keller in der Werkstatt etwas mit ihm basteln wollte, da überlegte er sich nur, was er mit ihm basteln könne. Es lief auf einen Starenkoben hinaus. Aus dem Internet holte er sich die Bauanleitung vom BUND. Und sie werkelten, bis Lene kam und rief, ob sie etwas essen wollten. Sie wollten und gingen ins Esszimmer.

Vierzehn

Ein eigenartiger Besuch

Das Telefon klingelte heute besonders aggressiv, dachte er. Er versuchte schon am Läuten zu erkennen, wer anrief. Es war niemand aus seinem persönlichen Telefonverzeichnis, da kein Name erschien. Beim vierten Klingeln hob er ab.

„Garner, guten Morgen."

„Herr Garner, ich habe Informationen über Dietmanns Diamanten."

„Wer sind Sie und wieso sollten mich Dietmanns Diamanten interessieren?"

„Wer ich bin? Okay ich bin Felizitas Schäberle und bin, oder besser gesagt, war Dirk Dietmanns Assistentin. Wir haben uns bei der Beerdigung gesehen. Ich bin die dunkelhäutige große Frau, die alle überragte", lachte sie mit einer rauchigen Stimme ins Telefon.

Garner war mürrisch und nicht überzeugt, dass ihn das Gespräch interessieren würde. „Was soll ich mit Ihren Informationen anfangen?"

„Ich habe ein Video von Herrn Dietmann mit einer Nachricht an Elmar Garner, und das sind doch Sie, und ich soll Ihnen dieses zukommen lassen, falls ihm etwas zustößt, und ihm, Dietmann, ist doch etwas zugestoßen. Also habe ich die Telefonnummer von ihnen recherchiert und jetzt rufe ich an und wenn Sie mir sagen, wohin ich das Video schicken soll, dann schicke ich es Ihnen. Das Video ist übrigens auf einen Stick gespeichert", sprudelte sie schnell ins Telefon, als hätte sie Angst, dass er auflegen würde, bevor sie ihre Botschaft losgeworden war.

Wahrscheinlich hätte er tatsächlich aufgelegt, wenn er nicht ein paar Tage vorher das Kuvert bekommen hätte, mit dem ihn Dietmann schon darauf aufmerksam gemacht hatte, dass er jemand beauftragt habe, ihn zu kontaktieren.

„Also, Frau Schäberle, dann bringen Sie doch den Stick am besten bei mir vorbei. Wo ich wohne, haben Sie sicher auch schon rausgekriegt. Es ist auf jeden Fall sicherer, als wenn Sie mir den schicken."

„Da hend se recht und ich glaub es isch wirklich wichtig", antwortete sie erleichtert.

Bereits zwei Stunden später läutete es an seiner Haustür. In der Hoffnung, dass es einer seiner Enkel sei, humpelte er schnell an die Tür. Aber Pech. Es war eine dunkelhäutige große Person. Schnell schaute Elmar die Straße hinauf und hinunter, ob auch niemand auf der Straße war und sah, wer an seiner Tür stand. Er hatte nichts gegen Farbige, im Gegenteil, er war ein Vertreter der Mulitkultikultur, aber die Frau sah so gut aus, dass er befürchtete, die Nachbarn kämen auf dumme Gedanken. Es war niemand zu sehen, und obwohl er allein war, bat er Frau Schäberle, so stellte sie sich ihm vor, ins Haus.

„A schees Häusle hend se hier. Und net so protzig wia älles beim Dietmann war. Richtig gmütlich. Am Neschd ko mr sea, was fir en Vogl dren haused", machte sie Komplimente.

„Ja, ich bin nicht Dietmann und stand ihm nicht so nahe, dass ich in der gleichen Liga spielen wollte", wehrte Elmar ab. „Ich will nicht unfreundlich sein, aber es ist wohl besser, Sie geben mir den Stick und ihre Telefonnummer, dann fahren Sie nach Hause und ich melde mich, wenn ich den Stick gelesen habe. Nochmals vielen Dank, dass Sie mir den Stick gebracht haben."

Sie sah ihn erstaunt an. Er war selbst auch über seine unfreundliche, wenig einladende Art erstaunt, aber es war ihm peinlich, dass er eine so gut aussehende Person in sein Refugium eingeladen hatte. Also wollte er sie so schnell wie möglich wieder loswerden. Dann fiel ihm ein, er könnte sie ja nach Vaihingen ins Café Heinrich einladen.

„Okay entschuldigen Sie meine Unfreundlichkeit. Darf ich Sie zu einem Kaffee einladen? Aber nichts für ungut, Sie sehen so gut aus, wenn jemand aus der Nachbarschaft mitgekriegt hat, dass Sie zu mir ins Haus gegangen sind, dann werden die neidisch und tratschen im ganzen Ort, dass der Garner eine Superfrau zu Besuch hatte als seine Ehefrau nicht zu Hause war. Fahren wir doch nach Vaihingen und trinken dort einen Kaffee", schlug er vor.

Sie lachte glockenhell aus vollem Halse und sagte: „So ein Kompliment hat mir noch koi Chef gemacht, denn mei Chef send Sia ja und ich nehme Ihre Einladung gern aa."

Anscheinend verstand sie seine Peinlichkeit und akzeptierte es. So fuhren sie in zwei Autos nach Vaihingen, parkten in der Tiefgarage von Edeka und tranken bei Heinrichs Café einen Kaffee. Er trank Kaffee schwarz, sie bestellte einen Latte Macchiato. Felizitas Schäberle erklärte ihm, dass er in ihr eine gute Assistentin gehabt hätte, wenn er, wie Dietmann das wollte, ins Geschäft eingestiegen wäre. „Aba Se hend ja ned wölle. Aber jetzt müsset Se doch. I han in den Stick neiguckt. Dietmann sechd Ihne damit, dass Sia sei Gschäft abwickla sollet und des hot er dem Notar scho mitteilt bevor se ehm umbrocht hend. Aba Sia kennet mit mir rechna. I bin zu eahne loyal."

Elmar war total perplex. Er versprach, demnächst mal nach Reutlingen zu kommen. Felizitas beschrieb ihm, wie er am besten zum Büro von Dietmann kommen würde, gab ihm ihre Telefonnummer, damit er auch ins Büro komme, denn es sei jetzt geschlossen. Der Kollege von Dietmann habe keinen Schlüssel.

Fünfzehn

Elmars neuer Arbeitsplatz

Einige Tage später fuhr Elmar nach Reutlingen. Er ging zu dem Notar und der sagte ihm, dass die Testamentseröffnung war und er wäre ja eingeladen gewesen. Elmar wunderte sich, dass er nichts erhalten hatte. Der Notar prüfte das nach und musste eingestehen, dass sie versehentlich die Unterlagen an die Büroadresse von Dirk Dietmanns Vermögensberatung geschickt hatten. Dem Notar war das so was von peinlich. Elmar grinste innerlich und bedauerte verbal, dass dem Notar so ein Fehler passieren konnte. Er rief Felizitas Schäberle an und sagte, dass er in das Büro kommen wolle. Felizitas versprach, dass sie im Büro sein werde und ihn erwarten würde. Er solle ihr nur sagen wann.

Also fuhr Garner nach ein paar Tagen zum Büro von Dietmann. Es war ihm peinlich, in das Büro des toten Dietmann zu gehen. Aber anscheinend musste er sich einen Überblick verschaffen, was für Entscheidungen er treffen musste. Lieber hätte er sich versteckt, wäre irgendwohin gefahren, um für niemanden erreichbar zu sein. Also fuhr Garner nach ein paar Tagen zum Büro von Dietmann. Frau Schäberle erwartete ihn. Frau Schäberle, er dachte wegen ihres schwäbischen Dialekts nicht mehr daran, dass sie eine Frau war, die super aussah. Außerdem war sie groß, er schätzte sie auf einhundertneunzig Zentimeter und sie war sehr gepflegt angezogen. Mit einer gut sitzenden, blauen Bluse unter einer beigen Jacke und einem Rock, der knapp über dem Knie endete.

Nach der Begrüßung bot sie ihm eine Tasse Kaffee an. Dabei beobachtete er sie, wie sie mit anmutigen Bewegungen ihm die Tasse Kaffee brachte. Elmar bat Frau Schäberle, ihm die Unterlagen zu bringen, aus denen er sehen konnte, wer welche Einlagen überwiesen hatte. Er hoffte, dadurch auch den Schlüssel zum Verbleib des Geldes zu finden. Mit Hilfe von Felizitas Schäberle konnte er aus den Unterlagen entnehmen, dass ungefähr 250 Anleger fast siebzig Millionen Dietmann überlassen hatten, damit er das Geld vermehre. Anscheinend hatten Dietmann und seine Mitarbeiterin Felizitas bis zum Zeitpunkt seines Todes tatsächlich ordentlich gearbeitet. Die einzelnen Beträge waren korrekt verbucht und auf das Vermögenskonto überwiesen worden. Dann fiel ihm auf, dass keine Ausgaben für die Diamanten verbucht waren. Er fragte Frau Schäberle danach.

„Ha wissed Se, mit de Stoila da hot der Dietmann immer a Geheimnis gmacht. Erscht wenn er se gchliffa lassa ghet hot, dann hot er da a Gegenbuchung gmacht. Dia hot er dann immer als Wertzuwachs verbucht. Wenn er welche verkauft hot, hat er dia Einahma auf a extra Konto verbucht."

„Aber er musste doch von dem Konto der Einlagen Geld abheben, um die Steine zu bezahlen." Warf Elmar ein.

„Ja scho, aber er hat dann imma den Wert der Brillanten dagegen grechned und hot gseid, dass des damit abdeckt ischt."

Garner wollte das Depot auflösen und den Anlegern das Geld wieder überweisen. Aber als er bei der Bank nachfragte, stellte er fest, dass das Geld schon längst weiter transferiert worden war und nichts mehr greifbar war.

Es gab so eine Art Beirat für die Anleger. Den Vorsitzenden Kapmann rief er an und erklärte ihm, dass es leider nicht möglich sei, den Anlegern ihr Kapital wieder zukommen zu lassen.

Felizitas Schäberle war im zweiten Büro und konnte das Geschrei dieses Herrn Kapmann hören. Elmar ließ ihn schreien, hatte er doch Verständnis dafür, dass jemand in Wut geriet, wenn ihm 800.000 Euro verloren gegangen sind. Als er sich beruhigt hatte, sagte Kapmann zu Elmar: „Herr Garner, was denken Sie, was die anderen Anleger mit Ihnen machen? Im Übrigen haben wir kurz vor dem Tod von Dietmann ein Schreiben bekommen, dass er Sie als Kompagnon mit allen Vollmachten mit ins Geschäft genommen hat und Sie sich sorgfältig um unsere Einlagen und deren Vermehrung kümmern werden. Wir nehmen Sie in Haftung. Sie kommen da nicht raus. Von wegen Sie wussten von nichts."

Elmar, sagte ihm noch, dass er sich erst einmal einen Überblick über die Situation verschaffen müsse, bevor er Weiteres sagen könne, und er wünsche ihm noch einen guten Tag.

Felizitas Schäberle kam zu ihm ins Büro und sagte ihm, dass der immer so gebrüllt habe, wenn er dachte, es laufe nicht so wie er wollte.

Aber das war keine Hilfe für Elmar. Er rief bei seinem Anwalt an und fragte, ob er vorbeikommen könne. Bernhard Rickle räumte ihm für den nächsten Tag einen Termin ein. So verabschiedete sich Elmar von dem Büro und von Felizitas Schäberle und fuhr mit dem Zug Richtung Stuttgart.

Sechzehn

Elmar schwelgt in Bad Urach in Erinnerungen

In Metzingen unterbrach er die Fahrt, weil ihm spontan die Idee kam, wieder mal nach Bad Urach zu fahren. Dort ging er wieder ins Café BeckaBeck.

Wilfried war diesmal nicht da. Er bestellte einen Kaffee und eine Schoko-Sahne-Torte und, um sich zu beruhigen, einen Cognac. Dann fiel ihm ein, dass er mal wieder zum Hannerfelsen wandern könne. Er erinnerte sich, dass der Weg beim Bahnhof abging.

Dort beim Bahnübergang gab es Übersichtstafeln. Dahinter schlängelte sich der Weg bergauf. Die Steinstufen waren ziemlich abgetreten und für ihn mühsam, da sie teilweise rutschig waren. Dann ging es durch den Wald, an den konnte er sich nicht mehr richtig erinnern. Vielleicht waren die Bäume damals nicht so dick und standen nicht so dicht. Irgendwann musste er nach links, wurde ihm klar, und als er dort weiterging, kam er zu einer Mauer. Er merkte, dass es steiler wurde, und eigentlich hatte er gedacht, früher ans Ziel zu kommen. Aber jetzt war er schon so weit und er wollte doch zu dieser Hütte, die da oben irgendwo sein musste. Ihm fiel auf, dass ihm niemand entgegenkam. Außer dem Geräusch des Verkehrs war nur vereinzelt Vogelgezwitscher zu hören. Der Weg wurde noch steiler und für ihn mit der verletzten Hüfte auch beschwerlicher, als er gedacht hatte. Er wusste, er musste sich weiter links halten.

Er erreichte dann doch den Hannerfelsen und hatte einen schönen Ausblick. Er sah die Ruine Hohenurach und unten die Stadt. An diesem Tag war recht sonniges Wetter und er genoss die Stille. Weit nach vorne traute er sich nicht, er wurde unsicher. Zu der Burg fiel ihm ein, dass Roman Zeithart ihm erzählte, dass die württembergischen Herzöge dort den Grafen Heinrich festhielten. Er glaubte sich zu erinnern, dass es Eberhard im Bart war, der seinen angeblich geisteskranken Vetter Heinrich von Württemberg verhaften ließ und in der Burg isolierte. Heinrich lebte von 1490 bis zu seinem Tod am 15. April 1519 mit seiner Familie auf Hohenurach. Georg I. von Württemberg-Mömpelgard wurde dort geboren. Durch den wurde die Linie der Württemberger dann weitergeführt. Angeblich sollte der Heinrich dort in der Burgruine spuken. Doch Elmar glaubte nicht an Geister, die spuken. Er überlegte, ob er zurückgehen sollte, aber da der Weg aussah, als ob er eben weiterging, wollte er noch nicht aufgeben. Er kam nochmals an einem Felsen vorbei, wunderte sich, dass es so weit zu der Hütte war. Dann kam die Hütte. Es war jetzt richtig still. Der Lärm war verebbt und die Vögel hatten auch keine Lust mehr, auf ihn aufmerksam zu machen. Er setzte sich in die Hütte hinein und erlaubte sich zu träumen von den alten Zeiten. Da saß er ein paar-mal mit einem Mädchen. Eine davon war sehr aktiv. Die Party, bei der er sie kennenlernte, fand in einem Turm statt. Zu der ging er an manchem Wochenende nach einer Party. Hin und wieder auch unter der Woche. Manchmal hatte sie auch einen Bekannten und dessen Freundin eingeladen. Angeblich trafen sie sich zum Quatschen bei ihr im Zimmer. Elmars Freundin ging mit ihm dann immer in die Küche. Einmal überraschte sie ihr Vater. Der nahm Kontakt mit Elmars Vater auf und die beiden wollten wohl eine Hochzeit arrangieren. Aber als Elmar nach Stuttgart zog, kam das Mädchen nicht mit.

Da fiel ihm eine, dass er nie ein Mädchen nach Hause nahm. Erst Leni brachte er von Stuttgart mit und stellte sie seinen Eltern vor.

In Stuttgart wohnte er in einer WG, die politisch sehr stark orientiert war. Natürlich links. Hier lebte er auch seine sozialistische Gesinnung aus. Woher kam die eigentlich? Wahrscheinlich durch seinen kommunistischen Onkel, den die Nazis ins KZ gesperrt hatten. Die Gruppenmitglieder gingen zusammen zu Demos und trafen sich in Kneipen, um Ouzo zu trinken. Manchmal kochten sie auch etwas zusammen. Der Wohnungseigentümer war verheiratet. Irgendwann verließ ihn seine Frau, weil wir nur quatschen würden und nichts unternahmen. ´Nur reden nichts bewirken!´, war ihr Statement.

Sie hörten auch von jemand, der drei Wochen Urlaub machte. In Berlin! Man munkelte, dass er eine Einladung von der Stasi hatte.

Was für Ideen er damals in der Zeit in Bad Urach hatte. Er wollte eine Band gründen. Aber diejenigen, die bereit waren mitzumachen, konnten und wollten gar nicht wirklich spielen, sondern sich nur unterhalten und sich wichtigmachen vor Mädchen. Wie sich die Welt doch verändert hatte. Nicht nur seine Welt. Damals hatten viele junge Leute nicht an Karriere und Geld verdienen gedacht. Heute muss sein Enkel schon danach trachten, gute Noten zu haben, damit seine Zukunft gesichert ist. Ihm war niemand bekannt, der damals schon an die Rente gedacht hatte. Zum Glück hatte er Lene, die bei ihrer Arbeit gut verdiente, sodass er es nicht merkte, dass er nicht für die Rente vorgesorgt hatte. Er erinnerte sich, was er einmal gelesen hatte: Es geht bergauf und bergab, es gibt Zuversicht und Zweifel, Erfolg und Niederlage, Freude und Trauer, welchen Weg auch immer wir gehen. Vertrauen wir unserem inneren

Kompass, dass er uns den richtigen Weg weist, denn es bleibt uns nichts, als ihm zu folgen. Wir sehen eine Linie, wir sehen Risiken, wir sehen Chancen. Das Herz schlägt höher, wir brennen darauf Antworten zu bekommen auf die vielen Fragen, die sich uns stellen. Wenn es gut läuft, werden wir etwas hinterlassen, das lebt, das Charakter hat, das Emotionen weckt, das eine Geschichte erzählt. Es wird seine eigene Sprache sprechen, aber wer sie spricht, wird auch die Botschaft verstehen.

Es stand in einer DAV Zeitschrift Panorama 70. Jahrgang Seite 40 3/2018 Memento Mori Fritz Müller. Über die Route. Jung stirbt, wen die Götter lieben.

Seit seinem Unfall bewegten ihn immer die Gedanken an Schuld und Sühne und er wusste, er war für den Tod des ihn begleitenden Kameramannes nicht schuldig. Schuldig war derjenige der die Granate auf den Jeep abgeschossen hatte und derjenige, der den Befehl gegeben hatte. Elmar hatte den Vorschlag gemacht, dass sie doch weiterfahren sollten und versuchen sollten, den Rebellenführer zu interviewen. Aber er hatte ja auch an der Entscheidung zu leiden. Schließlich war er nahe dran gewesen, den Tod zu finden. Nur der Umstand, dass ihnen eine Militärpatrouille gefolgt war und diese ihn dann in ein Krankenhaus brachte, bewahrte ihn vor dem Tod. Aber seitdem hinkte er und es gehörte immer wieder eine Portion Demut dazu, offen zurückzuschauen, wenn Kinder und auch Erwachsene beobachteten wie er hinkt. Es kostete immer wieder Kraft und Überwindung einzugestehen, dass er nach dem Unfall eine ganze Zeit lang auf Hilfe angewiesen war und dass er auch heute noch manchmal Hilfe benötigt. Aber er wollte und will sich dem Handicap stellen und mit dem Schicksal nicht hadern und auch nicht mit Gott, denn er hat es ja herausgefordert, indem er immer das Abenteuer gesucht hat. Er bedachte auch kurz, ob ihn bei der Abwicklung der Diamantensache auch das Abenteuer lockt. Ganz konnte er es nicht ausschließen. Doch er war sich sicher, dass auch sein Verantwortungsgefühl angesprochen wurde und er das nicht so einfach ablegen konnte.

Irgendwie wurde er traurig. Es fiel wie eine dunkle Wolke über ihn. Es war nicht die Wolke, die sich vor die Sonne schob.

Er war ohne sein Zutun zu einem Vermögensberater geworden und konnte sich selbst bisher kein überaus großartiges Vermögen erwerben, und wenn er ehrlich war, er wollte er es auch nicht. Er und Lene hatten trotzdem ihr Auskommen. Sie wohnten im eigenen Haus und brauchten keine Miete zahlen und die größeren Renovierungen hatten sie bereits durchführen lassen und zum Teil selber gemacht. Vielleicht brauchte er den Job doch nicht zu machen. Er hoffte, die Anleger irgendwie beruhigen zu können. Diese wahnwitzige Hoffnung heiterte ihn wieder auf. Wahrscheinlich lag es an der lauen Luft, dass er sich dann doch keine allzu großen Sorgen machte.

Dann fiel ihm ein, weshalb er wahrscheinlich von Dietmann für diesen Job als Nachlassverwalter ausgesucht wurde. In der Zeit, als er nach Bad Urach kam, wurde er nur in ganz wenigen Wohnungen von Schulkameraden eingeladen. Bei Dirk hatte er mehrmals Geburtstag gefeiert, auch bei Zeithart war er mehrmals zu Hause und sonst konnte er sich nicht erinnern, dass er bei irgendjemand von all den Freunden in der Wohnung war. Es war interessant, dass seine ersten 'Freunde' alles Zugereiste, oder wie sie ihn nannten, Reigschmeckte waren. So hatte er sich einige Male mit einem Italiener aus der Klasse getroffen, der ihm Interessantes in Bad Urach zeigte. Einem Portugiesen half er beim Lernen der deutschen Sprache. Ein Koch wollte mit ihm ein Hotel eröffnen. Der kam aus Freiburg. Ein Türke lud ihn zu einem Urlaub in die Türkei ein. Anscheinend wurde er mit den Einheimischen nicht so richtig warm. Eine Ausnahme war Roman Zeithart, und eben Dietmann. Aber Dietmanns Eltern waren auch nicht in Bad Urach geboren.

Später war er öfter bei Partys, doch diese fanden meist in irgendwelchen Jugendräumen statt. Halt, da fiel ihm ein, bei Carla war er auch ein paarmal zu einem Geburtstagsfest eingeladen. Deren Eltern kamen aus Berlin. Elmars Vater kam zwar aus Ostpreußen, aber eben auch aus dem Osten. Aber das war Schnee von gestern. Und im Großen und Ganzen hatte er eine recht unterhaltsame Jugend, recht abwechslungsreich und ohne große Sorgen. Zur Unterhaltung ging er in ein Gemeindehaus, um Tischtennis zu spielen, da traf er zumeist Schulkameraden und Kameradinnen. Hin und wieder kamen auch die Töchter von einem der Chefärzte des hiesigen Krankenhauses zum Tischtennis spielen. Dort übte er sich in politischer Überzeugung. Er erklärte den jungen Leuten die Vorzüge des Sozialismus. Eine der Töchter des Chefarztes unterstützte ihn dabei.

Elmars Eltern ließen ihm viele Freiheiten. So konnte er ins *Buck* zum Tanzen gehen, als er erst sechzehn war, und dort lernte auch manches Mädel kennen. Und wie es damals so war, lernte er sie recht intensiv kennen. Na ja, wenn er es richtig überlegte, ging es meist nur bis zur Haut und nicht darunter ins Herz hinein.

Mit Lene war das etwas anderes, alles war viel tiefgehender, viel vertrauensvoller, einfach intensiver. Und er empfand immer noch für Lene, wie damals Volker Lechtenbrink sang: Ich mag dich und das ganz doll.

Es war auch nicht unproblematisch, dass er beruflich und privat viel auf Reisen war. Er hätte das nicht so unbeschwert und erfolgreich schaffen können, ohne das praktische Wirken von Lene. Sie hat die Familie super gemanagt, und dazu noch ihren anspruchsvollen Job als Ärztin. Als er nach seinem Unfall wochenlang im Krankenhaus lag, war sie jeden Tag bei ihm zu Besuch. Eigentlich war das Leben damals schön und ist es trotz dem Damoklesschwert von fehlenden siebzig Millionen heute immer noch.

Also ging er langsam wieder in die Stadt hinunter. Nun meldete sich wieder seine Hüfte und trübte die gute Stimmung, die er hoch über Urach gewonnen hatte. Er ging am Bahnhof vorbei, auf dem das Zügle stand. Als er am Schloss vorbeikam, warf er einen Blick zum Amtsgericht. Er erinnerte sich, dass er zeitweilig Freunde hatten, die dort von dem damaligen Amtsgerichtsrat richtig zusammen geschrien wurden, wenn sie wegen Bagatellen angeklagt waren. Ein Schulkamerad erzählte ihm folgende Geschichte: Er, der Schulkamerad, der auch im Amtsgericht wohnte, ging einmal nach dem Sohn von dem Richter die Treppe hoch. Der Sohn klingelte, die Tür ging auf, der Sohn des Jugendrichters bekam eine Ohrfeige und wurde in die Wohnung gezogen. Der Schulkamerad beteuerte, dass dies der Wahrheit entsprach und dass er sich entsetzt habe, da der

Amtsgerichtsrat doch Bände voller Kommentare über Jugend-
recht geschrieben habe.

Siebzehn

Gespräch unter Freunden

Bei der Amandus-Kirche blieb er kurz stehen und erinnerte sich,
dass diese evangelische Kirche als Schutzpatron den Amandus
von Maastricht hat. Aus dem Kollegiatstift, das aus der
Reformationszeit stammt, ist später ein evangelisches Ein-
kehrhaus geworden.

Elmar schwenkte dann in die Kirchgasse hinein. Dort wusste
er die Gaststätte Traube. Er war mal mit einigen Kollegen dort
zum Essen und es war damals sehr gemütlich. In diesen ʹgroßenʹ
Städten läuft man sich halt manchmal über den Weg, und diesmal
lief ihm tatsächlich Roman Zeithart über den Weg. Das passte
ganz gut. An ihm konnte er seinen Frust auslassen. Na ja, es war
nicht sehr fair, aber Roman war politisch interessiert und
diskutierte gerne. Er hatte ein schmales, längliches Gesicht mit
einem starken Kinn, das durch seinen starken Bartwuchs immer
dunkel wirkte, selbst wenn er frisch rasiert war. Roman war
etwas größer als Elmar und wirkte mit seiner schlanken Gestalt
noch sehr jugendlich, obwohl auch er die sechzig überschritten
hatte. Seine Haare hatte er sehr kurz bis über die Ohren geschnit-
ten und sie oben etwas länger stehen lassen. Es sah fast so aus,
wie die Frisur, die der nordkoreanische oberste Führer der
demokratischen Volksrepublik Korea Kim Yong-un hat. Manche
sagten auch GI-Frisur dazu. Er hatte dichte Augenbrauen über
großen grauen Augen, eine große Nase und normal dicke Lippen.
Elmar sah es als eine Möglichkeit über seine Traurigkeit und
seinen Ärger und seine Ratlosigkeit hinwegzukommen, wenn er
Roman in eine Diskussion verwickelte.

„Hallo Roman, schön dich zu sehen. Wir haben uns ja eine
Ewigkeit nicht mehr gesehen. Hast du Lust auf ein Glas Wein.
Wir könnten hier in die Traube gehen.ʺ

„Hi Elmar, was machscht du in Urach? Haschd di valaufa? Oder wolldescht wandra?"

„Nein Roman, ich hatte in Reutlingen zu tun."

„Haschd dem Dirk sei Gschäft übanomma? Ah, bischt jezschd a Vermögensberader gworda?"

„Roman, so frägt man Leute aus, aber nicht mich. Also kommst du mit rein und wir trinken ein Glas oder willst du mich über Dirk ausfragen? Aber ehrlich, ich würde gerne mehr von dir wissen."

„Dia hend aba koin Barolo. Aber an guada Primitivo und an Lemberger hend se au."

„Dass du dich noch an meinen Weingeschmack erinnerst, wundert mich."

Sie gingen zusammen in die Traube und beide bestellten ein Glas Primitivo. Der Kellner empfahl ihnen, eine ganz Flasche zu nehmen, gab aber zu, dass er es ihnen deshalb riet, weil er sonst keine Gäste hatte, die diesen Wein bestellen würden. Also nahmen sie eine Flasche, zumal dann auch noch Wilfried zur Tür hereinkam. Sie begrüßten ihn und Wilfried fragte, ob er schon fest im Geschäft wäre.

„Was für ein Geschäft soll das sein? Ihr wisst, dass ich schwerbehindert bin und deshalb Rentner. Hin und wieder schreib ich mal was für eine Zeitung oder mache irgendwelche Prospekte für eine Firma. Sagt mal, was für Informationen habt ihr. Oder spielt ihr auf etwas Bestimmtes an?", fragte Elmar ärgerlich.

„Ja woischd, d´Leid erzählad, Du dädscht jezschd des Gschäft vom Dietmann abwickla. So ebbes schpricht sich schnell rum", gab ihm Roman zu verstehen.

Elmar wiegelte ab. „Anscheinend gibt es so etwas wie einen letzten Willen vom Dietmann, dass ich für die Anlieger das Geschäft abwickle. Aber ehrlich, ich weiß nicht, ob ich das annehme und wie ich das machen soll. Also eigentlich habe ich nicht vor, jetzt einen Rentnerjob anzunehmen, der meinen ganzen Einsatz kostet. Ich wurde mit einer Verpflichtung belastet, die ich gerne loswerden möchte. Laut einem befreundeten Rechtsanwalt ist das nur möglich, wenn ich die Ansprüche der

Einlieger zufriedenstelle. Leider hat Dietmann seine Unternehmung nicht als Gesellschaft mit beschränkter Haftung oder besser wäre gewesen, wenn er sie als GmbH und Co KG geführt hätte. Vor fünfzig Jahren hat die Firma, bei der ich damals eine Ausbildung gemacht habe, vorsorglich zum Schutz ihrer Erben die Firma zu einer GmbH und Co KG umgewandelt. Da hat dann keiner mehr dafür gehaftet. Der Anwalt hat mich an Schlecker erinnert. In der Vermögensberatung von Dietmann sind die Kommanditisten voll haftbar mit ihren Privatvermögen. Da Dietmann tot ist und ich nicht so viel habe wie eingelegt wurde, muss ich sehen, wie ich die Ansprüche zufriedenstelle, oder ich gehe dafür in den Knast? Vielleicht versteht ihr, warum ich so verzweifelt nach Hinweisen suche, mit wem Dietmann Geschäfte gemacht hat."

„Puh, da bischd du ned zu beneida. Also wenn ma ebbes erfared saged ma dir Bscheid", versuchte Wilfried zu trösten. „Aba sag amal deine Freind in Schturgert, dia könned dir ned helfa da Dietmann zu finda.

Elmar antwortete: „Da ist ein Rechtsanwalt, der mir hilft, mit den Anlegern zurechtzukommen. Außerdem habe ich viele Freunde, die mich moralisch aufrüsten. Zum Beispiel habe ich einen Nachbarn, bei dem leihe ich mir vom Nagel bis zum Rasenmäher alles aus, was gerade bei mir nicht im Hause ist und ich benötige. Außerdem gehe ich mit anderen Seniorinnen und Senioren wandern Mit wieder anderen treffen wir uns zum Canasta spielen. Aber die kennen alle den Dietmann nicht." Dann versuchte Elmar den Themenwechsel: „Ihr wisst ja, was Dürrenmatt dazu sagen würde: Das Rationale am Menschen sind seine Einsichten, das Irrationale, dass er nicht danach handelt. Ich werde also jetzt sehen, wie ich aus dem Schlamassel wieder rauskomme."

Irgendwann kamen sie auf die Politik zu sprechen. Sie kauten die schwierige Lage über den Ausgang der Wahl und ähnliches durch. Dann sagte Elmar: „Wisst ihr, ich bin richtig froh, dass wir eine Regierung haben, aber eine Jamaikakoalition hätte ich doch charmanter gefunden. Ich glaube, es wäre näher am Willen des Volkes gewesen. Aber Roman, was ich nicht verstehe, warum ihr Linken so auf heimatlich macht und euch doch von den Rechten unterscheiden wollt."

„Wia kommschd jetschtd da druf."

„Na ja, beispielsweise der Kretschmann oder auch der Rezzo Schlauch, die machen jetzt voll auf Mundart. Bei dir fiel mir das auch auf. Ich glaube kaum, dass du, als du oben im Norden gelebt hast, dich in breiten Schwäbisch versucht hast verständlich zu machen. Oder der Kretschmann hat in Wiesbaden gewiss nicht so geschwäbelt. Und jetzt kommt ihr mit einem ausgeprägten gemütlichen Schwäbisch daher. Er hat jetzt sogar angeregt, dass das Schwäbisch in den Schulen wieder gelehrt wird. Gemäß dem Grundsatz: Mir kennet elles bloß ned hochdeitsch."

„Des sagschd blos weil de ned schwäbisch schwätza kaschd", opponierte Wilfried.

„Wilfried, hilfst du jetzt auch den Linken", fragte Elmar.

„Ha noi, des ned, aber was recht is muas recht sei!", entrüstete sich Wilfried.

Elmar lenkte dann doch ein: „Ich gebe zu, derzeit wüsste ich auch keinen besseren Ministerpräsident als den Kretschmann. Aber so ganz kann ich den Kretschmann noch nicht in Ruhe lassen. Ich kreide ihm an, dass er die Hand über die ehemaligen Bürgermeister für die Krankenhäuser hält, es sind halt seine Parteifreunde. Hier müsste er auch mal zu denen sagen, dass sie zu den Betrügereien stehen sollten. Da bin ich schon von den Grünen enttäuscht. Wären das Schwarze, würde es ein großes Hauen und Stehen geben. Der grüne Bürgermeister von Stuttgart hat ja den Denkzettel bekommen. Vielleicht denkt die ganze Partei nach. Aber die Bundespartei ist jetzt eine All-in-one-Partei. Nur um an die Macht zu kommen. Aber ein anderes Thema: Ich sehe schon, ihr seid auch empfindlicher geworden. Habt ihr das mitgekriegt, die Schwäbische Alb hat den höchsten Zuwachs im Bereich des Tourismus. Der Geschäftsführer des Schwäbisch-Alb-Tourismus hat laut Stuttgarter Zeitung sogar von einem Shootingstar im Deutschland Tourismus gesprochen. Der Tourismusminister Wolf lobte die Verantwortlichen, dass sie viel dafür getan haben. Und ehrlich, ich finde es auch großartig, dass die sechs Alb-Höhlen, in denen älteste Eiszeitkunst gefunden wurde, zum UNESCO-Welterbe erklärt wurden. Wenn ich mir vorstelle, dass vor dreißigtausend Jahren ein verliebter Homo sapiens seiner Liebsten auf einer Flöte vorgespielt hat, die er aus einer Vogel-feder geschnitzt hat, ist das schon bemerkenswert. Und einem Reiseleiter auf Cypern, der darauf abhob, dass sich die Mittel-meerländer schon vor mehreren Tausend Jahren durch Hoch-kulturen hervorgetan haben, während bei uns die Menschen noch durch die Wälder streiften, habe ich erwidert, dass wir die älteste Venus der Welt im Schwabenland haben. Er hat das nicht ge-glaubt, aber er hat im Internet nachgeschaut und hat es dann zugegeben. Also ich lebe auch gerne in diesem Teil der Welt. Und wie hat Cem Özdemir bei einer Talkshow gesagt: Er würde den Hermann – den Innenminister von Bayern – auf die Schwä-bische Alb einladen, in das schönste Städtchen Deutschlands, nach Bad Urach. Aber vielleicht stöhnst du Roman, wenn du hörst, dass zweieinhalb Millionen Touristen nach Schwaben eingereist sind. Und dass man hofft, dass es noch mehr werden. Ich sehe es deinem Blick an, was du davon hältst."

„Des isch doch älles bloß Kommerz", antwortete Roman.

Elmar fuhr fort: „Aber ich will doch ein bisschen Wasser in den Wein schütten. Ich kann Bad Urach gerade nicht verstehen. Wenn ich in der Zeitung lese, dass eine Lehrerin die Deutsch-aufgaben der Realschulprüfung mit nach Hause nahm. Das ist schon frevelhaft, dass sie dann auch noch die Schüler zu sich einlädt und die Unterlagen so liegen ließ, dass die Schüler die Aufgaben fanden, das grenzt ja schon an Absicht. Und dann las ich noch, dass Feuerwehrleute eine Brandschutzübung abhielten und dabei Fünftklässler verletzt wurden. Das ist aber absolut keine gute Presse für Bad Urach."

„Ha jetzscht hörscht aber uf, willscht uns in de Pfanne haua. Oder hascht an Groll gega Bad Urach. In Schturged is a ned älles Gold was glänzd!", rechtfertigte sich Zeithart.

„Okay sorry, ich wollte euch bloß ein wenig aufmischen, soll ja nicht nur mir heute nicht gut gehen", versuchte Elmar die Wogen zu glätten.

„Wieso, gohds da ned guad. Haschd mid da Vermögens-beradung Probleme."

„Das kannst du dir sicher vorstellen", bestätigte Elmar.

Dieses Geplänkel half Elmar tatsächlich, seine prekäre Lage zu vergessen. Als die Flasche Primitivo leer war, bezahlte er und verabschiedete sich von den beiden. „Wenn ihr wollt, bestelle ich noch eine Flasche für euch."

„Ha no, wenschd dia Schpendierhosa ahaschd, dann wölled ma ned noi saga", bestätigte Roman die gute Absicht.

Elmar bestellte noch eine Flasche für seine Schulkameraden und verabschiedete sich freundlich und weniger übel gelaunt als vorher. Bei der Rechnung musste er aber doch schlucken: 120 Euro für zwei Fläschchen Wein, das hatte er nicht eingeplant, weshalb er dann mit der Visakarte bezahlte.

Achtzehn

Wo sind siebzig Millionen

Als er dann nach Stuttgart kam, fuhr er mit der Straßenbahn der Linie 6 bis zum Schlossplatz, stieg dort aus und spazierte die Königstraße hinauf. Beim Fielmann ließ er dann seine Brille wieder neu einstellen und lief zur Haltestelle Rathaus um mit der Einser heimzufahren.

Am nächsten Tag prüfte Bernhard Rickle die Unterlagen, die Elmar vom Notar bekommen hatte und stellte fest: „Du bist Kompagnon einer Vermögensberatung und haftest für die Einlagen. Wenn dein Kompagnon die Einlagen hat verschwinden lassen, dann kannst du ihn verklagen auf Herausgabe dieser Einlagen. Wenn der aber nicht mehr lebt, dann kannst du es zu einem Prozess kommen lassen, in dem geklärt wird, dass du nie über die Einlagen verfügen konntest und dein Geschäftspartner dich übers Ohr gehauen hat. Es könnte sein, dass ein mieser Richter dir nicht glaubt und dich wegen Betrugs verdonnert, na ja bei der Höhe von 70 Millionen, da könnten schon 10 Jahre drin sein."

„Ach ja, danke für dein Mut machen. Gibt es eine andere Möglichkeit?"

„Ja, du beschaffst die 70 Millionen."

Elmar war am Boden zerstört. Er rief bei Felizitas Schäberle an und fragte, ob sie eine Ahnung habe, wo das Geld wäre.

„Ja, Herr Garner, auf irgendeim Kondo uf de Kaiman Insla."

„Frau Schäberle, wer könnte Zugang zum Konto gehabt haben."

„Also i denk, des könd sei Freindin sei. Oder vielleicht doch sei Ex-Frau."

„Wäre es möglich, dass seine Kinder an das Geld kommen konnten?", fragte Elmar.

Felizitas dachte eher nicht. Auch Dietmanns Ex-Frau schloss sie nach einigem Nachdenken als mögliche Komplizin aus.

Das half Elmar nicht weiter. Er musste wohl die 70 Millionen beschaffen. Garner überlegte, wie er an die Freundin von Dietmann kommen könnte, um sie nach dem Verbleib zu fragen.

Frau Schäberle versprach, ihm die Telefonnummer rauszusuchen. „Wisset se, Herr Garner, bei Privatem da hot er immer auf Geheimnis gmacht. Wenn er zu seiner Freindin ganga is, dann hot er immer gseit, er muas zu an Kunda. Aber i han ja gwusst, dass er an privata Termin ghet hot."

Also wartete Garner ab, was Felizitas Schäberle für ihn erledigen würde. Ungern griff er auf die 50.000 Euro zurück, die Dietmann ihm zugesandt hatte. Aber er musste Frau Schäberle und das Büro bezahlen, bis er eine andere Lösung gefunden hatte. Das Handgeld von Dietmann wäre aber auch zu wenig gewesen um die Gier der Anleger zufriedenzustellen. Er überlegte, wen er wohl um Auskünfte über Dietmann befragen könne. Frau Schäberle wusste sicher sehr viel, aber über das Umfeld war sie anscheinend nicht besonders informiert. Ob man in Bad Urach mehr über ihn wusste? Wie er bei der Kontrolle im Büro von Dietmann festgestellt hatte, waren auch einige Anleger aus Bad Urach. Er suchte die Nummer von Wilfried raus und fragte, ob sie wieder eine Tasse Kaffee zusammen trinken könnten.

„Hallo, warum rufschd du aa. du warschd doch erschd geschtern da. I denk du wilscht mit mir über da Dietmann schwätza. Selbschtverschtändlich kascht heit scho wieder nach Urach komma und dich a bissle umhöra oder soll i des fir di macha."

„Wenn du das für mich tun würdest, wäre das sehr gut. Ich tät dann auch ein Fläschle Rosswager Halde springen lassen. Magst du lieber rot oder weiß? Trollinger, Lemberger oder Lemberger Trollinger?"

„Ha no, wenn de so fragschd, dann wär ma a Rosswager Lemberger scho rächt."

„Also ich komme morgen vorbei", schloss Elmar das Telefonat ab.

Er fuhr also wieder nach Bad Urach. Dort traf er sich im BeckaBeck mit Wilfried. Sie setzten sich in eine Ecke und dann tat Elmar etwas, was er eigentlich sonst nicht machte. Er erzählte dem Wilfried, dass er jetzt doch die blöde Vermögensberatung abwickeln soll, obwohl er damit nichts zu tun haben wollte.

„Weißt du, als der Dirk Dietmann sich mit mir in Stuttgart getroffen hat, hab ich noch völlig frei zu ihm gesagt, dass ich mit der Vermögensberatung nichts zu tun haben will. In Wirklichkeit hat mich Dietmann gar nicht gefragt, sondern bereits beim Notar hinterlegt, dass ich als sein Kompagnon eingetragen werde. Nun hat er sich davongemacht und ich soll die ganze Scheiße ausbaden. Ich bräuchte ein paar Informationen, wo Dirk das Geld hin verschoben haben könnte." Er gab ihm eine Jutetasche. „Ach so ja, da ist dein Lemberger, wie versprochen. Ich denke, ein Roßwager ist ein gutes Tröpfle."

„Ja des denk i au. du woißt was guad schmeckt. Also um uf da Dietmann zu komma. I han bloß erfahra, dass se moined er wär in Südafrika. Aber andere saget, des wär sei Bruada. Vielleicht hat der des ganze Geld vo de Aalieger verschleudert. Viel meh han i net erfahra," berichtete Wilfried.

Während ihrer Unterhaltung sah Elmar immer wieder auf die Straße und beobachtete das Geschehen in der kleinen Stadt. Da erkannte er vor der Krone Richard Riedle.

„Du Wilfried wart mal, da drüben geht Richard Riedle, der gehörte auch mal zu meiner Clique."

„Is dös die Clique, die a Band hat werda wölla oder die andere bei der du bei de Parties warst und Schnaps gsoffa host oder mit am Mädle dich auf'm Weg gmacht hoscht."

„Die Zweite. Ich geh mal schnell rüber, ich komm dann wieder. Weißt du, der war doch mal Steuerprüfer. Vielleicht hat er einen Tipp für mich, wie ich aus der Sache raus komm. Du hast doch nichts dagegen, dass ich ihn mitbringe."

„Ha noi, mir sehed uns ja fascht äll Dag und griased uns au."

Elmar verließ das Lokal und ging zu Richard Riedle hinüber. Er begrüßte ihn herzlich, weil er sich wirklich freute, ihn wiederzusehen. Riedle war wie immer recht mürrisch.

„Was machscht du da. Hend se dii reiglassa in unsre vürnehme Schtadt."

„Wie du siehst. Ich war drüben beim BeckaBeck mit dem Wilfried. Willst du dazu kommen."

„Lädscht me zu an Kaffee ei."

„Und einen Kuchen kriegst auch noch", sagte Elmar der wusste, dass Richard Riedle gerne Süßes aß.

„Dann komm i."

Elmar versuchte, auch von Richard Riedle etwas über Dirk Dietmann zu erfahren. Auch Riedle wusste bereits, dass Elmar der Kompagnon von Dietmann war.

„Wia kaschd du au mit dem Gschäfta macha", kritisierte ihn Riedle. „Du kenschtd den doch von früha. Du woischd, dass er a ganz arga Egoischt is. D'leid hend gmunkeld, dass er des Gold von de Zäh, dia er wieda rausgmacht hot, des Gold hat er für sich bhalda. Da Zahdeckniker solls gseid han. Aber dann had der doch nix meh davo gwisst."

Dann fing Wilfried an, sein Gesicht in Falten zu legen und sagte: „Also irgendwie verschtand i di ned, du hascht doch mid Deine Enkelkinda gnug Möglichkeita dei Zeit zu vertreiba und Beschtädigung kriagschd du von dene sicha au a ganze Menge."

„Wilfried, du hast wieder einmal alles durchschaut. Aber ich habe es dir doch schon mal erklärt. Durch den Trick, dass mich Dietmann zum Kompagnon machte und die Prokura beim Notar eintragen ließ, bin ich gleichberechtigter und gleichhaftender Gesellschafter. Ihr habt das doch beim Schlecker mitgekriegt. Der war als Einzelkaufmann eingetragen und haftete deshalb voll mit seinem Privatvermögen. Dietmann haftete auch voll für seine Vermögensberatung, und ich hafte auch. Ich muss also gegenüber den Einzahlern geradestehen. Da Dietmann nicht mehr lebt, kann er nicht mehr zur Rechenschaft gezogen werden."

„Des isch richtig", bestätigte Riedle, „dem Schlecker ging's au so. Was wilschd jetschd macha?"

„Nach dem Geld und nach den Steinen suchen", erklärte Garner. „Aber ich habe eine große Bitte. Sprecht mit niemanden darüber."

„Des isch doch klar", versicherte Riedle sehr ernst, und Wilfried meinte: „Des isch wia des Beichdgeheimnis bei de Kadolische."

Elmar war beruhigt.

„Haschd a Idee, wer ehn umbrachd had?", fragte Riedle.

„Nein, aber ich glaube nicht, dass derjenige auch die Diamanten und das Geld hat. Ich wundere mich schon nicht mehr darüber, dass mehr Leute anscheinend vor mir wissen, dass ich der Kompagnon von Dietmann bin. Irgendjemand hat das in die Welt gesetzt, damit ich mich nicht mehr aus der Sache raushalten kann."

„Na ja, i han au ghörd, dass au Uracher bei ehm Geld deponiert hend, des se eigentlich ned han sollad, weil ses eientlich ned ghet han," bemerkte Riedle abschließend.

Anscheinend hatte Dietmann aber dann doch seinen Abschied recht klammheimlich gemacht. Nach längerem hin und her Reden fuhr Elmar wieder zurück nach Stuttgart. Und das alles mit dem Bähnle bis Metzingen und stieg dann in IR nach Stuttgart. Dort nahm er diesmal die S-Bahn nach Vaihingen und fuhr dann mit der Straßenbahn nach Hause.

Neunzehn

Es gibt auch noch Angehörige von Dietmann

Und dann war es zum Verrücktwerden: Einen Tag später stand die Ex-Frau vom Dietmann vor seiner Tür und zeterte los: „Wie kommst du dazu, ihn zu beschuldigen und ihn als Verräter und Betrüger hinzustellen. Mein Mann ist oder war kein Betrüger. Er hat eine ehrliche Vermögensberatung aufgebaut und die Anleger waren alle mit ihm zufrieden. Du bist schuld, dass er ermordet wurde."

„Wie kommst du darauf, dass ich Dirk als Betrüger bezeichnet habe?", fragte Elmar.

„Man hat mir erzählt, dass du Dirk als Betrüger bezeichnet hast. Man hat dein Gespräch mitgehört, als ihr euch wegen der Vermögensberatung gestritten habt."

„Wer hat mitgehört und wer hat dies Ihnen erzählt?", wollte er wissen.

Darauf gab sie ihm keine Antwort, weinte laut auf und zog entrüstet von dannen. Das Ganze machte ihm schon Kummer, ließ ihn nicht mehr los. Wer hatte wirklich mitgehört und was für ein Telefongespräch war das, und wer hatte versehentlich oder absichtlich den Inhalt missverstanden? Wohl hatte er Dietmann deutlich erklärt, dass für ihn diese Art von Vermögensberatung ziemlich nahe am Betrug sei. Beziehungsweise, dass es eine Art Geldwäsche sei, aber er hatte nicht am Telefon mit ihm darüber gesprochen. Dietmann hatte ihm aufgezeigt, dass er erst durch das Schleifen der Rohdiamanten einen wirklichen Wertzuwachs erzielen würde. Erst dadurch zahle sich das wirklich aus., dass er, Dietmann, eine Quelle habe, die es ihm ermögliche, die Steinchen für einen Bruchteil des wirklichen Wertes zu bekommen, Von den Steinen hätte er einen ziemlichen Vorrat, und er hätte auch einen Kontakt zu einem Schleifer, der sein Geschäft verstehe und aus den unscheinbaren hässlichen Steinen wirklich wahre Kunstwerke zaubern würde. Dieses Zaubern bedeutet dann einen Wertzuwachs auf den drei- bis vierfachen Wert. Aber er der Saubermann Garner konnte das nicht so recht glauben und sah tatsächlich in diesem ganzen Geschäft eine Menge unsaubere Machenschaften, die ihn davon abhielten, sich auf das Angebot von Dietmann einzulassen. Er sagte ihm dies auch und Dietmann lachte nur und sagte, dass er gar nicht erwartet habe, dass Elmi so schnell zu überzeugen wäre. Aber wenn er, Garner, nachdenken würde, könnte er erkennen, dass es völlig legal wäre, Ware günstig einzukaufen und zu veredeln und dann teuer zu verkaufen. Aber sie hatten dies in einer, wie er sich selbst nicht mehr erklären konnte, in einer sehr ruhigen und leisen Weise miteinander besprochen. Er hatte auch niemanden bemerkt, obwohl er sich immer wieder umgesehen hatte, der auffällig ihn und Dietmann beobachtet und auch nur beachtet hätte. Aber Dietmanns Ex-Frau sprach von einem Telefongespräch. Er hatte bisher nur ein Telefongespräch in den Geschäftsräumen von Dietmann geführt und das war mit Kapmann. Halt, da fiel ihm ein, dass er auch einmal mit der Bank telefonierte und sich darüber geärgert hatte, dass die Konten angeblich abgeräumt waren und dabei von Betrug gesprochen wurde. Es konnte gut sein, dass die Ex-Frau vom Dietmann Kontakt zur Bank hatte. Wie kam diese Ex-Frau Isabelle dazu, ihm Vorwürfe zu machen? Wieso spielte sie die trauernde Ehefrau? War sie überhaupt bei der Beisetzung von Dietmann dabei? Er konnte sich nicht mehr daran erinnern, obwohl es noch nicht so lange her war. Aber wenn er sich richtig erinnerte, war sie natürlich bei der Beerdigung dabei. Es war aber nicht seine Ex-Frau, die die Leiche von Dirk hatte von Spanien nach Reutlingen bringen lassen. In Spanien nahm eine junge Spanierin mit Elmar und Lene Kontakt auf und sagte ihnen, dass sie die Leiche von Herrn Dietmann überführen lassen würde und ob ihnen das recht wäre. Sie sahen keinen Grund, Einwände zu erheben. Er versicherte ihr, dass er kein naher Angehöriger sei und er nicht wisse, wer für die Rückführung und Bestattung verantwortlich wäre. Die junge Spanierin sagte, es sei alles geregelt und wenn wir wollten, könnten wir die Auftragsunterlagen einsehen. Er wollte nicht. Lene wollte auch nicht. Sie hatten doch keine so enge Beziehung zu Dietmann.

Zwanzig

Elmar arbeitet sich ein

Aber nun musste er doch sehen, dass er irgendwie das Geld für die Anleger wiederbeschaffte. Er fuhr wieder nach Reutlingen und warf seine Bedenken, das Büro von Dietmann zu betreten, ab. Es war ihm klar geworden, dass es nur die Möglichkeit gab,

Geld aufzutreiben um im großen Stil Rohdiamanten zu kaufen und die bei Schleifern, die sich nicht um die allgemeinen Regeln im Diamantengeschäft kümmern würden, schleifen zu lassen und die damit die Diamanten um den drei bis vierfachen Wert aufwerten würden. Dann musste er noch Käufer finden, die ihm dies auch bezahlen würden, und so konnte er die Einlagen wieder auf das Depot einzahlen und die Einleger zufriedenstellen.

Frau Schäberle ermunterte ihn: „Ganget Se no nei, se send jezscht de Chef. Da Nodar war da und had gseit, i soll Ehne älles zsammaschtella was Se brauchet um de Sach abwickla zu könna."

Sie hatte anscheinend auch Ordnung gemacht und die Ordner in den Schränken schienen auch gut strukturiert zu sein. Er ging einmal um 'seinem' Schreibtisch herum, Felizitas Schäberle beobachtete ihn von ihrem Schreibtisch im anderen Büro aus. Er sah aus dem Fenster und konnte zur Achalm hinaufsehen.

„An schena Ausblick hend se von da heroba. Mir send halt einige Schtockwerk hoch. Aba ob des für se an Droscht is wois i au net. Se müssed jezscht den Kladderdatsch abwickla wia da Nodar gseid het. Er hat gseid dass Se da ganz schee ins schwitza komma werdet. Aba hat er gmeind Se hend es ja net andersch wölla. Der hat net gwusst, dass Se des gar net wölla hend. Aber vielleicht dröschted Se ja der Ausblick. Da sehed Se nämlich de Achalm. Da oba hat er a Häusle ghet, aba jetschtd ghörts seiner Ex."

Elmar fiel ein, dass es so etwas wie eine Sage gibt, von dem Namen der Achalm. So sagte er zu Frau Schäberle: „Wissen Sie, woher der Name der Achalm kommt. Nein? Also angeblich musste einer der Ritter einmal wegen eines Kampfes die Burg verlassen und auf dem Weg nach unten traf ihn ein Bolzen von einer Armbrust und so brachte er nur noch heraus 'Ach Alm'. Angeblich wollte er sagen: Ach Allmächtiger. Vielleicht auch: Ach Alma. Na ja, das hilft jetzt auch nicht. Ich muss sehen, wie ich die Einlagen wieder beschaffe. Haben Sie die Adressen der Diamantenlieferanten. Oder besser noch die Telefonnummern."

„Auf'm Schreibtisch lieagt sei Handy. Mit dem hat er imma in der ganza Welt rumtelefoniert. Da send älle wichtigen Nummern druff."

Tatsächlich fand er viele ausländische Nummern auf dem Display.

„Frau Schäberle, gibt es auch ein Verzeichnis, mit welchen Banken er zusammengearbeitet hat."

„Ja, wardet Se, i bring ehne da Ordner, der schtoht nemlich im Safe. Den Schlissel han i vor dem Mitarbeiter grettet. Der war nemlich letscht Woch da und hat sich bediena wölla, abe da han ich gwusst dass Sia des übernehma solled und da hab i älles in Sicherheit bracht."

Elmar konnte nur danke sagen. So wühlte er sich in die Geschäftsvorgänge der Vermögensverwaltung, und je tiefer er einstieg umso tiefer fiel sein Gemütszustand. Ein weiterer Gang auf die Bank brachte auch keine Hilfe. Diese Hausbank war nicht bereit, ihm mit 50 Millionen Euro auszuhelfen. Zumal, wie er dort erfuhr, Dietmann schon lange zweigleisig fuhr und mit einer Schweizer Bank die großen Geschäfte machte.

Felizitas Schäberle wusste auch da Hilfe. Die Unterlagen der Schweizer Bank hatte sie ebenfalls im Tresor. Daraus war ersichtlich, dass Dietmann dort immer mal wieder Kredite über zwanzig oder dreißig Millionen bekam, um Ankäufe der Rohdiamanten zu machen. Elmar sagte Frau Schäberle zu, dass er ihr Gehalt überweisen würde.

Das freute sie. „Aber wisset Se, von Ehne han ich au nix andersch erwartet. Saged Se doch Felizitas zu mir. I find des is a dolla Nam. Wissed Se meine Adoptiveltern hend sich dabei ebbes denkt. Des hoißt nemlich Glück."

Nach einem kurzen Telefongespräch setzte er sich in den Zug nach Zürich und besuchte diese ominöse Bank. Er war erstaunt, wie schnell ihm ein Verrechnungskredit in dieser für ihn schwindelnden Höhe eingeräumt wurde. Selbstverständlich war auch der Zinssatz für ihn eine Zumutung. Aber nun war er ein Spieler. Er setzte alles auf seine Karten.

Einundzwanzig

Golf von Genua dient zur Übergabe der Diamanten an die Schleifer

Garner war mit Lene oberhalb vom Golf von Genua in einer Ferienwohnung. Lene wollte an die ligurische Küste, um Urlaub zu machen, und sie sagte, dass sie sich doch eine Ferienwohnung aussuchen sollten. Er hatte keine Einwände, nur wollte er eine mit direktem Blick auf das Meer, während Lene die Landschaft und die Sonne genießen wollte. Sie wollte Spaziergänge machen, mittelalterliche Städte und trutzige Burgen besichtigen.

Elmar hatte aber einen anderen Gedanken. Er hatte seinen – wie sich das für ihn anhörte – Diamantenlieferanten aus Afrika an den Golf von Genua bestellt, damit dort sowohl die Israelis als auch die Russen die Diamanten von den Kongolesen übernehmen und in ihre Länder transportieren konnten, ohne dass die Diamanten irgendeinen Zoll passieren mussten. Dazu hatte er sich das Handy von Dirk aus dessen Büro mitgenommen und den Kongolesen angerufen. Dann fand er die Nummer der israelischen Werkstatt des Diamantenschleifers und die Telefonnummer einer russischen Schleiferei. Alle drei rief er nacheinander an. Bei dem Kongolesen fragte er an, ob er Rohdiamanten im Wert von 50 Millionen Dollar haben könne. Er gab sich als Kompagnon von Dietmann aus. War er das nicht sowieso? Er vereinbarte einen Termin in Kinshasa. Lene sagte er, dass er für Dietmann die Diamantensache klären müsse, da die Einleger ihn, Elmar, bedrohten. Lene hatte allerlei Einwände, vor allem wo er das Geld hernehmen wolle. Er konnte darauf hinweisen, dass Dietmann ihm 50.000 Euro in dem Brief beigelegt hatte und ihm den Zugang zu seinen Konten gewährt hat. Die waren zwar nicht mehr gefüllt, aber er hatte eine unwahrscheinlich hohe Kreditwürdigkeit und die nützte Elmar aus.

Als er so auf dem Balkon über dem Golf von Genua saß, mit einem Glas roten Barolo, erinnert er sich an diese Anfänge und an seine Reise.

Zweiundzwanzig

Einkauf der Diamanten im Kongo

Der Flug von Stuttgart nach Kinshasa ging von Stuttgart über Paris mit nur einem Zwischenstopp.

Um 18:35 traf er an dem Flughafen N´Djili ein. Das Auschecken ging verhältnismäßig schnell. Da er sich erst für den nächsten Tag um 10:00 Uhr verabredet hatte, fuhr er mit dem Taxi ins Hotel Kempinski Fleuve Congo. Dies war zwar nicht billig, aber es versprach genug Bequemlichkeit. Schließlich wollte er sich in Kinshasa mit Mr. Cleurat, einem Diamanten-händler treffen. Das Taxi benötigte fast 45 Minuten. Es fuhr über den Boulevard Triomphal und die Avenue Due 24 novembre. Der Driver sprach französisch, aber in so einem Dialekt, dass Elmar kein Wort verstand. Er hoffte nur, dass sie auch im Kempinski ankamen. Auf dem Laptop las er: *Kempinski Hotel Fleuve Congo lädt auf einen kurzen Spaziergang ein, zum Beispiel bis: Kin Plaza Mall. Folgendes ist auch nur 3 Kilometer entfernt: Zongo Falls. In diesem Hotel gibt es 237 Zimmer mit 5-Sterne-Komfort sowie einen Außenpool und kostenloses WLAN in den Zimmern. Ebenfalls vorhanden: 2 Restaurants. Dank der zentralen Lage in Kinshasa befindet sich Folgendes ebenfalls in der Nähe: Kinshasa Zoo & Botanical Gardens und Casa Presidencial Gastronomie: Wenn Sie internationale Küche mögen, sind Sie im Rivireira, einem von 2 Restaurants, genau richtig. Der 24-Stunden-Zimmerservice sorgt in Ihren eigenen vier Wänden für das leibliche Wohl und die Bar/Lounge verwöhnt Sie mit leckeren Getränken jeder Art. Ebenfalls vorhanden: ein Coffeeshop/Café. Für Gäste wird täglich von 06:30 Uhr bis 10:30 Uhr ein Frühstücksbuffet serviert (gegen Aufpreis). Zimmer: Kempinski Hotel Fleuve Congo hat 237 klimatisierte Zimmer, die alle Minibars, Kaffeemaschinen und kostenloses Mineralwasser bieten. Freuen Sie sich auf Fernseher mit Satellitenempfang sowie einen kostenlosen Internetzugang per WLAN und Kabel. In den Badezimmern gibt es Haartrockner und kostenlose Toilettenartikel. Safes in Laptop-Größe, Telefone und Schreibtische sind weitere Standardannehmlichkeiten. Hotelausstattung: Kempinski Hotel Fleuve Congo besitzt einen Außenpool, ein Kinderbecken und einen Fitnessbereich. Es gibt kostenlose Parkplätze ohne Service und einen Flughafentransfer (auf Anfrage) für 166560 CDF pro Person für eine Hin- und Rückfahrkarte. Das Personal der rund um die Uhr besetzten Rezeption hilft Ihnen gerne mit einem Textilreinigungsservice, einem Concierge-Service und einer Gepäckaufbewahrung weiter. Darüber hinaus bietet dieses Hotel im luxuriösen Stil tolle Annehmlichkeiten wie einen Whirlpool, Tennisplätze im Freien und kostenloses WLAN in den öffentlichen Bereichen.*

Unglaublich, sie hielten tatsächlich vor dem Eingang. Der Taxifahrer verlangte 50 Dollar. Garner wollte nach diesem langen Flug nicht mehr feilschen. Er checkte problemlos ein und fuhr mit dem Aufzug zu seinem Zimmer in den 18. Stock, duschte und versuchte, im Hotelrestaurant noch etwas Europäisches zu essen zu bekommen. Es war erstklassige internationale Küche.

Am nächsten Morgen schwamm er ein paar Runden im Pool. Das europäisch, amerikanisch, reiche Frühstück gab ihm ein wohliges Gefühl. All die Sorgen, die er sich machte, wie es wohl wird, wenn er als Diamantenhändler auftrat, spülte er mit einem Glas Champagner hinunter.

Garner hatte im Hotel ein Besprechungszimmer gebucht. Er hatte an der Rezeption hinterlassen, dass ein Geschäftspartner sich melden würde, der nach dem Raum fragen würde, in dem heute eine internationale Besprechung stattfinden würde. Man solle ihn in dieses Besprechungszimmer bringen und ihn, Garner, dann verständigen.

Das Telefon in seinem Zimmer läutete, Elmar erschrak und war sich sicher, dass der Verhandlungspartner angekommen war. Nun musste er cool bleiben und alles würde in Gang kommen. Als er ins Besprechungszimmer kam und diesen Herrn sah, ging er auf ihn zu und sagte: „Il se peut que nous ayons fusionné ensemble. Kann es sein, dass wir miteinander telefoniert haben?"

Der Kongolese, ein groß gewachsener dunkelhäutiger Mann, antwortete: „C'est possible!" Er erhob sich.

Darauf Elmar: „Pouvons-nous continuer en allemand ou en anglais?"

Der Afrikaner antwortete: „Wir können das Gespräch in Deutsch führen."

Der dunkelhäutige Mann strahlte eine hohe Kompetenz aus. Ein Mann voller Seriosität. Sein ganzes Auftreten signalisiere: Mir kannst du vertrauen. Elmar wollte ihm vertrauen. Sie hatten nicht, wie er es sonst in Afrika gewohnt war, nach der Gesundheit der Eltern, der Tanten und Onkel und Cousinen und Cousins gefragt, sondern waren ziemlich bald auf eine geschäftliche Basis eingeschwenkt. In ihrem Gespräch klärten sie die Liefer- und Zahlungsbedingungen. Dieser etwa ein Meter neunzig große Mann trat selbstbewusst und verbindlich auf. Er scheute den Blickkontakt nicht und versuchte auch nicht, durch besonders harten Händedruck Macht auszudrücken. Anfänglich unterhielten sie sich über die politische und wirtschaftliche Lage der Welt, Europas und Afrikas. Sie kamen speziell auf den Kongo zu sprechen.

„Zwar ist der Kongo, eine Republik in Zentralafrika aber man kann ihn nicht mit europäischen Republiken vergleichen. So ist der Kongo flächenmäßig fünfmal größer als die Bundesrepublik Deutschland bei ungefähr gleicher Einwohnerzahl. Die Demokratische Republik Kongo liegt um den Äquator, dabei herrscht ein tropisches Klima. Große Teile des Staatsgebietes sind von tropischem Regenwald bedeckt. Ein weiteres Problem sind die mehr als 200 Ethnien mit einer großen Sprachenvielfalt. Es sind alle erdenklichen Religionen vertreten, wobei sich etwa die Hälfte der Einwohner zur katholischen Kirche bekennt. Die Stadt Kinshasa hier ist die drittgrößte Stadt Afrikas mit zirka 11 Millionen Einwohnern. Sie liegt am Pool Malebo am Kongo gegenüber von Brazzaville, der Hauptstadt der Republik Kongo, 350 Meter über dem Meeresspiegel. Der Kongo ist erst nördlich des Pool Malebo schiffbar. Und vergessen Sie nicht, es gibt zwei Kongo. Hier sind Sie in der Demokratischen Republik Kongo und nördlich von uns liegt Brazzaville, die Hauptstadt der Republik Kongo", referierte Monsieur Cleurot.

„Ich weiß", unterbrach Elmar, „dies hier war belgische Kolonie, und dort oben war die ehemalige französische Kolonie. Aber hier sind die Diamanten- und Erzvorkommen, und zwar ist die DR so reich an Erzen, dass sie arm ist, weil jeder sich daran bedient. Ich glaube, wir haben uns jetzt so gut übereinander informiert, dass wir zum Geschäft kommen können."

Sein Gesprächspartner lachte. Er hatte sich nicht vorgestellt. Elmar nannte auch keinen Namen. Aus den Unterlagen im Büro von Dietmann hatte er den Namen Cleurot gelesen. Nach einer halben Stunde waren sie sich einig. Der Afrikaner liefert per Schiff die Steine und Elmar zahlt auf ein Nummernkonto auf einer Schweizer Bank das Geld ein und übergibt ihm, sobald die Steine von dem Empfänger geprüft sind, im Gegenzug die Nummer des Kontos. Sie verabschiedeten sich herzlich voneinander und versicherten sich weiterhin gute Zusammenarbeit.

Elmar hatte noch eine letzte Frage: „Sind das sogenannte Blutdiamanten oder handelt es sich um reelle Ware?"

„Es ist Herrn Dietmann bisher egal gewesen, wo die Ware herkommt. Aber wenn Sie es wünschen, dann liefere ich saubere Ware."

„Ich bitte darum", sagte Garner mit fester Stimme.

Nach Ende der Besprechung ging Elmar auf sein Zimmer und packte seine Kleidung und Unterlagen zusammen. Elmar erinnerte sich daran, dass es im Hotelprospekt hieß, dass gegen Aufpreis ein Transfer zum Flughafen möglich sei. Über den Check-in nahm Elmar den Flughafentransfer des Hotel Kempinski in Anspruch, checkte aus und flog eine Stunde später direkt nach Frankfurt zurück. Dort setzte er sich in einen Zug nach Stuttgart. Lene schilderte er das Gespräch in etwa so wie es abgelaufen war, denn im Flugzeug hatte er sich ein Erinnerungsprotokoll angefertigt.

Dreiundzwanzig

Übergabe der Diamanten

Nun, einige Wochen später, versuchte er vom Balkon seiner Ferienwohnung, oberhalb des Golfs von Genua aus, die Übergabe der Rohdiamanten zu koordinieren, während Lene für die Enkelkinder Gemüse häkelte. Er wusste auch nicht, dass man das kann. Lene häkelte eine kleine Kugel aus roter Wolle, stopfte die aus und fertig war eine Tomate. So machte sie es mit grüner Wolle für einen Apfel, für eine Gurke häkelte sie ein längliches Rechteck. Er saß auf dem Balkon und beobachtete das Meer. Wie sagten schon die Römer: Navigare necesse est. Schifffahrt ist unverzichtbar. Und holzten hierfür rund um das Mittelmeer alle Wälder ab.

Um 19:15 Uhr schob sich ein Kreuzfahrtschiff auf der ruhigen dunkelgrauen See von Frankreich her nach Osten. Noch 25 Minuten später konnte es Elmar beobachten. Dann war es von der Trübe des Abends verschluckt. Zwei Fischerboote lagen unterhalb ihres Balkons, nahe am Ufer. Die Motorräder des kleinen Dorfes trudelten nach und nach ein. Nicht ohne nochmals Vollgas zu röhren und den Einwohnern kundzutun, dass sie jetzt zu Hause waren. Die Bewohner konnten sicher am Motorengeräusch erkennen, wer jetzt nach Hause kam. Der helle Glockenschlag sang fast fröhlich die Zeit. Er schlug siebenmal und eins. Inzwischen wussten sie, dass es dann halb acht war. Die italienische Autobahn SS1 sandte noch immer ihr Rauschen durch das Fenster. Noch war es lauter als das Meeresrauschen. Der letzte Zug nach Menton war noch nicht unterwegs. Normalerweise fuhren die Güterzüge nur tagsüber. Nun fuhr doch noch ein Güterzug unten vorbei. Lene häkelte immer noch Äpfelchen und Kartoffel und Gemüse für die Kinderküche ihrer Enkel. Vielleicht verarbeitete sie so die schlechte Nachricht über den Gesundheitszustand seiner Schwester. Er schob das Wissen darum einfach auf die Seite. Wenn er darauf achtete, konnte er erkennen, wann der Zug in den Tunnel fuhr in dem man Neandertalergräber fand und wann er in den nächsten Tunnel einfuhr. Nun senkte sich die Nacht über das Land und über das Meer. Menton grüßte mit vielen Lichtern herüber.

Ihn plagte noch immer der Schnupfen, der ihn davon abhielt, nach Hause und von dort zu seiner Schwester zu fahren. Mit Schnupfen konnte er nicht fahren, und Lene die ganze Strecke fahren zu lassen fand er nicht gut. Laut dem Anruf der Freundin seiner Schwester wollten die Ärzte seine Schwester in ein künstliches Koma versetzten, damit man die Lunge behandeln konnte. Er konnte also sowieso nicht helfen. Seinen Schwager zu unterstützen, das traute er sich nicht zu. Außerdem hatte der Schwager in der Nähe eine Schwester. So bat er die Freundin seiner Schwester, mit der Schwester seines Schwagers Kontakt aufzunehmen.

Er wartete auf den Lieferanten der Rohdiamanten. Dazu hatte er sich ein leistungsfähiges Fernglas besorgt und das Handy von Dirk dabei. Es wurde ihm bewusst, dass er in den Schwarzhandel einstieg. Er überlegte, ob er die Lieferung der Polizei melden sollte. Dann wäre er fein raus. Nein, wäre er nicht, die Anleger von Dirks dubioser Vermögensberatung saßen ihm im Nacken. Inzwischen hatte er eine Hornisse zweimal mit einem Glas gefangen und vom Balkon in die dunkle Freiheit geschickt, beziehungsweise geschüttelt oder geworfen. Falls sie jetzt zum dritten Mal käme, nahm er sich vor, würde er zum Mörder. Ginge das überhaupt, dass er zur Polizei ginge und meldete: Ich habe mehrere Kilo Rohdiamanten von Afrikanern geliefert bekommen? Aber was sollte er den Israelis und den Russen sagen, die ebenfalls mit Schiffen unterwegs waren, um die Ware von dem kongolesischen Schiff zu übernehmen. Wenn sie ihm signalisierten, dass die Ware okay sei, würde er dem Lieferanten den ausgemachten Betrag auf das Nummernkonto in der Schweiz überweisen. Es wunderte ihn, dass sein kongolesischer Geschäftspartner mit dieser Regelung einverstanden war. Er würde noch ein Glas Wein trinken und sehen, ob morgen alles glatt lief. Er hatte von der Ferienwohnung einen sehr guten Überblick, um die Transaktion zu überwachen.

Am nächsten Tag fuhren Lene und Elmar ins Hinterland und besuchten einige alte romantische Städtchen. Tranken in einem

Café Espresso und aßen eine Kleinigkeit. Dieses Café hielt er für einen guten Platz um Lene zu gestehen, dass er jetzt dabei war eine große Sache zu machen. Also, dass er Schulden machen würde. Lene verzog etwas das Gesicht. Er erklärte ihr, dass er dafür Diamanten kaufen würde, um die Schulden Dietmanns zu bezahlen. Dafür würde er für 50 Millionen Euro Diamanten kaufen und diese schleifen lassen und dann hätte er das Geld zusammen um die Schulden wieder zurückzuzahlen und den Anlegern ihre Einlagen auszuzahlen.

Das war nun doch ein großer Batzen für Lene und sie sagte: „Wenn du da wieder rauskommst, kannst du Gott echt dankbar sein. Lass uns einen Grappa trinken, aber einen großen."

Sie bestellten sich zwei große Grappas, Lene prostete ihm zu und verzog das Gesicht.

„Das ist nicht nach meinem Geschmack", meinte sie dann.

Elmar wusste nicht, meinte sie den Grappa oder die Angelegenheit. Und dann war dieser Urlaubstag auch schon wieder zu Ende.

Am Abend sollte das Rendezvous der Kongolesen mit den Israeli und den Russen stattfinden. Wieder kam ein Kreuzfahrtschiff aus Frankreich. Und dann kam eine große Jacht und auf dem Satellitenhandy von Dietmann meldete sich eine Stimme: „Position taken. Wait for contact. Position eingenommen. Warte auf Kontakt."

Elmar meldete sich noch nicht. Er wollte warten, bis sich der israelische Diamantenschleifer gemeldet hatte. Kurze Zeit später kam eine andere Stimme aus dem Äther: „Tax position on. We see a sea yacht. Is that the supplier? Steuern Position an. Wir sehen eine Hochseeyacht. Ist das der Lieferant?"

Nun meldete sich Elmar. Er wählte die Hochseejacht an. „A trawler approaches with a Panamanian flag. The code word is APHRODITE. Please hand over a package of shoe size 30. Es nähert sich ein Fischkutter mit einer panamaischen Flagge. Das Codewort lautet APHRODITE. Bitte das eine Paket mit Schuhgröße 30 übergeben."

Dann wählte er den Fischkutter an. Garner wurden für beide Boote die Telefonnummer mitgeteilt. „Trawler, please contact ocean going yacht. Fischkutter, bitte Kontakt mit Hochseejacht aufnehmen."

Elmar sah, wie sich die beiden Boote aufeinander zubewegten. Nach einer Viertelstunde meldete sich der Kutter: „Adopted Ware. Corresponds to the information. Contact us when order is done. Ware übernommen. Entspricht den Angaben. Melden uns, wenn Auftrag erledigt." Und dann fuhren sie ab.

Nach dreißig Minuten kam von Genua her eine Hochseejacht. Das Handy von Dirk meldete: „We see ocean yacht. Is this our contact? Wir sehen Hochseejacht. Ist das unser Kontakt?"

Elmar antwortete: „Please contact the ocean yacht. Check and confirm the goods. Bitte Kontakt mit der Hochseejacht übernehmen. Ware prüfen und bestätigen." Er sah die Begegnung der beiden Jachten. Trotz seines starken Fernglases konnte er nicht erkennen, ob Personen auf den Jachten wechselten. Nach zwanzig Minuten bekam er eine Meldung von der, wie er hoffte, russischen Jacht: „Ordered goods checked. Everything okay. Contact us again when order done. Auftragsgemäß Ware geprüft. Alles Okay. Melden uns wieder, wenn Auftrag erledigt." Elmar bestätigte mit „Roger!" Darauf dankte er der kongolesischen Jacht und bestätigte die korrekte Erledigung.

Nun musste die Jacht die Nummer des Kontos bekommen, auf der die Bezahlung hinterlegt war. Elmar hatte sich eine Drohne mit einer Reichweite bis zu 5 Kilometer besorgt. Diese schickte er auf die Reise. Er schaffte es, die Drohne auf dem Deck der Jacht landen zu lassen. Die Kongolesen lösten die mit einem Magneten befestigte Kapsel. Elmar holte die Drohne zurück und die Jacht schlich sich aus Elmars Sichtfeld. Nach kurzer Zeit legte die Nacht ihre Decke über das Meer und er konnte wieder die Lichter von Menton erkennen. Er hatte ein Millionengeschäft über Handys abgewickelt und fühlte sich einfach bescheuert, oder besser gesagt, sau elend. Er ging zu Lene, die auf dem Sofa immer noch an den verschiedenen Gemüsesorten für die Enkel häkelte.

„Morgen fahren wir nach Menton und machen uns einen schönen Tag", sagte Elmar zu Lene.

Sie war die ganze Zeit mit dem Häkeln von Obst für ihre Enkel beschäftigt gewesen und hatte nur immer wieder sorgenvoll nach ihrem angespannten Elmar gelinst.

„Aber wir machen uns doch jeden Tag einen schönen Tag. Wie wäre es mit einem Glas von dem vorzüglichen Wein, den wir heute besorgt haben", lächelte sie.

Vierundzwanzig

Elmar erfährt, dass seine Schwester verstorben ist - Beerdigung der Schwester

Am nächsten Tag besuchten sie jedoch nicht Menton, sondern gingen in den Park der Villa Hanbury. Sir Hanbury, ein Engländer, hatte in der Mitte des 19. Jahrhunderts diesen angelegt. Sir Thomas Hanbury ließ bei der Villa, die er gekauft hatte, einen botanischen Garten anlegen, in dem fast alle mediterranen und auch viele exotische Pflanzen angebaut waren. Dort erreichte sie die Nachricht, dass Elmars Schwester verstorben ist. Elmar merkte, dass ihn das emotional doch mehr mitnahm, als er sich das vorstellen konnte. Es musste sogar weinen, als er zu Lene sagte: „Jetzt habe ich keine Angehörigen mehr außer dir und den Kindern und Enkeln."

So brachen sie ihren Urlaub ab und fuhren am nächsten Tag nach Stuttgart zurück. Sie waren jetzt beschäftigt, sich um Elmars Schwager zu kümmern und die Beerdigung zu bewältigen. Noch bevor er zu seinem Schwager fuhr, überwies er den ungeheuren Betrag von Dietmanns Schweizer Konto an das Nummernkonto des kongolesischen Diamantenhändlers. Er hatte nun 50 Millionen Schulden für Dietmann gemacht. Er hoffte, er würde das wieder tilgen können.

Bei seinem Schwager blieben Lene und Elmar bis zur Beerdigung, weil dessen Schwester früher abreisen musste. Am Tag der Beerdigung war er zwar traurig, aber dann war es doch tröstlich, dass zwei Cousins und zwei Cousinen von ihm zur Beerdigung kamen. Vor allem da weder er noch Lene und schon gar nicht sein Schwager die Riten in der Kirche und am Friedhof kannten. In der Kirche mussten sie vorne in die erste Reihe sitzen und dann das Rosenkranzbeten über sich ergehen lassen. Lene versuchte mitzuhalten was die Frauen vorbeteten. Am Friedhof mussten sie warten, bis alle Trauergäste an ihnen vorbeidefiliert waren.

Einen Tag später feierten sie mit Schwager Fritz auch noch dessen Geburtstag. Es kamen die Freunde von seiner Schwester und die Nachbarn. Schwager Fritz freute sich, dass Lene und Elmar das arrangierten. Einen Tag nach dem Geburtstag fuhren sie wieder nach Hause. Elmar erkundigte sich bei den Freunden von Fritz noch, ob sie sich um Fritz kümmern würden, was diese versprachen.

Es wurde Winter, es kam Weihnachten, er hatte Muse, mit den Kindern und Enkeln Weihnachten zu feiern. Fünf Tage lang. Zuerst gingen Elmar und Lene und ihre jüngste Tochter am Heilig Abend in die Kinderkirche, mit den beiden Familien von seiner anderen Tochter und der Familie des ältesten Sohns. Dann aßen Lene und Elmar mit der jüngsten Tochter und der älteren Tochter mit den Kindern im Esszimmer seines Einfamilienhäuschens Fondue. Da gab es noch keine Geschenke.

Am nächsten Tag feierten sie mit der Familie ihres Sohnes und tauschten die Geschenke aus. Tags drauf feierte sie wieder mit der Familie der älteren Tochter und diesmal tauschten sie Geschenke aus. Dann fuhren sie zu der Schwester von Lene nach Lomersheim bei Mühlacker. Dort traf sich der ganze Clan von Lene. Dann war Weihnachten zu Ende.

Am Abend des nächsten Tages gingen sie, Lene, Elmar, seine zwei Töchter und sein Schwiegersohn in den Weltweihnachtszirkus. Die Vorstellung war echt fantastisch. Elmar freute sich besonders an der Raubtiernummer von Lacy. An Silvestermittag fuhr er den Kinderwagen mit seinem jüngsten Enkel, den Berg hinauf Richtung Möhringen und ein Stück weiter Richtung Pflegeheim Bethanien. Lene hatte den anderen Sohn seiner Tochter an der Hand. Den Stich hinauf mussten sie jedoch wechseln und Lene den Kinderwagen übernehmen, da er den Kinderwagen nicht mehr hochschieben konnte. Der kleinste seiner Enkel schlief im Kinderwagen, der andere wollte dann nicht mehr laufen, er durfte auf das Stehbrett des Kinderwagens. Das Ganze war eine super Idylle. Abends feierten Lene und Elmar mit Freunden. Es gab Raclette und genügend zu trinken. Von seinem neuen Engagement erzählte Elmar nichts.

Fünfundzwanzig

Wer schießt auf Elmar

Am Abend des 1. Januar machte er einen Spaziergang durch das Viertel. Als er Richtung Wald kam, knallte es. Er hielt es für eine verspätete Silvesterrakete. Doch dann spürte er etwas. Dann erst registrierte er, dass etwas haarscharf an ihm vorbeigeflogen war. Als die Kugel in einen Baum einschlug, erkannte er, dass auf ihn geschossen wurde. Elmar ließ sich fallen, Er zuckte zusammen als dann noch ein Knaller kam und erwartete, dass er von einer Kugel getroffen würde. Aber es gab nur noch einen dritten Knaller. Und die erwartete Kugel blieb aus. Was war das? Er blieb erst mal liegen.

Ein Auto kam die Straße hoch. Der Fahrer hielt und ließ die Seitenscheibe herunter. Eine junge Frau rief aus dem Fenster: „Brauchen sie Hilfe?"

„Nein", rief Garner zurück, „ich bin nur ausgerutscht. Es geht schon wieder."

Um zu zeigen, dass es geht, stand er auf und ging mühsam ein paar Schritte, um zu demonstrieren, wie gut es ihm ging. Aber das war nur Theater. Er spürte Schmerzen in seiner Hüfte und er hatte vor allem einen gewaltigen Schreck in den Gliedern. Das Paar wünschte ihm noch ein gutes neues Jahr und fuhr dann weiter.

Elmar blieb dann stehen und langsam konnte er wieder denken. Er sortierte das Geschehen. Er war auf einem Spaziergang Richtung Wald. Es hatte jemand geschossen. Das war kein Böller. Hatte jemand in die Luft geballert? Eher nicht, sonst wäre kein Geschoß an ihm vorbeigezischt. Woher kam der Schuss? Aus dem Gartengrundstück an der Straßenseite, auf der er ging?

Eher nicht! Der Schuss kam von der Straße. Aber galt der ihm? Aber warum sollte jemand auf ihn schießen? Er konnte die Straße einsehen, sah aber keine Personen auf der Straße. Einige Fenster waren beleuchtet, die meisten waren dunkel. Er war hier zu Hause. Man kannte ihn, Elmar Garner und seine Familie. Die meisten Bewohner hier grüßten ihn und er grüßte fast alle die er traf. Die Älteren blieben gerne bei ihm stehen und plauderten mit ihm, erzählten ihre Sorgen oder sonst was ihnen auf dem Herzen und auf der Zunge lag. Die jungen Bewohner unterhielten sich mit ihm über ihre Kinder, da sie ihn häufig mit seinen Enkeln sahen und ihn vom Kindergarten seiner Enkel kannten. Einige von denen gingen früher mit seinen Kindern in die Schule und kannten ihn von daher. Hier im Wohngebiet waren sie freundlich zueinander. Man traf sich beim Lebensmittelhändler. Elmar hatte vier, fünf echte Freunde hier. Also wer knallte hier rum und hätte ihn beinahe erschossen. War dies Absicht oder Versehen? Er ging doch nicht weiter in den Wald, sondern kehrte um. Nachdenklich, nicht sorgenvoll, aber es war ihm nicht mehr danach, seinen Spaziergang fortzusetzen. Lene sagte er nichts davon.

In den nächsten Tagen machte er sich doch Gedanken, warum sich niemand von den Werkstätten, die seine Steine schleifen sollten und wollten bis jetzt gemeldet hatte. Es war doch vereinbart, wenn die Steine geschliffen waren, würden sie sich melden und ihm mitteilen, welche Wertsteigerung sie erreicht hatten. Kann man schlafen mit 50 Millionen Schulden? Seltsamerweise schlief er recht gut.

Sechsundzwanzig

Wochen später. Aus Geschäftspartnern werden Freunde

Ende Januar meldeten sich die Israeli, sie seien soweit. Er solle doch vorbeikommen, damit sie über die weiteren Regu-larien sprechen könnten. Es war eine SMS. Natürlich nahm er diese Einladung an.

Er staunte nicht schlecht, als er in Tel Aviv aus dem Flieger stieg. Der Flughafen Ben Gurion mutete ihm sehr fremdartig an.

Hier sollte er mit den Schleifern verhandeln, darüber wie viel Rohdiamanten sie zu welchem Preis verarbeiten und versandfertig machen könnten. Dirk hatte in seinem Video eine Telefonnummer genannt, die er dort anrufen sollte. Er war gespannt, ob es mit dem Gepäck Probleme gab. Anscheinend nicht. Seine beiden Koffer kamen auf dem Band. Er hatte für einen längeren Aufenthalt Kleidung und Literatur über Israel eingepackt. Auf den ersten Blick schienen die Koffer nicht manipuliert worden zu sein. Er war schon gelöster. Es schien alles gut zu gehen.

Betont lässig schlenderte er zum Ausgang. Er merkte, dass er sich nicht so normal gab, aber als er die anderen Fluggäste beobachtete, stellte er fest, dass alle auf normal machten. Niemand schien wirklich entspannt zu sein. Er hätte es doch können. Die Diamanten waren ja nicht in den Koffern. Die hatte er schon lange vorher per Schiff aus dem Golf von Genua abholen lassen. Das war der Service, den sie ihm angeboten hatten. Er hatte nur Kleidung und Tauchausrüstung in seinen Koffern, da er angeblich zum Tauchen nach Eilat wollte. Aber er wusste nicht, ob die Kochems die Steine nach Israel gebracht hatten, ohne aufgeflogen zu sein, und dabei eventuell sein Name gefallen sei.

Aber dann kam der Hammer. Noch bevor er die Passkontrolle hinter sich gebracht hatte, sah er sie. Dirks Ex-Frau. Sie sah von der Ferne immer noch gut aus. Sie war elegant mit einem hellen Kostüm bekleidet, ihre Haare waren gebräunt. Sie trug Schuhe mit hohen Absätzen und hielt sich sehr gerade. Sie machte einen selbstbewussten Eindruck. Ganz anders als kurz nach der Beerdigung von Dirk. Damals spielte sie die völlig zerknirschte Ehefrau, sah zehn Jahre älter als sechzig aus.

Als er durch den Ausgang trat, kam sie ihm in der Halle entgegen. Sie strahlte wie ein Weihnachtsengel. Anscheinend freute sie sich, dass ihr diese Überraschung gelungen war. Von Nahem betrachtet sah sie aber eher aus wie eine Rentnerbarbie. Aber das war doch nicht möglich. Er hatte niemanden gesagt, dass er nach Tel Aviv fliegen würde, und wenn er sich an das Video erinnerte, wollte Dirk auf keinen Fall, dass seine Ex etwas von der Diamantenchose mitbekam. Sie ging auf ihn zu wie eine sehr gute liebe Bekannte, über deren Erscheinen er sich freuen sollte. Aber er freute sich ganz und gar nicht, sondern war nur verwirrt und ärgerlich. Sogleich fiel ihm die dicke Goldkette auf, die sie um den Hals trug. War die aus dem Gold von den Zähnen, die Dietmann zur Seite geschafft hatte. Er überlegte: Wo war die undichte Stelle? Woher wusste sie, dass er nach Tel Aviv flog? Sie hakte sich bei ihm ein; das erste Mal, seit er sie kannte und es war ihm nicht recht. Sie tat so vertraut, gab ihm links und rechts ein Küsschen und er traute ihr doch nicht.

Endlich waren sie aus dem Flughafen draußen. Sie steuerte zu den Taxen und winkte ein Taxi. Aber er blieb stehen und fragte ganz barsch: „Was willst du? Wie kommst du hier her und woher weißt du, dass ich hier bin?"

Sie lächelte ihn strahlend an: „Das sind mehrere Fragen. Können wir die nicht im Hotel besprechen."

„In welchem Hotel?", fragte er.

„Nun in deinem, du hast ja im Ibis gebucht. Und da ist es gemütlicher. Ich habe auch im Ibis gebucht und so haben wir viel Zeit, um miteinander alle Fragen zu klären", lächelte sie ihn an.

„Okay, dann steig ein!", fuhr er sie barsch an.

Schnell schaltete er um auf Kompromiss. Als sie ihre Handtasche in den Wagen gelegt hatte und sich in den Fond gesetzt hatte, schloss er die hintere Wagentüre, öffnete die vordere Türe, beugte sich zum Fahrer, fragte ihn auf Hebräisch, ob er Jude oder Araber sei.

Der Fahrer sagte, dass er Palästinenser sei. Da begrüßte Elmar ihn auf Arabisch. Dann sagte er: „ على الطريق وعدم السماح زوجتي الحصول على جلب زوجتي على الفور إلى فندق إيبيس. لا تتوقف لدي شيء المهم أن تفعل Bringen Sie meine Frau umgehend ins Hotel Ibis. Halten Sie unterwegs nicht an und lassen Sie meine Frau nicht aussteigen. Ich habe dringend noch etwas zu erledigen. Es ist wichtig, dass Sie die Frau unterwegs nicht aussteigen lassen."

Er erinnerte sich, dass Dirks Ex-Frau ganz gut Englisch sprach. Deshalb nannte er dem Fahrer auf Englisch noch schnell das Hotel Ibis, damit Dirks Ex-Frau nicht beunruhigt wäre. Schnell schloss er die Tür, schnappte sein Gepäck und ging weg. Der Fahrer fuhr los. Dirks Frau war im Wagen und anscheinend wollte der Taxifahrer sie nicht verstehen, oder er verstand sie wirklich nicht, oder er hatte kapiert, was Elmar ihm auf Arabisch gesagt hatte und dass er sie loswerden wollte.

Elmar lief zurück in den Flughafen, er lief so schnell er konnte zu Terminal 3, ging zu der Abfertigung für die Inlandsflüge und checkte für den Flug nach Eilat ein. Erst im Flugzeug atmete er auf. Zwar wusste er immer noch nicht, wo das Leck war, aber er hatte auf jeden Fall eine falsche Fährte mit dem Hotel Ibis gelegt. Zur Sicherheit hatte er auch noch in zwei anderen Hotels Zimmer gebucht. Wichtig war, dass er in Eilat rechtzeitig ankam, um seinen Mittelsmann zu treffen, wegen der bereits an den Schleifer gelieferten Rohdiamanten. Sie seien schon geschliffen war ihm signalisiert worden. Der Wert sei jetzt dreimal so viel und sie wollten die Arbeit nach dem Wert der geschliffenen Waren bezahlt bekommen. Das gab sicher noch eine lange Verhandlung. Wobei sie im Vorteil waren, da sie die Steine hatten. Aber sie wurden ihm als ehrlich und reell genannt. Außerdem blieb ihm nichts anderes übrig, als denen zu vertrauen. Sie holten die Rohdiamanten ab, und sie erklärten, er kann die inzwischen geschliffenen ansehen. Was eigentlich Quatsch ist, denn er musste ihnen vertrauen.

Siebenundzwanzig

Elmar wird abgeholt

Er dachte noch mal über die ganze Situation nach. Da war er jetzt auf dem Flug nach Eilat, um sein Ja zu geben, dass die geschliffenen Diamanten nach Deutschland gebracht wurden. Er musste ihnen die Angaben glauben, welchen anfänglichen Wert die Rohdiamanten hatten und was sie im geschliffenen Zustand, also als Brillanten, wert sein würden. Ihr vorläufiges telefonisches Angebot, ihm für die Diamanten auf ein Konto in der Schweiz 50 Millionen Dollar zu überweisen, würde er wahrscheinlich annehmen. Obwohl dadurch noch nicht mal der Kredit bei der Schweizer Bank getilgt werden konnte. Aber er hatte ja noch die andere Hälfte der Rohdiamanten in Russland. Er war sich darüber im Klaren, dass er sich auf ein ungeheures Abenteuer eingelassen hatte, dem er eigentlich nicht gewachsen war. Er hätte auf seine Frau hören sollen.

In Eilat wartete wieder ein Empfangskomitee auf ihn. Nach der Passkontrolle fiel ihm in der Halle ein etwa 195 Zentimeter großer Mann im Alter von zirka 40 Jahren auf. Der hatte dunkelblonde dichte Haare, länger als hier üblich zu sein schien, die hingen ihm im Nacken. Obwohl leger gekleidet, machte er aber dennoch einen seriösen Eindruck. Vielleicht lag es am dunkelgrauen Jackett, weshalb Garner in ihm gleich seinen Geschäftspartner vermutete. Er verzog etwas genervt das Gesicht, als der junge Mann auf ihn zu trat. Obwohl dieser recht sympathisch aussah, war Garner nicht so wohl, dass jemand auf ihn wartete. Und dass dieser Mann auf ihn wartete, wurde gleich offensichtlich, als er zu ihm trat und ihn ansprach: „Herr Garner, nehme ich an. Herzlich willkommen bei Kochem und Co in Eilat. Ich bin Aaron Kochem, dahinten steht mein Bruder Shmuel, der mit dem blonden Haaren, der vor der Tür ist mein Bruder Roul, der daneben mit dem roten Bart ist mein älterer Bruder Rouven Kochem. Sie sehen, Sie sind hier so sicher wie in Abrahams Schoß." Dabei entblößte er zwei Reihen strahlend weißer Zähne. Seine Augen strahlten. Aaron Kochem freute sich über den Spaß.

Für Elmar war das überraschend, aber er merkte, dass es ihm wohltat, so herzlich bei einer geschäftlichen Transaktion begrüßt zu werden. „Vielen Dank Herr Kochem, ich freue mich über Ihr Willkommen und entbiete Ihnen ein herzliches Schalom. Ich hatte in Tel Aviv etwas Probleme mit der Ex-Frau meines Partners, für den ich diese geschäftliche Transaktion erledige."

„Das haben wir mitbekommen. Mein fünfter Bruder begleitet Sie schon seit Paris als eine Art Bodyguard. Nun inzwischen hat der Taxifahrer wahrscheinlich Frau Dietmann im Hotel abgeliefert. Wir haben eine Stadtrundfahrt für Frau Dietmann gebucht. Sie hat wahrscheinlich sehr viel gesehen.

Achtundzwanzig

Inzwischen in Tel Aviv

Dirks Ex-Frau erzählte später ihrer Freundin am Telefon: „´Verdammt, machen Sie die Türe auf und halten Sie an!´, schrie ich den Fahrer des Taxis an. Doch ich konnte schreien, was ich wollte, der Driver fuhr immer weiter. Er fuhr mich durch ganz Tel Aviv, er fuhr mich aus Tel Aviv hinaus. Ich konnte nicht mehr, ich war ganz verzweifelt, auch glaubte ich an eine Entführung. Ich bot dem Fahrer mein ganzes Geld. Er schaute nur auf die Straße und fuhr und fuhr an vielen Sehenswürdigkeiten vorbei, die einen ganzen Reiseprospekt hätten füllen können. Er wurde auch langsamer, ich versuchte, ein Fenster zu öffnen, aber es ging nicht. Ich klopfte an die Scheiben um andere Fahrer auf mich aufmerksam zu machen, aber wenn jemand hersah, lächelten sie dem Fahrer zu oder grüßten ihn freundlich. Nach Stunden hielt er an, öffnete das Fenster nach hinten und sagte auf Schwäbisch: ´So, hend sie dia Besichtigung gnossa. Ihr Ehegspons hat se bschtellt und gseid, dass se des scho imma hend mal macha wölla. Da isch jetzt ihr Hotel.´ Er lächelte über alle Backen und er stieg aus, öffnete die hintere Fahrgastüre, ging zum Kofferraum, holte das Gepäck und gab es dem Pagen. Ich war total perplex. Ich konnte nichts sagen, ging wie in Trance ins Hotel, wo man mir freundlich die Karte für das Zimmer reichte und mir sagte, dass ich Zimmer Nummer 605 habe. Mein Ehemann hätte alles arrangiert.“

Neunundzwanzig

Fahrt zur Werkstatt der Schleifer

„Herr Garner, ich denke, Sie sind uns nicht böse, dass wir die Frau, die Ihnen auf dem Flughafen in Tel Aviv aufgelauert hat, ein wenig in der Stadt spazieren fahren ließen. Der Taxidriver war ein Mann unserer Firma. Er bekam von uns entsprechende Anweisung, als er Sie am Flughafen abholen sollte und er feststellte, dass Sie nicht allein waren. Ihre arabische Anweisung die Frau zum Hotel zu fahren, hat er so verstanden, dass er sich damit länger Zeit lassen sollte, weshalb die Dame dann erst drei Stunden später im Hotel ankam."

Nun musste Garner auch lachen.

Sie fuhren die 90er, die Derekh ha Arava, bis zum Toronto Square, bogen in die sderot sheshet Ha Yamin, von dort in die Yarbo´a Strett und dann kurvten sie noch eine Weile rum, bis sie zu einem unscheinbaren zweistöckigen Gebäude kamen mit unauffälliger Eingangstür. Bis dahin hatten alle nichts miteinander gesprochen.

Elmar Garner wurde wieder unruhig, ob er sich nicht vergaloppiert hatte. Aber er war bereit, für seinen Schulkameraden die Kastanien aus dem Feuer zu holen und den Anlegern ihr Geld wieder zufließen zu lassen. Dazu war es eben notwendig, die Rohdiamanten, die Garner auf Kredit wiederbeschafft hatte, auch schleifen zu lassen, damit er die Einlagen zurückzahlen konnte. Damit sollte für ihn dann die Angelegenheit erledigt sein. Er wollte so schnell als möglich aus der Sache herauskommen.

„Wir sind hier im sichersten Bereich von ganz Israel", erklärte ihm Aaron Kochem. „Wenn wir den Aufzug unten verlassen, kann uns nicht einmal eine Atombombe etwas anhaben."

Vor dem Aufzug lotste ihn Shmuel Kochem zur Seite. Erst als der Aufzug sich öffnete und leer war, durfte er mit den Kochems in den Aufzug. Sie fuhren ziemlich weit nach unten. Als der Aufzug untern ankam, traten die Kochems vor ihn. Er hatte gerade noch Platz an der hinteren Wand. Die Brüder traten nicht gleich nach dem Öffnen aus dem Aufzug. Sie stellten zuerst eine Frage in Hebräisch in den Raum hinein. Erst als sie die erwartete Antwort bekamen, verließen sie den Aufzug und baten Garner in den Raum. Da er gelernt hatte, die Räume zuerst zu scannen, ging sein Blick über die wertvollen Teppiche auf dem Boden zu den teuren Gemälden an den Wänden weiter zu den kostbaren Kleinmöbeln, die geschmackvoll arrangiert waren, über den Tisch in der Mitte des Raumes, der gedeckt war, zu der Tür im Hintergrund, die geschlossen war, und erst dann registrierte er den alten Mann mit langem weißen Bart und einer Art Mantel angezogen im hintersten Bereich des Raumes auf einer Art Thron residierend. Er verbeugte sich. Daraufhin lächelte der Herr, und beugte ebenfalls das Haupt, sodass Garner befürchtete, dass ihm die Kippa runterfallen würde. Aber sie hielt.

Mit einer melodischen Stimme begrüßte ihn der Greis auf Deutsch. „Herzlich willkommen Herr Garner. Ich freue mich, Sie persönlich kennenzulernen. Ich denke, dass wir für beide Seiten ein erfolgreiches Geschäft abwickeln werden. Sie müssen nicht beunruhigt sein, dass wir so starke Sicherheitsvorkehrungen getroffen haben. Aber auch für uns ist der Betrag von fünfzig Millionen kein alltägliches Geschäft. Zumindest als Einzel-auftrag. Also entspannen Sie sich und nehmen doch bitte am Tisch Platz. Ich selbst muss mich von meinen Söhnen mit dem Rollstuhl an den Tisch schieben lassen. Aber seien Sie versichert, in den letzten fünfzig Jahren haben wir Diamanten im Wert von mehreren Milliarden hier geschliffen und veredelt."

Plötzlich erschrak der alte Herr und Elmar bekam weiche Knie. Irgendwie konnte das nicht sein. Er kannte diesen Mann. Aber damals war dieser Mann zwar schon älter, aber noch recht rüstig.

Der alte Mann riss die Augen auf: „Kennen wir uns? Haben wir uns schon mal getroffen? Bist du das Elmachem? Verzeih, dass ich dich Elmachem nenne, aber du bist mir wie ein Bruder."

Elmar zögerte, doch dann erkannte er ihn. Klar das war Eliezer Kochem. Eliezer, der ihm in Afrika, im Simbabwe einmal das Leben gerettet hatte. Eigentlich hatten sie sich gegenseitig das Leben gerettet.

„Du bist mein Bruder Elmachem! Meine Söhne, Elohim ist groß. Er hat mir meinen Bruder, meinen Lebensretter wiedergebracht. Ich hätte nie gedacht, ihn wiederzusehen. Meine Söhne, freut euch mit mir. Wenn er mein Bruder ist, so ist er euer Onkel. Ihm verdankt ihr, dass ich noch lebe. Er ist Euer Onkel. Nie hätte ich gedacht, dass ich mal für dich Diamanten schleifen sollte. Komm her, Elmachem, lass dich umarmen."

Elmar ging schnellen Schrittes auf den Greis zu. „Eliezer, mein Bruder, du bist mein Lebensretter. Nicht ich habe dich gerettet, du hast mich gerettet. Ich glaube nun doch an die Wunder deines Gottes, da wir uns wieder getroffen haben." Er nahm den Mann im Rollstuhl in die Arme, hob ihn hoch und sie küssten sich auf die Wangen.

Die Söhne gingen nun zu ihrem Vater und zu Garner. Jeder umarmte Elmar und sie sagten: „Onkel sei uns willkommen. Wenn du unserem Vater das Leben gerettet hast, dann bist du wirklich einer von uns, dann gehörst du zur Familie. Wer einen von unseren das Leben rettet, gehört zu uns."

Jeder von ihnen umarmte Garner und küsste ihn auf die Wangen.

„Aber wenn ihr euch gegenseitig das Leben gerettet habt, dann ist das sicher eine spannende Geschichte. Lasst uns nicht rätseln, sondern erzählt uns, wie das gekommen ist", sagte Aaron.

„Später, lasst uns erst essen", bestimmte Eliezer, „stellt mich bitte an den Tisch."

Der Patriarch sprach auf Hebräisch das Tischgebet: „Baruch atta adonai elohenu, melech ha-olam, ha-mozi lechem min ha aretz. Gepriesen seist Du, Ewiger, unser G'tt; Du regierst die Welt. Du lässt die Erde Brot hervorbringen und Baruch atta adonai elohenu, melech ha-olam, bore mine mesonot. Gepriesen seist du, Ewiger, unser G'tt; regierst die Welt. Du hast verschiedene Arten von Speisen geschaffen "

Der jüngste Sohn sprach dann „Baruch atta adonai, elohenu melech ha-olam, bore pri ha-gafen. Gepriesen seist du, Ewiger, unser G'tt; du regierst die Welt. Du hast die Frucht des Weinstocks geschaffen."

Es gab Avokadosalat, Falafel, Humus mit Fladenbrot, dann waren da Fische auf silbernen Platten. Dann setzte sich jeder und ein stilles aber fantastisches Mahl begann. Beim Anschauen der Speisen bekam er Appetit, und als er merkte, dass die ganze Familie Kochem kräftig zulangte, hielt er sich nicht mehr zurück. Später brachte eine junge Frau Ungarischen Gulasch. Schön scharf und mit viel Fleisch. Dazu gab es herrlich duftenden trockenen Rotwein.

Eliezer Kochem stellte sie als seine Tochter Yael vor. Sie deklamierte: „Das ist ein Bravdo Coupage 2012. Eine großartige Komposition aus Cabernet Franc, Shiraz und Vaters Lieblings-traube Cabernet Sauvignon. Der Wein reift zwölf Monate in Eichenfässern. Sein weiches, komplexes Aroma reicht von schwarzen Kirschen über Bitterschokolade bis zu grünem Pfeffer. Das Weingut Bravdo in Karmei Yossef ist übrigens eines der schönsten in Israel."

Alle lachten über den Vortrag. Danach kam noch eine Platte mit verschiedenen Früchten.

„So, bevor wir nun mit unseren Geschichten beginnen, solltest du, Elmachem, etwas über Eilat wissen. Meine Eltern und die Eltern meiner Frau, die uns leider schon verlassen hat, sind 1949 mit den ersten Siedlern hier angekommen. Es gab nur eine einzige Baracke hier, für die Grenzpatrouille. Aber das erzählt dir meine Tochter."

„Yael, der Name ist der Name einer Heldin aus der Bibel", erzählte die Tochter Yael. „Es war alles noch ganz unwirtlich, als Großmutter und mein Großvater 1949 hier her kamen. Aber sie waren Pioniere, die wussten, dass schon vor dreitausend Jahren hier die biblische Stadt Ezyon Gever gestanden hatte. Als die Kinder Israels aus dem Ägyptenland geflohen sind und auf dem Weg ins gelobte Land waren, kamen sie hier durch. Du kannst das in deiner Bibel nachlesen. Es steht im Levitikus, dem 3. Buch Mose, wie ihr Christen dazu sagt. Im 11. Kapitel der Vers 8 und in 1. Könige 9, die Verse 26 und 28 erzählen davon, dass Salomon hier Schiffe gemacht hat. In der Nähe waren auch Kupferbergwerke. Und die Königin von Saba kam auch hier durch. Wahrscheinlich ging sie hier an Land. Dann kamen die

Nabatäer zur Zeit des zweiten Tempels, die wurden von den Arabern abgelöst, diese von den Kreuzrittern. 1949 war hier tote Hose und es gab keine Straße und keinen Weg, deshalb kamen meine Vorfahren mit dem Kamel. Sie gründeten hier mit anderen zusammen den Kibbuz Elot. Jetzt hat Eilat neunundvierzigtausend Einwohner. Jeden Tag kommen neue Einwanderer nach Israel und ein Teil auch nach Eilat. Bald werden es fünfzigtausend Einwohner sein. Du bekommst hier alles, was du dir nur wünschen kannst. Vor allem ist es für Touristen aus aller Herren Länder, trotz unserer schwierigen Lage, das Paradies für Wassersportler. Schon Israels Staatsgründer David Ben Gurion inspirierte die Negev Wüste, die 60 Prozent des Staatsgebiets ausmacht, seine Fantasie. Gilt er doch als pragmatischer Visionär. 'Man müsse sie begrünen, um Menschen in ihre leeren Weiten zu locken', sagte er. Aber heute suchen die Israelis und Menschen die uns besuchen die Stille."

Elmar wunderte sich über die Reklame für einen Urlaub in Eilat. Er bedankte sich höflich für die Information und versprach, sich Eilat einmal als Urlaubsort für seine Lene und sich vorzumerken. Er fragte nach der Sicherheit in Eilat.

Aaron versicherte ihm, trotz der Unruhen rund um den Tempelberg und im Gazastreifen, wirkt das Land für viele inzwischen wie eine Schönwetterinsel mit Sicherheit. In den Augen vieler erscheint Israel verlockender wegen der Attentate in Europa.

Als dann abgeräumt war, sprach Eliezer Kochem: „Bruder Elmachem, nun wollen wir meiner Tochter und meinen Söhnen erzählen, wie du mir das Leben gerettet hast. Es war vor vielen Jahren, ich war unterwegs um mich mit einem Diamantenhändler im Simbabwe zu treffen. Da dieser wollte, dass ich alleine komme, ließ ich mich von einem einheimischen Fahrer in eine Gegend außerhalb der Städte fahren. Das war im Matabele Land, östlich von Matabo, fast schon an der Grenze zu Botswana. Ich weiß nicht, ob es die Dummheit, seine Faulheit oder ob es die Absicht meines Fahrers war, auf jeden Fall blieb der Jeep mitten in der Steppe stehen. Der Sprit war aus. Das passiert immer mal wieder und so war ich noch nicht erschrocken. Der Kerl stieg aus dem Jeep und ging zu den Kanistern. Wir hatten vier Stück eingeladen. Er holte jeden herunter und schüttelte ihn. Dann schüttelte er den Kopf. Ich grinste, weil ich noch dachte, schönes Schauspiel, mach nicht so lange herum, wir haben noch eine kleine Strecke zu fahren. Nachdem der dritte Kanister ebenfalls leer war, wurde ich langsam ärgerlich. Ich schrie ihn an: ´Nun mach schon wir müssen pünktlich sein!´ Aber auch der vierte Kanister war leer. Es war ziemlich heiß, wir waren in einer Gegend, in der es lange Trockenzeiten gibt. Plötzlich sprang der Kerl ganz schnell in den Wagen, schlug die Tür zu und schrie: ´Shumba, Shumba. Da ich nicht verstand, rief ich in englischer Sprache: ´Was soll das? Was ist los?´ Er schrie daraufhin: ´Leo, Leo!´ Ich schaute aus dem Wagen und tatsächlich sah ich eine Gruppe Löwen auf unser Fahrzeug zulaufen. Vornedran lief eine Löwin, schon älter, schätzte ich. Wahrscheinlich erfahrener als das Rudel. Die Männchen kamen ganz am Schluss. Es sah herrlich aus, wie sie majestätisch locker auf uns zutrabten. Sie kreisten uns langsam ein. Die alte Löwin schnüffelte am Boden und kam dann näher. Immer wieder sah sie zu uns hoch. Mein Fahrer jammerte ein ums andere Mal. Dann sprang ein jüngeres Männchen vorn den Kühler hoch. Er sah uns in die Augen. Ich schrie so laut ich konnte, und dann sprang er wieder hinunter. Langsam kamen sie immer näher. Nun, mir war klar, dass die Löwen nicht in das Auto konnten, aber wir konnten auch nicht hinaus. Eine ganze Weile schauten wir uns gegenseitig an. Ich meinen Fahrer, der Fahrer mich. Ich die Löwen, die Löwen mich, der Fahrer die Löwen, die Löwen den Fahrer. Nun, es mag eine Viertelstunde vergangen sein, als eines der Löwenmännchen auf das Wagendach sprang und zu kratzen anfing. Da machte ich mir ernstlich Sorgen und mein Fahrer jammerte in einem Dialekt, den ich nicht verstand. Vielleicht waren die Löwen aus dem Hwange National Park entlaufen. Aber in dem Moment war mir egal, wo die herkamen. Ich begann dann auch zu beten.“

„Oy, Oy, Oy“, murmelten die Söhne Eliezers.

„Ja meine Kinder, ich legte mein Leben in die Hand des Allmächtigen. Und der hatte Erbarmen mit mir. Wir hörten den Motor eines Fahrzeugs. Es kam immer näher. Dann blieb es stehen. Wir hörten einen Schuss und ein paar der Großkatzen zogen sich von unserem Jeep zurück. Das ältere Weibchen verharrte noch in etwa 50 Meter Entfernung und sah zu uns her. Der Kerl auf dem Dach hatte jedoch keinen Respekt. Er fauchte den hinzugekommenen Jeep an. Die etwas jüngeren Löwinnen und Löwenmännchen liefen bereits weiter weg zurück. Da krachte nochmals das Gewehr. Die Kugel pfiff an unserem Jeep entlang. Ihr könnt euch denken, dass ich Angst hatte, da schießt einer gleich auf uns. Das Männchen sprang vom Dach, fauchte zum anderen Jeep, ja er lief auf den Jeep zu. Der fuhr langsam zu uns heran. Dann zog der Löwenmann schwanzwedelnd ab. Schaute aber immer wieder zurück. Ich hatte den Eindruck, er wollte noch nicht so schnell aufgeben. Das große ältere Weibchen blieb bei ihm. Dann hörten wir einen weiteren Schuss und dann schoss unter dem Auto eine große Löwendame davon. Von der hatten wir noch gar nichts mitbekommen. Sie rannte nun ganz schnell hinter den anderen her. Aus dem Jeep stiegen zwei Männer aus. Ein Farbiger und ein Weißer. Der weiße Mann war nicht groß, aber ich hatte den Eindruck, der Engel Gottes kommt auf uns zu. Der farbige Mann schrie meinen Fahrer an. Der weiße Mann, das war Elmachem, kam zu mir und sagte dann ganz laut in englischer Sprache: 'Ihr könnt aussteigen. Das Rudel ist weg. Aber warum bleibt ihr hier stehen?' Inzwischen hatten die Einheimischen untereinander den Sachverhalt geklärt. Der Fahrer des weißen Engels sagte: 'Sie haben keinen Sprit mehr. Anscheinend hat Ihnen jemand in der Nacht, bevor sie abfuhren, die Kanister geleert. Dieser Fahrer ist eine Schande für jeden afrikanischen Fahrer.' Elmachem, er war der Weiße, sagte zu seinem Fahrer, er soll uns von ihrem Sprit was abgeben. Aber der wollte nicht. Da wurde Elmachem wütend und sagte ihm, dass es Christenpflicht sei, einander zu helfen. Und es würde wohl für uns beide reichen, damit bis zur nächsten Ortschaft zu kommen."

Dreißig

Die Geschichte aus der Sicht Elmars

„So, jetzt erzähle ich weiter, wie du mein Leben gerettet hast", unterbrach Elmar den Patriarchen. „Damals hatte ich mir eine Sondergenehmigung besorgt, damit ich als Journalist in Simbabwe tätig sein konnte. Wir waren noch am Einfüllen des ersten Kanisters, als mindestens ein Dutzend Fahrzeuge sichtbar wurden. Mein Fahrer ließ den Kanister fallen und rief: ´Schnell wir müssen weg, das sind Milizen, die nehmen uns alles ab, was wir haben.´ Euer Vater sagte ganz ruhig, dass wir keine Sorge haben sollten, das seien Geschäftspartner von ihm. Doch das vertrieb meine Sorge keineswegs und auch nicht die Sorge meines Fahrers und Dolmetschers und auch nicht die Sorge des Fahrers eures Vaters. Ich war geneigt, mit beiden Leuten in den Jeep zu steigen und euren Vater allein zu lassen. Er aber sagte uns, dass wir wohl nicht weit kommen würden. Das leuchtete mir ein und ich sagte zu meinen Leuten: ´Bleibt einfach ruhig stehen. Lasst uns abwarten was kommt.´ Wir hörten, dass geschossen wurde, aber da wir keine Einschläge in unserer Nähe feststellten, hatten sie wohl in die Luft geschossen. Es näherte sich uns eine Staubwolke, aus der einzelne Fahrzeuge erkennbar waren. Schnell waren die Fahrzeuge auch schon herangeprescht und kreisten uns ein. Dabei gab fast jeder von denen einen Schnell-feuerstoß in die Luft ab. Ihr könnt euch vorstellen, dass dies nicht sehr Mut machend war. Aus dem vordersten Fahrzeug sprang ein großer, sehr dunkler, gut genährter Uniformierter und schrie irgendetwas, was ich nicht verstand. Mein Dolmetscher über-setzte, der würde uns alle erschießen, wenn wir nicht erklären können, was wir in seinem Land machten. Er schrie dann auf Englisch: ´Dies ist mein Land. Ihr seid hier unerlaubt einge-drungen.´ Er strahlte ein Aggressionspotenzial aus, da konnten die Löwen, die euren Vater bedroht hatten, nicht mithalten. Ich sagte dann auf Englisch, dass ich deutscher Journalist bin und eine Reportage über den heldenhaften Milizchef Qwandawanga machen wolle und wir auf dem Weg dorthin wären. Er lachte und sagte, das glaube er nicht, wir sollten uns aufstellen und wir würden alle erschossen werden. Ich war mir sicher, wenn er uns hätte erschießen lassen wollen, hätte er das schon längst getan. Dennoch, glaubt mir, ich hatte Angst. Ob ich die Hosen voll hatte, weiß ich nicht mehr. Aber mir war danach. Da stieg jedoch aus dem zweiten Jeep ein weiterer Einheimischer aus. Der war heller, hatte einen glattrasierten runden Schädel. Er war nicht in Uniform, sondern trug einen hellen Anzug. Einen schönen hellgrauen Straßenanzug. Dieser lachte über alle vier Backen, ging gemessenen Schrittes auf euren Vater zu und sagte in akzentfreiem Englisch: 'Mister Kochem, hast du das Geld dabei?' Jetzt lachte euer Vater und sagte: 'Vollant, bist du noch gescheit? Hältst du mich für einen Idioten? Es war abgemacht, dass du mir die Steine zeigen würdest, und dann würden wir zusammen nach Bulawayo fahren und dort würde die Übergabe der Steine und das Geld gemacht werden.' Der große Kerl, der der Anführer dieser Miliz wohl war, fragte in Shona, ob alles in Ordnung sei. Der Geschäftspartner eures Vaters bejahte, worauf der Große sagte, dass er die anderen dann doch erschießen könne. Der Fahrer eures Vaters übersetzte das. Darauf sagte Eliezer zu dem Geschäftspartner, dass wir zu ihm gehören würden. Dies gefiel dem Kerl ganz und gar nicht und er schimpfte mit eurem Vater, dass ausgemacht war, dass er alleine kommen und das Geld mitbringen solle. Wieder lachte Eliezer und sagte, dass er doch nicht das erste Mal Diamanten kaufen würde. 'Vollant, hast du denn die Diamanten dabei?' Jetzt lachte der Diamanten händler und sagte, dass er auch nicht blöd wäre. Er wollte nur sehen, wie sich Eliezer anstellen würde. Zu dem Anführer der Miliz sagte er dann, dass er die anderen ruhig erschießen könne. Er wolle mit dem einen nach Bulawayo fahren. Euer Vater hatte vielleicht nicht den Wortlaut verstanden, aber den Sinn erkannte er. So sagte er, dass er unter diesen Umständen kein Geschäft mehr mit ihm machen werde und unter allen Händlern verbreiten würde, dass man ihm, Vollant, nicht trauen könne, weil er mit einer Miliz zusammenarbeite. Das bereitete dem Händler doch Sorgen. So sagte er zu dem Anführer der Miliz, dass es besser wäre, wenn wir alle nach Bulawayo fahren. Auf diese Weise rettete euer Vater mir das Leben. Wir kamen dann auch glücklich in Bulawayo an. Kurz vor Bulawayo verließ uns der Trupp der Miliz. In Bulawayo lud mich euer Vater in sein Hotel in den Horizon-Night-Club ein, um mit ihm zu essen. Ich lehnte dankend ab, da mir die Nähe des Diamantenhändlers unangenehm war. Euer Vater lud mich ein, ihn in Israel zu besuchen. Das versprach ich. Doch das Leben ist wie eine Sanddüne. Kommt Wind auf, dann verschüttete sie vieles was wir tun wollen. Euer Vater gab mir dann noch seine Visitenkarte, die ich aber bald verlor."

Nun schwiegen wir alle einen langen Moment.

Dann sagte Rouven Kochem: „Ihr habt euch gegenseitig das Leben gerettet. Ihr seid wahrhaftig Blutsbrüder. Wir sind froh, dass es so gut ausgegangen ist. Onkel Elmachem du hast viel Mut bewiesen, dass du geblieben bist. Du hättest auch auf deinen Fahrer hören können und mit ihm davonfahren können. Da hättest du sicher einigen Angstschweiß weniger gehabt. Nun lasst uns das Glas erheben und auf euer gemeinsames Leben trinken. Es ist doch so, wer einem das Leben rettet, der rettet die ganze Menschheit."

„Nun, trotz dieser rührseligen Geschichten, sollten wir dennoch zum Geschäft kommen", erinnerte Shmuel Kochem an den eigentlichen Grund des Beisammenseins.

Worauf Eliezer Kochem sich an Elmar Garner wandte: „Du hast uns großes Vertrauen entgegengebracht. Vielen Dank dafür. Der Wert der Rohdiamanten war höher als wir anfangs dachten. Wir haben eine Wertsteigerung durch das Schleifen erreicht, auf fast 120 Millionen Dollar. Wir haben vereinbart, dass wir je nach Mühe, die wir hatten, ein Viertel bis ein Drittel der Rohdiamanten als Bezahlung nehmen. Da die Diamanten sehr ertragreich waren, berechnen wir dir 10 Millionen Rohdiamanten. Der Wert der geschliffenen Diamanten, der dir gutgeschrieben werden kann, beträgt 66 Millionen und 206 Tausend Euro. Das wären dann 70 Millionen Dollar. Das ist unser Angebot."

Da Elmar nicht wusste, ob dieser Wert wirklich dem entsprach, was die Rohdiamanten an Wert gebracht hatten, hielt er sich erstmals noch zurück. Er hoffte, man würde ihm seine Freude nicht ansehen.

Nach einiger Zeit des Überlegens sagte Elmar: „Eliezer, ich bin erfreut, von euch dieses Angebot zu bekommen. Du musst wissen, dass ich ein vollkommener Laie bin. Man hat dich mir empfohlen, da es sich bei den Rohdiamanten um sogenannte schwarze Ware handelt. Und da in Europa niemand bereit gewesen wäre, auch nur ein bisschen daran rumzukratzen, freue ich mich über dein Angebot und nehme es gerne an."

Der Patriarch lächelte. „Elmachem, du bist ehrlich. Das freut uns. Ich will auch ehrlich sein. Unser Gewinn ist immer noch immens. Wir sind deshalb bereit, dir 70 Millionen Euro für die Brillanten, denn das sind sie ja jetzt, zu bezahlen. Du hörst richtig, zu bezahlen. Wenn du einverstanden bist, überweisen wir dir heute noch den Betrag auf dein Konto bei der Rütli Bank in Genf. Auf dieses Konto transferieren wir die 70 Millionen. Wenn du unterschreibst, entschuldige, wir haben alles schon vorbereitet, wenn du unterschreibst, kannst du noch heute über die 70 Millionen Euro verfügen. Du hast dann das lästige durch den Zoll Bringen der Brillanten und das Erklären, woher diese sind, nicht mehr vor dir und du sparst dir den Einfuhrzoll. Allerdings musst du auch noch die Rechnung für Beratung unterschreiben, die du uns über diesen Betrag stellst. Damit sind die 70 Millionen die Vergütung für deine Beratungsleistung."

Was die Söhne des alten Kochems vorher sich an Reden gespart hatten, das erledigte jetzt der Senior der Familie. Eliezer Kochem erzählte von seinen Reisen nach Simbabwe und Kongo, von den unterschiedlichsten Händlern und wem er trauen konnte und wem nicht. „Falls du weiterhin im Geschäft mit den Diamanten tätig sein willst, rufe mich vorher an und ich sage dir, wem du Vertrauen entgegenbringen kannst. Weißt du, die Menschen sind alle gleich. Überall gibt es welche, die dich übers Ohr hauen wollen, die an ihren eigenen Vorteil denken, und es gibt auch diejenigen, die wissen, dass Geschäfte auch nachhaltig sein müssen. Wenn sich der Geschäftspartner betrogen vorkommt, dann wird er nicht noch mal mit dir ein Geschäft machen. Anscheinend bist du an gute Geschäftspartner geraten."

„Eliezer, ich weiß gar nicht, wie ich dir danken soll. Ich mache dieses Geschäft für einen toten Schulkameraden und für seine Kunden, die ihm vertraut haben. Aus irgendeinem Grund, den ich nicht erklären kann, ist es mir wichtig, dass der Schulkamerad nicht als Schurke gesehen wird, der die ganzen Einlagen, wenn nicht verbraucht, dann doch verschleudert hat. Auf diese Weise kann ich die Schuld Dietmanns zu einem Teil schon abtragen. Es wäre mir aber lieber, wenn ihr den Betrag auf ein Konto bei der Deutschen Bank überweisen würdet."

„Du bist also einverstanden?", fragte jetzt Aaron Kochem. „Dann begeben wir uns ins Büro."

Aaron Kochem stand auf, ging voran, auf einen wundervollen Wandteppich zu, hinter dem Elmar nie eine Tür vermutet hätte, schob ihn zur Seite und sie betraten ein modern eingerichtetes Büro, in dem zwei Frauen vor Bildschirmen saßen. Aaron Kochem sprach sie auf Hebräisch an.

Sie lächelten Garner zu und eine von ihnen, eine gut aussehende blonde Frau sagte auf Deutsch: „Bitte, Herr Garner wir haben alles vorbereitet. Bitte unterschreiben Sie zuerst hier, das ist die Rechnung, die Sie uns heute vorgelegt haben."

Er sah, dass er der Firma Kochem mit Sitz in Paris Beratungen im Wert von 70 Millionen Euro in Rechnung gestellt hatte. Er unterschrieb. Dann legte sie ihm entsprechende Anträge zur Kontoeröffnung bei der Deutschen Bank in Frankfurt vor. Er unterschrieb. Sie scannte die Schreiben ein. Nach weniger als zehn Minuten kam ein Schreiben der Deutschen Bank per Fax, dass er ein Konto mit der Nummer **************** eröffnet habe und er in den nächsten Tagen eine Giro Card sowie eine kostenlose Visa Card Gold zugestellt bekommen würde. Um schnell auf sein Konto zugreifen zu können, könnte er schon seine PIN-Nummer durch Rubbeln am Rand dieses Schreibens erkennen.

„So schnell wird man Millionär", brachte er nur noch gehaucht hervor.

Die Anwesenden lächelten. Für sie schien das ein alltäglicher Vorgang zu sein. Aber mit den Papieren war es noch nicht zu Ende.

„Sie wollen sicher nicht das Geld auf der Deutschen Bank in Deutschland liegen lassen", lächelte ihn die gutaussehende Blondine an. „Wir wissen, dass Sie mit der Rütli Bank in der Schweiz zusammenarbeiten. Ich habe deshalb hier die Überweisung von der Deutschen Bank auf ihr Konto der Rütli Bank vorbereitet. Bitte unterschreiben Sie."

Garner war perplex. „Warum lassen Sie das Geld über die Deutsche Bank laufen?", fragte er.

„Ich nahm an, dass Sie wollen, dass man erkennt, dass Sie mit einer französischen Firma Geschäfte machen. Sie wollen wahrscheinlich nicht offiziell unter die Diamantenhändler fallen, die nicht gerne haben, dass andere solche Geschäfte tätigen."

An was die hier alles dachten. Er unterschrieb.

Aaron geleitete ihn wieder in den Empfangsraum. Dort saß Eliezer wie ein Patriarch wieder in der Ecke, schmunzelte wie ein Buddha, allerdings war er eine sehr schlanke Erscheinung. „Elmachem, bist du mit dieser Regelung zufrieden. Wenn ja, dann gratuliere ich dir zu deiner Entscheidung, mit uns zusammenzuarbeiten. Ich freue mich sehr darüber. Ich bin sicher, ich kann das auch im Namen meiner fünf Söhne und meiner Tochter sagen. Falls du noch eine Weile in Eilat bleiben willst, kannst du unsere Suite im Herods Palace Hotel belegen, so lange du willst. Ansonsten werden wir dir auch bei einem schnellen Rückflug behilflich sein."

Er kam sich wie ein Idiot vor, als er sagte: „Eliezer Kochem, ich möchte so schnell als möglich nach Hause. Vielen Dank für deine, eure Freundlichkeiten, aber ich habe zu Hause Enkelkinder, die sich freuen, wenn ich mit ihnen auf dem Teppich spiele."

Das Lächeln des alten Mannes wurde noch breiter und er sagte: „Gepriesen seist du, Ewiger, unser G'tt; du regierst die Welt, du machst die Schritte eines Menschen sicher."

Elmar sagte Danke, nahm Eliezer in den Arm und sie küssten sich wieder auf beide Backen. Dann wandte er sich zur Tür des Aufzugs.

Die jungen Männer aber holten ihn schnell ein und gingen voran in den Aufzug. Dann musste er wieder an die Rückwand und sie postierten sich vor ihm. Er mochte nicht sprechen und die Söhne des alten Kochem anscheinend auch nicht. Bei einem der jungen Männer vibrierte ein Handy. Plötzlich lag eine angespannte Atmosphäre in der Luft. Kam es ihm nur so vor, oder war der Aufzug tatsächlich länger unterwegs. Aber er wollte sich seine Anspannung nicht anmerken lassen. Er sah in die Gesichter seiner Beschützer, die sich vorher als seine Neffen bezeichnet hatten und ihn Onkel nannten. Oder waren sie jetzt doch Bewacher. So ganz klar war er sich nicht mehr.

Wieder fragte er sich, warum er diesen Auftrag angenommen hatte. War es das Geld, die Provision, die ihm von Dirk zugesagt worden war, oder der Nervenkitzel oder sein Gerechtigkeitssinn, dass er die Gläubiger zufriedenstellen wollte? Vielleicht alles zusammen. Er fand keine abschließende Antwort.

Wieso waren sie immer noch nicht oben? Der Aufzug war doch nicht stehen geblieben. Da sprach doch einer der Kochems: „Onkel Elmachem, ich habe soeben eine Nachricht bekommen. Wir fahren nicht ins Erdgeschoß. Vor dem Haus steht ein Fahrzeug, das uns unbekannt ist. Wir vermuten, dass du verfolgt worden bist. Anscheinend bis in unsere Straße. Wir wollen weder dich noch uns einer Gefahr aussetzten. Wir fahren auf das Dach. Dort steht ein Hubschrauber. Das ist sicherer. Der bringt dich nach Jordanien. Yael, unsere Schwester, hat dort einen Flug für dich nach Paris gebucht. Wir denken, dass es unverfänglicher ist, wenn du von Paris aus nach Stuttgart fliegst oder fährst."

Garner war fast schwindlig. „Kann es sein, dass uns jemand gefolgt ist? Gibt das für euch Schwierigkeiten?"

„Aber nein. Es ist eine reine Vorsichtsmaßnahme, dass du mit unserem Hause nicht in Verbindung gebracht wirst", lächelte Rouven ihn an.

„Aber ich habe doch eine Rechnung geschrieben, für Beratungsleistungen."

„Ja, aber nicht für dieses Haus, du hast für unser Haus in Paris Beratungen geleistet. Die Pariser Firma ist ein internationales Konsortium für alle möglichen Geschäfte", antwortete Aaron Kochem.

Sie erreichten das Hubschrauberdeck. Es war durch die hoch gezogene Fassade des Hauses vor den Blicken von der Straße verborgen. So waren sie auch nicht zu sehen. Dort stand ein Eurocopter SA 360 Dauphin, der leichte Mehrzweckhubschrauber von Airbus Helikopters. Es existieren mehrere Versionen mit einem oder zwei Triebwerken. Allen gemein ist der Fenestron-Heckrotor. Hier handelte es sich um das aus der AS 365 entwickelte aktuelle Modell, die EC 155 B. Die Rotoren wummerten schon.

Es kam nur Aaron mit in den Heli. Er stieg zuerst ein, inspizierte den Innenraum und sprach mit dem Piloten. Dann stieg er voll ein, reichte Garner die Hand und zog ihn nach innen. Die anderen Brüder standen draußen, schlossen von außen die Tür und der Vogel hob ab. Sie hatten sich noch nicht richtig gesichert. Über das Headset fragte Garner Aaron, wohin es ginge.

Kurze Antwort: „Wie gesagt, Amman."

Er war nun doch etwas verschnupft. Warum sprachen die nicht mit ihm? Warum waren sie jetzt nicht mehr freundlich? Er sprach Aaron darauf an.

„Sorry, Onkel. Wir haben allerlei Sicherheitsmaßnahmen unternommen, um deine Steinchen ins Land zu bekommen und das Geld auf deinem Konto gutzuschreiben, und nun kommt irgendjemand und bringt dich mit uns in Verbindung. Das können wir beide nicht brauchen. Wir haben dich nie gefragt, wo die Steine her sind. Wir haben dir die neugierige Ex-Frau deines Schulkameraden vom Hals gehalten und jetzt müssen wir dich so schnell wie möglich wieder außer Landes bringen. Alles klar?"

Elmar antwortete heftig: „Das ist doch Quatsch. Ich habe einen Flug nach Israel gebucht, ich bin in Israel angekommen und verlasse über Amman Jordanien. Das bringt doch jeden Schwachsinnigen zum Nachdenken. Wie komme ich übrigens in Amman in die von euch gebuchte Maschine?"

„Am Flughafen Amman erwartet uns ein Beamter, der nimmt deinen Pass, macht einen Stempel hinein, dass du nach Jordanien eingereist bist, und geleitet dich zum Flieger."

Elmar dachte nach. „Du kommst nicht mit zum Gate."

„Doch, bis du eingecheckt hast."

So war es dann auch. Auch wenn alles so plötzlich zum Aufbruch gedrängt hatte, war der Abschied dann doch noch herzlich. Aaron nahm ihn in den Arm und sagte: „Es ist schön, dass du unser Onkel bist und dass wir uns jetzt kennengelernt haben. Besuche uns doch mal in Paris. Dann geben wir ein großes Fest, völlig privat, ohne den Stress des Geschäftes. Dann kannst du deine ganze Familie mitbringen. Ich freue mich schon jetzt darauf. Aber jetzt musst du dich beeilen, damit du den Flieger noch bekommst."

Einunddreißig

Garners Heimweg über Paris

Kurze Zeit später befand er sich in einer Maschine der Royal Jordanian, sah aus dem Fenster und konnte es nicht fassen, dass dies so einfach war. Dennoch fragte er sich, wie er in diesen illegalen Diamantenhandel geschlittert ist. Er fühlte sich wie auf einem Nagelbrett. Nur er war kein Fakir, um dies zu genießen. Gut, er hatte sich von den Anlegern drängen lassen, das Geld, das sie Dietmann übergeben hatten, ihr Geld, wiederzubeschaffen. Er hatte widerwillig auf Anweisung Dietmanns gehandelt. Eigentlich hätte er das Video mit den Anweisungen in den Papierkorb schmeißen sollen, aber dann riefen die Anleger an, sie hätten die Nachricht bekommen, dass er die Geschäfte weiterführen würde, und sie von ihm ihre Einlagen wiederbekommen würden.

Nun bis jetzt lief alles bestens. Das Geld ging in Frankfurt bei der Deutschen Bank ein und von dort in die Schweiz. Was er aber entgegen den Anweisungen von Dietmann machen würde, war, dass er eine Steuererklärung dem Finanzamt liefern würde. Das kostete die Anleger einige Millionen, aber das Geschäft ist damit reell. Nachdem er diesen Entschluss gefasst hatte, legte er sich im Flugzeug entspannt zurück.

Im Internet informierte er sich noch über eine interessante Ausstellungen in Paris. Deshalb ging er vom Flughafen aus ins

Musée d'Orsay. Dort zeigten sie gerade die Ausstellung: Jenseits der Sterne. Mystische Landschaften von Monet bis Kandinsky. Von Vincent van Gogh hängt dort Der Aussäher, eine Leihgabe vom van Gogh Museum, Amsterdam (Vincent van Gogh Foundation). Im Internet kann man lesen: *Die Suche nach einer Ordnung jenseits der äußeren Erscheinungen, die Überwindung der materiellen Realität, um die Geheimnisse der Existenz zu ergründen, die Ergründung der Selbstvergessenheit in perfektem Einklang mit dem Kosmos... die Erfahrung des Mystizismus hat die symbolistischen Künstler gegen Ende des 19. Jahrhunderts stark beeinflusst. Als Reaktion auf die Verherrlichung von Wissenschaft und Naturalismus konzentrieren sie sich auf die Suggestion des Gefühl- und Geheimnisvollen. Die Landschaft erscheint den Künstlern bei dieser Suche als ein bevorzugtes Sujet und der Schauplatz schlechthin für die Kontemplation und den Ausdruck eines inneren Zustandes. Die Ausstellung, die gemeinsam mit der Art Gallery of Ontario in Toronto organisiert wurde, beleuchtet das Genre der Landschaftsmalerei über Werke von u. a. Paul Gauguin, Maurice Denis, Ferdinand Hodler oder Vincent Van Gogh. Gleichzeitig werden auch die nordamerikanischen Maler wie Georgia O'Keeffe oder Emily Carr präsentiert, die dem europäischen Publikum weniger bekannt sind. Die Kontemplation, die Bewährungsproben der Nacht und des Krieges, die Verschmelzung des Einzelnen mit dem Kosmos, die Erfahrung der transzendentalen Naturkräfte sind Etappen auf einem mystischen Weg, sind Etappen, den diese Ausstellung dem Besucher eröffnet.*

Das faszinierte ihn, und um seine Fährte zu verwischen, wollte er sich diese Erfahrung gönnen. Elmar nahm ein Taxi. Er hatte den ganzen Weg über den Eindruck, er würde beobachtet werden. Aber es konnte doch nicht sein. Man hatte doch ganz kurzfristig einen Flug für ihn in Amman gebucht. Oder war das Ganze doch abgekartet?

Es war ihm nicht wohl bei der ganzen Sache. Er suchte ein Taxi, und da er merkte, das dauerte zu lange, nahm er die Metro. In der Ausstellung hielt er sich drei Stunden auf. Während dieser

Zeit entspannte er sich tatsächlich. Er konnte die im Prospekt genannten Etappen auf einen mystischen Weg nachvollziehen.

Letzthin hatte ihn sein Enkel gefragt: „Gell Opa, da hat einer sich das Ohr abgeschnitten, damit er berühmt wurde." Er hatte ihn dann berichtigt.

Elmar hatte den Eindruck, er sei in einen Krieg geraten. Er kämpfe gegen transzendentale Naturkräfte, die sich ihm entgegenstellten, seitdem er den Auftrag angenommen hatte. Hatte er ihn überhaupt angenommen? Wurde er ihm nicht übergestülpt wie ein alter Pullover, den er schon lange im Kleidersack für die Diakonie hatte, aber bisher vergaß, ihn dort abzugeben.

Mit einem Taxi fuhr er zurück zum Flughafen. Er buchte eine Maschine, die nicht direkt nach Stuttgart flog, sondern über Frankfurt mit Umsteigen. Der Vorteil war, dass er nicht lange auf den Weiterflug warten musste. Er hoffte, so etwaige Verfolger abzuschütteln.

In Frankfurt konnte er beim Einstieg in die Maschine nach Stuttgart kein bekanntes Gesicht ausmachen. So nahm er gelassen seinen Platz ein. Der Flieger war 40 Minuten in der Luft. Am Flughafen Stuttgart nahm er die S-Bahn bis Vaihingen. Dort auf dem Vaihinger Bahnsteig sah er vom Bahnsteig aus, dass ihm die Straßenbahn, wie fast jedes Mal, vor der Nase wegfuhr. Aber auch das regte ihn nicht auf, denn dadurch konnte er beobachten, ob jemand besonderes Interesse an ihm zeigen würde.

Zweiunddreißig

Überraschungsangriff auf der Treppe

Alles Roger. In einer halben Stunde war er zu Hause und sie machten es sich mit einer Tasse Kaffee gemütlich. So dachte er, bis er vom Bahnsteig zum Abgang ging. Plötzlich stand jemand vor ihm, den er nicht bemerkt hatte, und schubste ihn die Treppe hinunter zu Boden. Elmar konnte sich mit den Händen abfangen, dabei drehte er sich, sodass er über seine rechte Seite aufstehen konnte. Er hätte es früher können, aber jetzt durch seine Verletzung fuhr ihm so starker Schmerz in die Seite, dass er auf den Boden fiel. Er konnte noch erkennen, dass die Person, die ihn gerempelt hatte und zu Fall brachte, mit dem Fuß nach ihm treten wollte. Dadurch, dass Elmar gestürzt war, traf ihn der Fuß nicht. So konnte er nach dem Fuß greifen, diesen verdrehen und hochziehen und dadurch den Angreifer zu Fall bringen. Dieser landete mit dem Rücken auf dem Boden und schlug mit dem Kopf auf. Es gab einen dumpfen Schlag. Niemand blieb stehen, alle eilten weiter, wollten nicht hineingezogen werden. Garner konnte mühsam aufstehen, beobachtete dabei den am Boden liegenden Angreifer, der sich nicht mehr rührte. Elmar suchte sein Handy. Es lag auf dem Boden, war ihm aus der Tasche gefallen. Er wusste nicht, was er tun sollte. Rief er die Polizei musste er erklären, wie es passierte.

Eine Frau kam auf ihn zu. Sie war groß, schlank, blond und sprach ihn an: „Ich habe den Rettungsdienst schon gerufen. Kann ich Ihnen helfen."

„Danke!", nuschelte Elmar benommen, „ich glaube, der braucht eher Hilfe."

Die Frau beugte sich zu dem Mann und fühlte nach seinem Puls am Hals. „Der braucht keine Hilfe mehr, der ist tot. Aber machen Sie sich keine Sorgen, ich habe gesehen, wie er Sie gestoßen hat und dann über Sie stolperte und dann so unglücklich mit dem Hinterkopf auf den Boden schlug. Sie können nichts dafür, machen Sie sich nur keine Vorwürfe. Es ist die elende Eile, die dazu führt, dass die Unfälle passieren. Übrigens ich bin Ellen Burger, ich bin Ärztin, am besten wir warten zusammen. Sie sollten sich wieder hinlegen und noch liegen bleiben, wie gesagt, der Rettungsdienst muss gleich da sein."

Da hörten sie schon das Martinshorn. Die Sanitäter liefen gleich auf den Mann zu, der anscheinend tot war, wie die Frau behauptet hatte. Auch die Sanitäter ließen dann von dem Mann ab und kamen zu Elmar. „Was ist passiert."

„Ich weiß es nicht, plötzlich lag ich auf dem Boden und einer stürzte nach mir neben mich", nuschelte Elmar kleinlaut.

Einer aus dem Rettungsdienst fragte: „Ich bin Arzt, haben Sie Schmerzen?"

Elmar schüttelte den Kopf. „Ich bin nur verwirrt, ich glaube, ich rufe meine Frau an, die kann mich dann holen. Wir wohnen nicht weit von hier."

Während der Befragung durch den Arzt kamen zwei Polizisten in Uniform. Einer von denen scheuchte erst mal die gaffenden Passanten weg und forderte weitere Einsatzwagen an. Der andere sprach mit dem Arzt und kam dann zu Elmar. „Sie sind gestürzt?"

„Nein", unterbrach ihn die Dame, die mit ihm auf den Notarztsatz und die Sanitäter gewartet hatte, „ich habe den Vorfall beobachtet. Der Tote hat den Mann hier gestoßen und fiel dann neben ihm auf den Boden."

„Das können Sie später erklären, jetzt befrage ich den Herrn da am Boden. Stehen Sie mal auf! Wer sind Sie und wie kommen Sie auf den Boden."

„Ich kann nicht aufstehen. Irgendwie komme ich nicht hoch. Vielleicht können mir die Sanis helfen. Im Jackett habe ich meine Papiere. Ich komme vom Flughafen, war in Paris. Ach so, ich heiße Elmar Garner und wohne in Vaihingen."

„Und wie kam es zu dem Sturz?", fragte der Polizist noch mal, diesmal mit weniger Schärfe in der Stimme.

Inzwischen war wohl ein weiterer Einsatzwagen der Polizei eingetroffen. Sie stellten sich um die Gruppe herum. Einer der Sanis hatte den Toten abgedeckt. Dann kam der Arzt zu Elmar und sagte: „Wir nehmen Sie mit und bringen Sie ins Marienhospital." Zum Polizisten sagte er: „Sie können ihn dort befragen, und vergessen Sie die Zeugenaufnahme und die Personalien der Dame nicht. Die ist übrigens eine mir gut bekannte Ärztin. Ach ja, und wenn Sie Anstand haben, dann entschuldigen Sie sich bei ihr wegen ihrer unfreundlichen Zurechtweisung. Ansonsten wünsche ich einen guten Tag."

Dann legten die beiden Sanis Elmar auf die Trage und schoben ihn in den Krankenwagen. Drinnen begann der Arzt mit der Untersuchung. Er zog ihm die Hose aus und betrachtete seine abgeschürften Beine. Bewegte die Beine, was sehr schmerzhaft war und weshalb Elmar aufstöhnte. Danach machte er mit den Armen und Ellenbogen weiter. „Nun, Arme und Beine scheinen nicht gebrochen zu sein. Sie haben ziemliche Prellungen und Schürfungen und wie es mit dem Kopf aussieht, muss erst noch durch eine CTG geklärt werden. Wenn Sie wollen können Sie ihrer Frau Bescheid sagen."

Elmar wählte auf dem Handy: „Hallo Lene ich bin´s. Ich bin in einem Sanka und auf dem Weg ins Marienhospital. Es ist nicht schlimm. Ich wurde in Vaihingen auf der Treppe von der S-Bahn zur Bahnunterführung von jemand gestoßen. Wie der Arzt mir eben sagte, habe ich nichts gebrochen. Es tut mir aber alles weh. Vor allem mein Rücken, die geschürften Arme und Beine und der Kopf. Aber ich denke, es ist alles nicht so schlimm. Es ist halt der Schock. Wenn man ruhig die Treppe runter gehen will und man bekommt einen Stoß von hinten, dann ist man erst mal geplättet. Also komm ins Marienhospital und dann ist sicher alles geklärt. Ja, bis dann und fahr vorsichtig. Es pressiert nicht."

„Von den Rückenschmerzen haben Sie vorher nichts gesagt", bemerkte der Arzt von den Johannitern.

„Ich merke das auch erst jetzt, da ich im Sanka liege."

„Hoffentlich haben wir dann nichts falsch gemacht, als wir wie Sie auf die Liege legten", sagte dann der zweite Sanitäter.

Dazu konnte und wollte Elmar nichts sagen, denn er war froh, erst mal von dem unangenehmen Polizisten weggebracht worden zu sein. „Aber ich sagte doch zu dem Polizisten, dass ich nicht aufstehen kann", erklärte Elmar.

„Ja, aber wir haben das nicht registriert. Jetzt können wir nur noch hoffen, dass das CTG nichts ergibt."

Dann waren sie auch schon in der Notaufnahme des Marienhospitals. Aufgrund der Angaben des Notarztes brachte man ihn gleich zu einem Arzt, der ein CTG von Kopf und Rücken anordnete. Er war nun in der Maschinerie eines Krankenhauses angekommen und nichts würde die Prozedere aufhalten. Höchstens seine Lene käme bald. Sie war hier als Ärztin bekannt und konnte sich sicher einmischen. Wenn sie es überhaupt wollte. Aber ihm war klar, dass sie mehr wissen wollte, als er der Polizei erzählen würde. Hoffentlich ließ sie ihm Zeit, bis er wieder zu Hause war. Andererseits hatte er keine Zeit, im Krankenhaus rumzuliegen. Er musste sich noch um die Steine in

Moskau kümmern. Er sollte am Montag dort sein und jetzt war Dienstag. Er hatte demnach keine ganze Woche mehr Zeit. Zum Glück galt sein Visum noch, von der Reise, als er Gregori zum ersten Mal kontaktierte. Die Steine müssten jetzt auch dort sein. Wenn er nur die Beine bewegen könnte.

Der Notarzt meinte, es könnte der Schock sein, an einen Bruch der Wirbelsäule glaube er nicht.

Dreiunddreißig

Rückblick auf den ersten Kontakt mit den russischen Diamanten-schleifern

Eigentlich hat Dietmann behauptet, dass alles geregelt sei. Die Steine würden bei ihm abgeholt und er müsse dann nur noch in Moskau das Geld abholen. Aber so was gefiel einem Elmar doch nicht. Also flog er nach Moskau und suchte die Adresse, die Dietmann ihm genannt hatte. Zum Glück hatte Elmar Freunde.

Einer von ihnen, Richard, hatte sehr gute Kontakte nach Russland. Richard war Russischlehrer. Russische Lehrer, die nach Stuttgart zu Besuch kamen, durften bei ihm übernachten. Er erklärte das so, dass diese Menschen nur sehr wenige Devisen hatten. Und bei einem Wechselkurs von 63 zu eins, bedeutete, das, dass sie 63 Rubel benötigten, um einen Euro zu bekommen. Da konnten die sich doch kein anständiges Hotelzimmer in Deutschland und schon gar nicht in Stuttgart leisten. Zwar hatte Lisa dadurch die Gäste zu versorgen, aber für ihren Richard tat sie das gerne. Der Vorteil für Richard war, dass er seine Sprache immer wieder auffrischen konnte.

Elmar dachte daran, wie das war, als er in Moskau ankam. Er wusste, dass er von einem Gregori Sergejewitsch eingeladen war. Ohne Einladung hätte er ja kein Visa bekommen. Aber wer war dieser Gregori? Elmars Freund Richard erklärte ihm, dass dies ein Freund sei, von einem der vielen Gäste, die bei ihm schon mal logierten.

Auf dem Flughafen nahm er sein Gepäck, es war nicht viel, da er nur ein paar Tage bleiben wollte, ging vor das Flughafengebäude und sah sich um, ob jemand nach ihm sehen würde. Da kam ein großer rundlicher Mann mit einem glatten Gesicht, das weit über den Kopf ragte. Also eine hohe Stirn. Deutlich gesagt, eine Glatze. Aber der strahlte ihn an. Elmar war sich nicht sicher, aber er hoffte, dass er ihn anstrahlte. Also machte er ein paar Schritte auf ihn zu. Dieser Bär von einem Mann ging dann auf Elmar zu und breitete die Arme aus. „Mister Johnson", rief er.

Elmar verneinte. „No, I am not Mr. Johnson. I am a German People."

Da lachte der Mann laut und sagte auch deutsch: „Na da habe ich Sie aber ganz schön durcheinandergebracht. Ich bin Gregori. Gregori Sergejewitsch und ein Freund Ihres Freundes Richard. Ich habe Sie eingeladen. Aber da wir Freunde sind, sagen wir du zueinander. Vielleicht gibt es hier noch andere die deutsch sprechen und da wäre es doch merkwürdig, wenn Freunde sich siezen. Also herzlich willkommen."

Dann schloss er Elmar nochmals in die Arme.

Elmar hatte Schwierigkeiten, sein Gepäck festzuhalten, Gregori zog ihn zu einem Parkplatz. Dort stand keine Staatskarosse, sondern ein alter verrosteter Lada. Na ja, hoffentlich fuhr der wenigstens. Sie fuhren aus Moskau hinaus und Elmar begann Angst zu bekommen, dass er doch von jemand Falschem abgeholt worden wäre. Vielleicht hatten sie beide auf jemand anderen gewartet. Elmar sprach nur wenig Russisch. Also fragte er ihn auf Deutsch: „Gregori, du weißt, in welcher Mission ich unterwegs bin."

„Nein, aber das ist mir auch egal. Du bist ein Freund von Richard und Richards Freunde sind meine Freunde. Aber wenn du irgendetwas zu erledigen hast und einen Helfer brauchst, dann sag es ruhig. Wenn es kein Mord ist, dann mache ich bei allem mit."

So eine Erklärung war ein starkes Beruhigungsmittel.

„Ich will dir erklären, worum es geht. Ich hatte einen anderen Freund, der wurde ermordet. Dieser Freund war Vermögensberater. Um die Einzahlungen abzusichern und selber einen großen Gewinn zu machen, hat er von den Einlagen Rohdiamanten gekauft und die sollen zu Brillanten geschliffen werden, und zwar in Russland. Dazu hat ein Bote die Steine bei mir abgeholt. Nun will ich sehen, ob diese Steine auch wirklich dort angekommen sind, wo sie sein sollen und ob der Diamantenschleifer die Arbeit, also das Schleifen, ordentlich und ökonomisch ausführt. Erst wenn ich das überprüft habe, kann ich sicher sein, dass ich den letzten Willen meines Freundes erfüllen und die Einzahlungsbeträge zurückzahlen kann. Ob und wie hoch die Wertsteigerung der Vermögen ist, liegt an der Wertsteigerung, die durch das Schleifen der Rohdiamanten erzielt wird."

Gregori lachte: „Du dachtest, dass ich da nicht mitmachen würde. Ja, wir sind doch Freunde. Ich bringe dich zuerst einmal zu mir nach Hause, ich wohne 50 Kilometer außerhalb Moskaus und dazu müssen wir aber zuerst Moskau durchqueren. In meiner Datscha kannst du essen und schlafen und dann überlegen wir, wie wir am besten zu dem Schleifer kommen und werden ihn überraschen." Sein Gesicht strahlte wie der Vollmond, der langsam am Himmel auftauchte.

Seine Datscha war gar nicht so klein wie gedacht. Elmars Häuschen in Stuttgart war auch nicht viel größer, nur hatte er ein Stockwerk mehr ausgebaut. Die Datscha war zweistöckig, was ihm ungewöhnlich erschien, aber auch hier freute sich Gregori über seine Unkenntnis. „In den letzten Jahren haben alle, oder fast alle, ihre Datschen aufgestockt und ein oder zwei Zimmer angehängt, sodass hier eine richtig schöne Einfamilienhaussiedlung, wie ihr das nennt, geworden ist."

An der Türe begrüßte sie Gregoris Frau Olga. Eine Frau, die etwas kleiner als Elmar war. Mit einem schmalen Körper, der nicht verriet, dass sie sicher auch schon über fünfzig war. Ihre weizenblonden Haare rahmten ein etwas breites Gesicht mit hohen Wangenknochen ein. Sie strahlte über alle Backen und begrüßte Elmar herzlich, indem sie ihn an ihren großen festen Busen drückte. „Dobro pozhalovat'. YA rad, chto vy prishli k nam v gosti. Vkhodite, nash dom - vash dom, staryye russkiye govoryat svoim druz'yam. Und herzlich willkommen. Ich freue mich, dass du uns besuchen kommst. Komm herein, unser Haus ist dein Haus, sagten die alten Russen zu ihren Freunden!" Sie gab ihm Küsschen links und rechts und wieder links auf die Backe.

Gregori führte Elmar in das Obergeschoß und zeigte ihm ein Zimmer, das doch so zirka vier auf vier Meter war. Ein Einzelbett, ein Schränkchen, ein Tischchen und ein Stuhl waren das einzige Mobiliar. Das Bett war mit geblümtem Bettzeug überzogen. Das Ganze sah so einladend aus, dass Elmar sich am liebsten in den Kleidern auf das Bett geworfen hätte und sich dem Schlaf in die Arme geschmissen hätte. Aber Gregori sprach von etwas zum Essen und Elmar roch auch einen ganz herrlichen Braten.

Nachdem er sich lobend über das Haus und das Zimmer geäußert hatte, gingen sie die enge Treppe wieder hinab und Gregori führte ihn in die gute Stube. Dort war der Tisch mit einer bunten Tischdecke und hellem Geschirr gedeckt. Er roch den guten Braten jetzt noch intensiver und freute sich auf das herzliche Willkommen. Dann holte Irina die Suppenschüssel und Gregori drückte ihn auf einen Stuhl. Gregori dankte Gott und Irina für das gute Essen und dann langten alle drei kräftig zu und man hörte nichts mehr. So war echte russische Gastfreundschaft. Dann erklärte Gregori Elmar, dass das riesige russische Reich ebenfalls ein Land war, das Diamanten liefert. Vor allem östlich des Ural gibt es große Diamantminen, die meist fernab der uns bekannten Zivilisation liegen und selbst mit modernster Maschinentechnik kaum auszubeuten sind. Elmar erklärte Gregori, dass er nach Jekaterinburg müsse. Gregori sagte zu ihm, dass er, Elmar, sicher wisse, dass Jekaterinburg am Fluss Isset liegt, nur knapp 40 Kilometer östlich der Trennlinie zwischen Europa und Asien, welche im Westen bei der Stadt Perwouralsk verläuft. An dieser Stelle steht eine Europa-Asien-Säule. Die natürliche Grenze wird vom Ural gebildet. Der Zeitunterschied zu Moskau beträgt zwei Stunden.

Elmar erzählte: „Ich bin mal mit der Transsibirischen durch-gefahren. Wir standen am Fenster und haben nach der Säule Ausschau gehalten. Der Zug fuhr etwas langsamer, damit die Fahrgäste die Säule erkennen konnten. Vor Jekaterinburg fuhren wir über eine gewaltige Brücke. In Jekaterinburg hielt der Zug und wir konnten uns bei den Babuschkas am Bahnsteig etwas zum Essen kaufen. Dort muss ich wieder hin. Da am Rand von Jekaterinburg gibt es Schleifer, die nicht fragen, wo die Steine her sind. Es geht jetzt nur mal darum, ob die bereit sind, den Auftrag anzunehmen, und zu welchen Konditionen. Die Steine habe ich schon vor einiger Zeit abholen und nach Russland bringen lassen. Ich hoffe, die Gesprächspartner haben die Steine."

Vierunddreißig

Elmar liegt im Marienhospital und macht Pläne

In seine Gedanken hinein betrat Lene sein Zimmer hier im Marienhospital. Er grinste sie an.

Sie kam an sein Bett, gab ihm einen Kuss auf die Wange und fragte: „Was hast du angestellt."

„Ich, nichts", antwortete er entrüstet. „Ein Mann hat mich in Vaihingen den Abgang von der S-Bahn zur Straßenbahn hinuntergestoßen."

„Aber ich habe ihn dann getötet, aber nicht absichtlich", schob er nach, als er ihr erschrecktes Gesicht sah. „Ich hielt seinen Fuß fest, mit dem er mich gegen den Kopf treten wollte und er fiel dann um und schlug mit dem Kopf auf dem Boden auf. Eine Ärztin, eine Ellen Burger, du kennst sie wahrscheinlich, hat das beobachtet und vor den Polizisten eine Erklärung abgegeben, dass ich nichts dafür kann, der sei gestolpert und die Treppe runter gefallen. Aber Lene lass uns nach draußen gehen", bat Elmar.

„Aber das geht doch nicht, du hast doch eine Gehirnerschütterung, hat mir der Stationsarzt gesagt."

„Dann hole bitte einen Rollstuhl", unterbrach sie Elmar.

Kopfschüttelnd verließ Lene das Zimmer, um einen Rollstuhl zu holen. Im Krankenhaus Gelände fragte sie dann: „Was soll der Quatsch, dass wir unbedingt raus mussten?"

„Sieh mal, ich war in Tel Aviv, als Dietmanns Ex-Frau auf dem Flughafen auftauchte. Dann in Eilat am Ende der Verhandlungen packten mich die Israelis in einen Hubschrauber und flogen mich nach Jordanien, weil jemand auftauchte, der nicht wissen sollte, dass dort die Diamantenschleifer sind und ich bei denen Geschäfte abschloss. Die ganze Transaktion sollte geheim sein. Im Pariser Flughafen hatte ich das Gefühl beobachtet zu werden, konnte aber niemand ausmachen. Deshalb ging ich ins Museum Musée d'Orsay, um eventuelle Beschatter, Verfolger zu erkennen, aber da war niemand auffällig. In Stuttgart Vaihingen versucht mich einer die Treppe runterzustoßen. Der wartete vor dem letzten Absatz auf mich und gab mir einen Schubs. Nun sag bloß, dass dies alles Zufall ist."

„Ich finde das auch merkwürdig, so als ob jemand über jeden deiner Schritte informiert gewesen wäre. Aber es muss nicht sein. Vielleicht ist es dennoch gut, wenn wir das alles nicht im Haus besprechen."

„Also fahre mich bitte weiter, da oben kann man auf die Liststraße kommen."

Lene schob Elmar in die Liststraße. Elmar half ihr. Dort in der Liststraße hielten sie an, um zu verschnaufen.

„Lene, ich muss so schnell wie möglich nach Russland. In Jekaterinburg sind die Brillanten fertig geschliffen. Ich muss klären, wie ich diese nach Deutschland bringe. Übrigens, die Israelis haben mir ein Konto bei der Deutschen Bank eingerichtet und siebzig Millionen Euro dort gutgeschrieben. Die machen das von ihrem Hause aus. Also von Israel aus haben die das gemanagt. Eine Mitarbeiterin des Israeli war sozusagen zeichnungsbevollmächtigt für die Deutsche Bank. Sie konnte ein Konto anlegen. Anschließend hat sie das Geld auf die Rütli Bank in der Schweiz überwiesen."

„Glaubst du das?", unterbrach ihn Lene.

„Ich habe in Paris eine Kontenabfrage gemacht und es war so. Sie hatte das Geld an die Rütli Bank weiter überwiesen. Oder besser, ich habe es von dort aus gemacht. Diese Sache ist also gut gelaufen. Soweit bei einem Zollvergehen von gut laufen gesprochen werden kann. Aber es war so ziemlich easy."

„Was willst du mit den siebzig Millionen anfangen?", fragte Lene besorgt.

„Zuerst muss ich ja die fünfzig Millionen Schulden bei der Rütli Bank begleichen. Dann melde ich den restlichen Betrag dem Finanzamt als außergewöhnliche Einnahme für eine Beratung und erfrage den Steuersatz. Die Steuern überweise ich dann dem Finanzamt und bis auf zehn Prozent überweise ich den Betrag auf das Anlegerkonto. Auf das kann die Assistentin von Dietmann angeblich nicht zugreifen. Um den Betrag, der laut den Rechnungs- und Überweisungsunterlagen auf dem Fondskonto drauf sein müsste, benötige ich noch den Ertrag der Diamanten, die ich nach Russland gesandt habe. Wenn dann der fehlende Betrag auf dem Fondskonto ist, informiere ich die Anleger, lasse den Anlegern ihre Guthaben überweisen und schließe den Fonds. Na, so was wie ein Fonds ist das ja."

„Sag mal, warst du als Wirtschaftsberater tätig?"

„Nein, aber ich habe mich bei einem seriösen Finanzberater erkundigt. Du, ich habe Hunger."

„Du darfst aber noch nichts essen, bis der Arzt bei dir war."

„Das dauert hier doch immer eine ganze Weile."

„Na gut, wir fahren am Kiosk vorbei", schmunzelte sie.

Sie kannte Elmars Vorlieben für eine Schneckennudel. Unterwegs ins Krankenzimmer fragte sie ihn: „Viele Menschen jagen nach etwas, doch die wenigsten wissen, warum sie es tun. Weißt du, warum du das tust? Warum du hier für Dietmann dich so reinhängst? Irgendwie haben wir uns in Regeln verstrickt, die uns von anderen vorgegeben wurden. Und es sieht nicht gut aus. Es ist Zeit zu bremsen und sich zu fragen, wozu überhaupt? Was will ich hier? Wieso folgst du dem Pfad eigentlich, auf dem du bist? Willst du Erfolg haben? Wie sieht Erfolg eigentlich aus. Nicht für andere, für die Gesellschaft oder zum Beispiel für deine Eltern. Für mich, für unsere Kinder, für Dietmann. Für dich! Denk über deine bisherigen Ziele nach, die du versucht hast zu erreichen. Denk an Dinge, die du haben wolltest. Jobs, die du lieben würdest. Was jagst du eigentlich? Wann war das letzte Mal, dass du dich hingesetzt hast, um zu definieren, was Erfolg wirklich für dich bedeutet. Es ist so einfach, in den Strudel der gesellschaftlichen Definition reingezogen zu werden. Üblicherweise ist es Geld, Status, Titel und so weiter. Ich glaube nicht, dass du, Elmar, dem Geld hinterherjagst. Dazu kenne ich dich zu gut. Immerhin kann man sich damit gut vergleichen und deswegen wird auch so häufig davon gesprochen. Seit ich denken kann, wurde ich gefragt, was ich später einmal machen wollte, beziehungsweise was ich jetzt gerade beruflich mache, und ob es eine gute Firma ist. Niemand hat davon gesprochen, ob es eigentlich das ist, was ich wollte oder ob ich darin auch tatsächlich gut war. Also Elmar überlege, weshalb du hier auf der Krankenstation bist, aber ich glaube, du überlegst sicherlich schon wieder, wie du in Russland die Sache mit den restlichen Diamanten schaukelst."

„Lene, du bist ein Schatz. Du kennst mich und du weißt, weshalb ich eigentlich hinter die Abwicklung der Finanzberatung herjage. Es war ein Vermächtnis. Sein blödes Video, in dem er mich bat, den Einliegern die Einlagen zukommen zu lassen, da er sonst niemandem vertrauen könne. Ich habe geglaubt, dass die Einlagen noch vorhanden sind und ich dann ganz gemütlich die Beträge den einzelnen Einlegern zuordnen könne, und alles wäre in acht Tagen erledigt. Dumm, wie ich bin, bin ich ihm auf den Leim gegangen."

„Nein, du bist nicht dumm. Du hast nur Verantwortungsgefühl und der Schurke Dietmann wusste, dass er dich daran packen kann."

„Lene, wenn ich die Finanzberatung abgewickelt habe, ich glaube, dann bin ich noch nicht fertig. Ich werde den Mörder suchen und vor Gericht bringen. Dirk Dietmann hat so erbärmlich ausgesehen, dass ich denke, der Mörder darf nicht ungeschoren davonkommen."

„Elmar, das habe ich befürchtet. Aber bedenke, es ist letztlich Aufgabe der Polizei, den Mörder zu finden. Die Spanier haben deine Unschuld bestätigt, dann kannst du doch Ruhe geben."

„Ja Lene, das könnte ich, aber solange der Mörder nicht gefasst ist, habe ich den Eindruck, ich bin für die Polizei hier in Deutschland immer noch der Hauptverdächtige. Wenn wir im Krankenzimmer sind, wartet sicher schon die Polizei auf uns und will wissen, warum ich jemanden einfach so umbringe."

„Mache dir doch keine Gedanken, du hast doch die Aussage von der Ellen Burger."

„Ja, aber es war anders. Ich habe an seinem Fuß gezogen, mit dem er mich treten wollte. Erst daraufhin ist er hingefallen und hat sich anscheinend den Kopf so angeschlagen, dass er daran starb. Wenn die Polizei ermittelt, dass du die Burger persönlich kennst, dann glauben die der kein Wort mehr. Und mir auch nicht."

Vor seinem Zimmer warteten schon zwei Polizisten in Uniform.

„Herr Garner, können wir Sie zum Vorfall befragen? Der Arzt sagte, Sie seien noch nicht vernehmungsfähig", fragte der kleinere der beiden Polizisten.

Anstelle von Elmar antwortete seine Frau: „Ich habe den Eindruck, mein Mann kann sich an den Vorfall nicht mehr so genau erinnern. Das ist so eine posttraumatische Amnesie. Er hatte schließlich eine comotio cerebralis. Ich rate ihm auch, keinerlei Angaben zu machen."

„Ist das so, Herr Garner?" fragte jetzt der größere der Polizisten.

„Also, wenn Sie mir erklären können, wie ich in die Klinik gekommen bin, dann habe ich wenigstens ein Teil des Puzzles. Ich weiß, dass ich aus dem Zug ausgestiegen bin und noch dachte, wie üblich, die U-Bahn fährt wieder mal schon weg. Und jetzt bin ich hier und soll erklären, wie das kommt. Können Sie es erklären, warum ich hier liegen soll und es nicht aushalte."

„Sorry", wieder der Kleinere „als wir ankamen, fanden wir Sie neben einem Toten liegend. Dann schnappte Sie der Notarzt und weg waren Sie. Jetzt fragen wir uns natürlich, wie kam der eine zu Tode und wie kam der andere neben ihm zu liegen. Wir hofften, dass Sie uns erklären könnten, wie das Ganze abgelaufen ist. Es gibt unterschiedliche Zeugenaussagen."

„Ich glaube", sagte der Größere, „wir kommen morgen wieder, vielleicht hat sich ihre posttraumatische Amnesie dann gebessert. So was soll ja vorkommen. Wir wünschen gute Besserung."

Und dann zogen sie ab.

Lene schob ihn ins Zimmer und er stieg um ins Bett. Dort legte er sich flach, da ihn doch Kopfschmerzen plagten, und nicht nur wegen der Gehirnerschütterung.

„Mach dir keine Sorgen", beruhigte ihn Lene. „Die können sich noch keinen Reim darauf machen, und wie ich die Burger kenne, deklamiert die so überzeugend den Vorfall und beharrt auf ihrer Aussage, dass du voll aus dem Schneider bist, selbst wenn du, wie du glaubst, ihn runtergezogen hast, ist das nur Notwehr gewesen."

Wenig später kam der Arzt ins Krankenzimmer. „So, waren Sie spazieren? Ich war vor ein paar Minuten schon da. Ich will Sie mir noch mal ansehen. Ziehen Sie bitte das Hemd aus."

„Muss das sein, Herr Doktor El Habbasch.", fragte Garner etwas erstaunt und unwillig.

„Ja, und es ist nur zu ihrer Sicherheit."

Elmar zog das Hemd aus, das ihm seine gute Lene vorsorglich mitgebracht hatte, und da atmete Lene doch kurz vor Schreck.

„Du hast ja nicht nur blaue Flecken, da sind ja auch Schürfungen!"

„Klar", sagte Elmar, „denkst du, ich kann eine Treppe runterkugeln und dann wie ein Stuntman lustig lachend wieder aufstehen. Bin schließlich doch schon über sechzig."

El Habbasch lächelte: „Das sieht in den nächsten Tagen noch bunter aus und die Schmerzen kriegen Sie auch nicht so schnell los. Allerdings habe ich eine gute Nachricht: Ihr Kopf war stabiler als der Rest ihres Körpers. Die comotio kann als harmlos eingestuft werden. Das Ellbogengelenk rechts ist allerdings angeknackst. Das sollten Sie in nächster Zeit etwas schonen. Bewegen, aber langsam. Ja und warum wollten Sie nicht, dass die Notaufnahme die Schürfungen mit Pflaster schloss?"

„Na ja, ohne Pflaster heilt es besser. Ansonsten danke für die Auskunft", meinte Elmar sagen zu müssen, „aber ich habe meine Ärztin für die Nachbehandlung dabei."

„Na, das ist natürlich die beste Lösung", antwortete El Habbasch.

Elmar dachte, dass seine Lene ihn schon gesund bekommen würde. Lene dachte: Ich werde ihn nicht so schnell wieder losgehen lassen.

Sie einigten sich darauf, dass er diese Nacht noch im Krankenhaus bleiben würde und Lene ihn dann am nächsten Morgen abholen sollte.

„Aber bitte vor dem Frühstück", maulte Elmar.

Wegen der Kinder, alle längst über vierzig Jahre, und wegen der Enkel, zwei von ihnen wollten diese Nacht bei Lene übernachten, ging Lene bald nach Hause.

Fünfunddreißig

Elmar denkt nach

Da war er nun in seinem Zimmer und überlegte, wie es dazu kam, dass er hier war. Er ließ sich von den Kunden von Dietmann in die Enge treiben, dass er die Einlagen beschaffen müsse. Dietmann habe ihnen eine schriftliche Erklärung ein paar Tage vor seinem ʹUnglückʹ zukommen lassen, dass er, Elmar Garner, der Bevollmächtigte sei, der ihre Ansprüche befriedigen könne. Was sollte sein Gerechtigkeitsempfinden in diesem Fall tun? Die Anleger hatten alle viel Geld und wollten doch nur noch mehr Geld. Das Anfangskapital der Anleger sollte nach der Laufzeit bis zur Auszahlung wenigstens nicht niedriger geworden sein. Die Erwartung war eine hohe Rendite. In dieser Zeit, da die Banken so gut wie keine Zinsen mehr gaben, die Aktien doch recht unsicher waren, versprach Dietmann hohe Renditen durch Veredelung von Rohdiamanten in Brillanten. Aber von all dem wollte er, Elmar, noch vor ein paar Wochen nichts wissen und sagte Dietmann, dass er nicht für ihn arbeiten würde. Dennoch hatte der ihn als Bevollmächtigten eingesetzt. Es gab ein notarielles Dokument, dass Elmar Garner nach dem Tode von Dirk Dietmann dessen Generalbevollmächtigter ist. Nun ist Dietmann tot und er soll die Ansprüche der Anleger befriedigen. Als Journalist hatte er viele Gefahren in den Krisengebieten überstanden, aber da hielt er sich für einen von den Guten, die nur über die Gewalt berichteten. Aber das oben im Vaihinger Bahnhof, das war eine Tötung. Er hatte den Angreifer runtergezogen. Der war wegen ihm gestorben. Oder doch nicht wegen ihm?

Elmar überlegte noch mal gründlicher. Irgendjemand musste doch dahinterstecken, dass er, Elmar, angegriffen wurde. Er kannte den Mann doch gar nicht. Aber anscheinend hatte der gezielt auf ihn gewartet und wollte gezielt ihn die Treppe runterstoßen und ihn vielleicht sogar töten. Er hatte sich doch in Stuttgart keine Feinde gemacht, die ihn die Treppe runterstoßen würden. Oder war das ein psychisch Kranker, der irgendjemand einfach aus Hass auf die Welt die Treppe runter schubsen wollte. Elmar kam zu keinem Ergebnis. Vielleicht konnte die Polizei das klären. Mit denen musste er ja auch noch reden. Nein, die wollte mit ihm reden. Vielleicht wurde er sogar verhaftet, wenn die ermittelt hatten, dass er wegen des mysteriösen Todes von Dietmann schon verdächtigt worden war. Okay, die spanische Polizei ließ ihn nach drei Tagen wieder frei, aber den Täter hatten sie noch nicht. Er wollte sich nicht eingestehen, dass er, wenn er die Angelegenheit mit den Steinen und die Rückführung der Einlagen erledigt hatte, wohl auf Mördersuche gehen würde.

Ihm tat der Kopf weh. Ob er noch nach Schmerztabletten fragen sollte? Aber das wollte er dann doch nicht. Er erinnerte sich, dass er in diesem Krankenhaus als junger Mann eine Nasenscheidewandkorrektur machen ließ. Als er abends Schmerzen hatte, fragte er eine Nonne nach einer Schmerztablette. Sie erkundigte sich, weshalb er in der Klinik war. Als er ihr das gesagt hatte, meinte sie, da sind Kopfschmerzen normal und gab ihm keine Tablette. Lesen sollte er nicht, den Fernseher hatte er nicht aktiviert. Also zog er seinen Schlafanzug an und legte sich ins Bett. Nach diesem Tag war er sich nicht mehr klar, welche Rolle er in diesem Leben spielte. Wollte er ein Held sein? Aber das Heldentum hatte er immer verachtet. Selbst als er aktiv in der APO war, hatte er die großen Protestmärsche nicht für geeignete Mittel gehalten. In die Politik wollte er auch nicht gehen. Die Einladung, in eine Partei einzutreten lehnte er ab, als man ihn darauf aufmerksam machte, dass er aber die Meinung der Partei zu vertreten habe. Nach dieser Retroperspektive merkte er, wie ihm die Augen schwer wurden.

Sechsunddreißig

Elmars Traum und in der Maschinerie des Krankenhauses

Was machte er hier auf dem Roten Platz in Moskau? Am Leninmausoleum. Ich falle sicher auf in meiner westlichen Winterjacke. Die Hände tief in die gefütterten Handschuhe gesteckt und dann noch bis zu den Ellbogen in der Jacke. Die Mütze, die extra mit Fell gefüttert war, hatte er bis zu den Augen heruntergezogen. Den Mund hatte er mit einem dicken Schal geschützt, so geht er vor dem Mausoleum auf und ab. Selbst die Hose ist gefüttert, und natürlich auch die Stiefel. Hier auf dem Roten Platz sollte ihn jemand treffen. Er soll blond und zirka zwei Meter groß sein. Wahrscheinlich trägt er keine Kopfbedeckung. Das Gesicht ist mongolisch breit und er hätte einen Goldzahn, den man gleich sehen würde, wenn er den Mund aufmachen würde. Außerdem hätte er einen dicken dunklen Mantel an. Die Uhr der Basilius-Kathedrale läutete. Er konnte nicht erkennen, wie oft sie die Stunden schlug, aber da er um zwölf auf dem Platz sein sollte, nahm er an, dass es zwölf war. Der Platz war völlig leer. Das erschien ihm gar nicht so abwegig. Dann hörte er Schritte. Zuerst waren sie langsam und gleichmäßig. Dann fing die Person zu laufen an. Sie lief in seine Richtung. Er konnte aber niemand erkennen. Er bekam Angst. Irgendetwas stimmte nicht. Plötzlich packte ihn jemand am Arm. Nun konnte er sich nicht mehr bewegen. Aber er erkannte, dass es Gregori war, der ihn mit sich zerrte. Sie versteckten sich hinter der Kasaner Kathedrale. Da! Schüsse, aus einer Pistole konnte er erkennen.

„Die meinen nicht uns", flüsterte Gregor ihm ins Ohr. „Es werden hier immer wieder Bandenkriege ausgetragen und die Polizei kommt erst danach hierher, deshalb müssen wir verschwinden, sonst nehmen sie uns mit."

„Aber ich warte auf jemand, den ich hier treffen soll", sagte er zu Gregori ganz leise.

„Der kommt heute nicht mehr. Wenn hier Schüsse gefallen sind, dann verdrücken sich alle anderen. Keiner geht auf den Roten Platz, wenn da geschossen wird. Es scheint sich um eine Auseinandersetzung von verschiedenen Banden zu halten. Oftmals kämpfen die hier um ihre Positionen. Die Politik hält sich raus. Lass uns gehen."

Er hatte große Angst, dass ihn eine der immer noch schießenden Parteien doch meinen könnte. Gregori konnte ihn nicht beruhigen. Er wollte weg und gleichzeitig dachte er daran, dass er noch Diamanten im Wert von zwanzig Millionen in Brillanten schleifen lassen musste, um die Gläubiger von Dirk auszahlen zu können.

Da wurde er wach, jemand hatte ihn am Arm berührt um den Blutdruck zu messen.

„Hatten Sie einen schlechten Traum? Sie waren so unruhig. Sie schwitzen ja. Ich soll sie alle 60 Minuten kontrollieren, wegen ihres comotio. Aber sie können gleich wieder weiterschlafen."

„Nein, das heißt, ja, ich hatte einen bösen Traum, aber ich glaube es ist nicht notwendig, dass Sie alle Stunde überprüfen, ob ich noch lebe", versuchte er zu scherzen.

Die Schwester lächelte und sagte: „Ich muss machen, was mir Dr. Habbasch aufgetragen hat. Falls sie doch abnippeln, bin ich schuld."

„Na gut, dann freue ich mich, wenn sie wiederkommen. Und da es dann morgens um eins ist, bringen doch bitte einen Tee mit", lächelte er.

Die Schwester lächelte zurück und wünschte ihm eine gute Nacht. Als ob das möglich gewesen wäre, mit der Vorstellung jede Stunde geweckt zu werden. Sie brachte ihm keinen Tee und er erwachte tatsächlich erst morgens um sieben Uhr.

Da kam eine andere Schwester und sagte ihm: „So, jetzt fahren wir spazieren. Müssen sie noch auf die Toilette? Wenn ja dann führe ich sie. Sie sollen nämlich noch nicht alleine stehen."

Sie half ihm tatsächlich auf die Beine, und als er stand brauchte er die Hilfe dieser hilfsbereiten Person. In der Toilette erklärte sie ihm, dass er sich an den Griffen festhalten solle, und dann ging sie hinaus, ließ aber die Tür offen. Die ganze Angelegenheit war ihm peinlich, aber sein Bedürfnis und die gewisse Hilflosigkeit machten es notwendig. Nach dem Händewaschen warf er sich noch eine Handvoll Wasser ins Gesicht. Dann rief er nach der Schwester, als er merkte, dass er doch zu fallen drohte, wenn er allein zu gehen versuchte.

Die Schwester half ihm wieder ins Bett, maß die Temperatur und den Puls und dann gingen sie zum MRT, das heißt, die Schwester ging und er wurde gefahren. Doktor El Habbasch empfing sie am Eingang zum Röntgenraum. Dort warteten auch zwei Herren. Elmar wusste nicht, wie El Habbasch sie als Polizisten erkennen konnte, als er zu ihnen sagte: „Er ist nicht vernehmungsfähig. Sie müssen morgen noch mal kommen."

„Ist er dann noch im Krankenhaus?", fragte der lange Schmale der beiden.

„Das weiß ich erst nach der MRT, und jetzt bitte ich Sie zu gehen und uns nicht aufzuhalten. Einen guten Tag."

Die Polizisten waren augenscheinlich verärgert so abgekanzelt zu werden. Aber anscheinend war es dem Arzt so wichtig, ihn erstmals wieder zusammenzuflicken und vor den Polizisten zu schützen. Er machte sich klein im Bett, verzog das Gesicht zu einem Lächeln und merkte, dass er wohl im Gesicht verletzt war, denn das Lächeln schmerzte. Schon waren sie im Untersuchungsraum. Er fragte El Habbasch: „Warum kanzeln Sie die Polizisten so ab."

„Weil ich es nicht leiden kann, dass den Verletzten kein Respekt gezollt wird. Hauptsache die Polizei kann ihren Fall abschließen, und ich habe mitbekommen, dass die Sie beschuldigen, am Tod des anderen schuldig zu sein. Können Sie selbstständig auf den Wagen steigen?"

„Na klar", antwortete Elmar großspurig.

Doch als er aus dem Bett stieg, war es gut, dass die Schwester und El Habbasch ihn beobachtet hatten und ihn gleich festhielten und zum MRT führten. Sie halfen ihm hinauf. Die Radiologieärztin kam, stellte sich vor, erklärte, dass es laut werden würde, und wenn er nicht mehr könne, solle er den Knopf drücken. Über die Kopfhörer würde er Musik hören, aber die wäre nicht laut genug, um das Geräusch des Gerätes zu übertönen. „Das Ganze dauert zirka zwanzig Minuten, dann holen wir Sie wieder raus. Wir sind immer in Ihrer Nähe. Nur keine Angst."

Elmar hatte keine Angst und sagte das laut genug, dass auch die Ärztin merkte, dass es ihm nicht geheuer war. Aber er wusste, wie es ablief, schließlich hatte er dieses Prozedere schon mal mitgemacht bei der Versorgung seines Unfalls vor drei Jahren. Wo nur seine Lene blieb? Warum war sie heute Morgen nicht da, um ihn abzuholen?

In der Röhre war es dann so laut, dass er nicht mehr folgerichtig, nicht mehr zielgerichtet denken konnte. Immer wieder schweiften seine Gedanken ab und auch in die Richtung, was wäre wenn er jetzt nicht mehr richtig gehen könne. Er humpelte doch schon durch seine Verletzung aus dem Unfall in Afrika. Auch in diese Richtung schweiften seine Gedanken. Wieso hatte er damals darauf bestanden, das Dorf zu besuchen, von dem berichtet wurde, dass dort Aufständische die Herrschaft übernommen hätten? Dazu hatte er noch den Fotografen überredet mitzukommen. Henrik, der Fotograf ist jetzt tot. Die Granate hatte ihn voll getroffen. Er selbst, Elmar, fing nur einen Splitter mit der Hüfte und einen kleinen mit dem Kopf auf. Das alles geht ihm durch den Kopf, während die Maschine rattert und klopft. Dann ist es vorbei.

„Bleiben Sie noch einen Moment ruhig liegen, wir holen Sie gleich raus", sagte die Röntgenärztin über die Sprechanlage.

Dann holten sie ihn raus. El Habbasch sagt ihm, dass er ein kleines Ödem im Kopf hat und deshalb absolut ruhig im Bett und zwar hier in der Klinik bleiben muss.

Elmar war total verblüfft: „Aber ich habe keine Kopfschmerzen und nichts."

„Außer dass Sie nicht allein auf ihren Füßen stehen können", grinste El Habbasch.

„Aber ansonsten geht es mir gut", meinte Elmar entgegen zu müssen.

„Herr Garner", sagte der Arzt, „Sie bekommen Medizin, damit das Ödem abschwillt. Wenn es anschlägt, wovon wir ausgehen, dann ist das Ödem in 24 Stunden weg. Vielleicht geht es auch einen Tag länger, aber spätestens in zwei Tagen können Sie auf jeden Fall nach Hause. Wir behalten Sie ungern hier, weil wir derzeit voll ausgelastet sind. Also denken Sie an ihre Gesundheit, aber machen Sie sich nicht zu große Sorgen. Schwester Ilona, bringen Sie Herrn Garner wieder in sein Zimmer."

„Moment, Herr El Habbasch, es tut mir leid, dass ich so störrisch bin, aber ich habe eine dringende Angelegenheit im Ausland zu klären und das geht mir ständig im Kopf rum. Lesen zum Ablenken darf ich nicht, Fernsehen schon gar nicht, Musik hören auch nicht. Wie soll ich den Tag rumkriegen?"

„Okay, ich erlaube Ihnen ein Stunde Lesen, aber nicht am Stück, immer zehn Minuten. Und zwar irgendeine Belletristik, damit sie sich nicht aufregen. Vielleicht kann Ihnen Ihre Frau vorlesen."

Elmar erwiderte: „Das glaube ich nicht, sie ist beruflich so eingespannt, mehr als ich, aber nicht ganz so wie Sie."

„Was ist mit Ihren Kindern?", tastete sich El Habbasch vor.

„Die sind ebenfalls berufstätig. Aber richtig. Mein ältester Enkel wird acht und könnte mir vorlesen."

„Herr Garner, dann bleibt Ihnen nur die Akzeptanz, jetzt für ein paar Tage ruhig gestellt zu sein. Ich werde auch dafür sorgen, dass Sie solange nicht von der Polizei vernommen werden. Ihr Kopf hat unter dem Sturz, beziehungsweise unter dem Aufprall auf dem Beton gelitten. Also ich sehe heute Mittag nochmals nach Ihnen."

Und dann ging er weg und die Schwester fuhr ihn in sein Zimmer. In seinem Zimmer wartete nicht die Polizei, sondern endlich Lene.

„Schön, dass du da bist. Du glaubst nicht, wie sehr ich mich über dein Gesicht freue."

„Na, das nenne ich eine herzliche Begrüßung", lachte Lene. „Es tut mir leid, dass ich später komme, aber nachdem heute Morgen die Polizei bei mir war, habe ich mich zuerst mit Bernhard Rickle, unserem Anwalt, unterhalten. Der fand es genauso merkwürdig, mit welcher Vehemenz die Polizei hinter dir her ist. Er hat sich mit der Polizei in Verbindung gesetzt. Er sagte ihnen, dass er dein Anwalt ist und fragte, weshalb man dir so nachstellt. Als Antwort stritt man ab, dass sie dir nachstellen würden. Sie wollten nur deine Zeugenaussage, da der Tote keine Papiere bei sich hatte und auch sonst bis heute nicht bekannt ist. Sie wollten wissen, ob du den Mann kennst und wie der Ablauf war. Also wie es sich aus deiner Sicht zugetragen hat. Sie haben anscheinend ein paar Zeugenaussagen, die meinten gesehen zu haben, wie du nach dem Mann gegriffen hast und ihr beide dann die Treppe runtergefallen seid."

Elmar meinte: „Das könnte stimmen, nur habe ich nach dem Mann gegriffen, weil er mich gestoßen hat. Ich wollte mich festhalten."

„Das könntest du doch auch so der Polizei mitteilen. Oder warte mal, besser wir sprechen das erst mit Bernhard Rickle durch. Ich werde ihn in seinem Büro aufsuchen und es ihm so berichten. Aber hallo, du scheinst ja wieder eine Erinnerung zu haben."

„Wahrscheinlich haben mich die Strahlen wieder klar gemacht. Übrigens in Israel habe ich einen alten Freund getroffen. Er hat mir mal im Kongo das Leben gerettet. Er war der Aufkäufer der Diamanten."

Lene blieb nicht lange und dann war er mit seinen Gedanken allein. Aber er fand es auch notwendig und an der Zeit, dass er nachdachte. Wie kam er aus der Bredouille mit dem Tod des Angreifers wieder heraus? Wann sollte er mit der Polizei reden. Er hatte sich nicht nur festgehalten, er hatte ihn auch mit in die Tiefe gezogen. Wenn er richtig nachdachte, dann hatte er ihn erst gezogen, als er nach ihm treten wollte. Aber musste er das der Polizei mitteilen? Er konnte sagen, dass er sich vor Schreck festgehalten hatte. Aber wer war der Kerl und warum wollte er ihn die Treppe runterstoßen? Wer wusste, wann er von Paris nach Stuttgart käme, und wer wusste überhaupt, dass er über Paris und Frankfurt fliegen würde? Die Kochems hatten ihn nach Jordanien in den Flieger gesetzt. Er hatte aber vor dem Flug nach Israel den Rückflug über Amsterdam gebucht. Hatten die Kochems den

Rückflug storniert? Wer aber waren die Verfolger, die bis Eilat hinter ihm her waren? Angeblich hatte die Ex-Frau von Dietmann keine Gelegenheit, ihm zu folgen. Der eine Sohn von den Kochems hatte veranlasst, dass sie der Taxidriver zwei Stunden lang im Taxi spazieren gefahren hat. Dann erst hatte sie Gelegenheit am Flughafen nach ihm zu fragen. Das wäre möglich gewesen, denn er war unter seinem richtigen Namen geflogen. Oder hatte die Ex-Frau von Dietmann Komplizen. Wer waren dann diese und warum sind ihm diese nach Eilat gefolgt? Wie kamen sie auf die Adresse von Eliezer Kochem? Es gab doch sicher mehrere Diamantenschleifer in Eilat. Über all den Fragen schlief er ein.

Als er wieder erwachte, war die Schwester sehr freundlich zu ihm und sagte, er solle versuchen aufzustehen. Diesmal blieb er stehen. Sie bat ihn, ein paar Schritte zu gehen. Als er auch das schaffte, freute sie sich, als ob es ihr Verdienst wäre, dass er drei Schritte gehen konnte. Sie brachten ihn dann wieder ins Bett und damit er zu Kräften kommen konnte, gaben sie ihm auch etwas zu essen.

Am Nachmittag kam Lene wieder und erklärte ihm, dass er am nächsten Tag nach Hause könne. Die Polizei hätte auch schon angerufen. Er solle zur Zeugenaussage in die Böheimstraße kommen, oder wenn ihm das lieber wäre, würden sie auch zu ihm nach Hause kommen. Er fragte nach, was Bernhard Rickle dazu sagte.

„Er sagte, wenn du kannst, sollst du sie nach Hause einladen, er kommt dann dazu", antwortete Lene.

„Haben sie die Identität des Mannes, der neben mir starb?", fragte er weiter.

„Ja, anscheinend ist er ein bekannter Schläger, der mehrmals ohne Grund Leute zusammengeschlagen hatte. Diesmal solltest du derjenige sein, an dem er seine Aggressionen auslassen wollte. Also wahrscheinlich besteht kein Zusammenhang mit deinem Einsatz in Israel."

Eigentlich beruhigte es ihn nicht, aber er wollte das einfach glauben.

Siebenunddreißig

Wieder zu Hause

Während er auf dem Sofa saß und durch das Fenster dem Regen zuschaute, wie dieser stetig auf den Gartentisch rieselte, glitten Elmars Gedanken in die Vergangenheit ab.

Wie kam Dietmann darauf, ihn für seine Geschäfte einzuspannen? So innig waren sie früher nicht gewesen. Weder in Bad Urach oder in Reutlingen an der Abendrealschule. Er, Elmar, hatte immer andere Freunde, hatte sie auch schnell gefunden. In Reutlingen war eine Frau, die etwas älter als er war, und die versuchte, ihn zum Christsein zu missionieren. Oder der ehemalige Schulkamerad Zeithart, der politisch noch weiter links orientiert war als er. Wobei, wenn er korrekt war, dies bei dem erst nach der Bundeswehr zum Vorschein kam. In Stuttgart war Roman nicht mehr in seiner Clique. Dirk Dietmann war dort, aber auf der Schule ein Jahr vor Elmar, da er nicht zum Bund musste. Okay, sie tranken einmal einen Wein zusammen und waren zusammen auf dem Volksfest. Aber an andere Gemeinsamkeiten mit Dietmann zu dieser Zeit konnte sich Elmar nicht erinnern. Es gab später noch mal ein Jahrgangstreffen, bei dem sie miteinander Allgemeines beredeten.

Er musste sich um die Lieferung der Russen kümmern. Wenn er sich nicht meldete, konnte sein, dass sie ihn abschrieben und die Brillanten für sich behalten würden.

Achtunddreißig

Elmar wendet sich an Kochems um Hilfe

Da kam ihm eine Idee. Er würde sich mit den Kochems in Verbindung setzten. Sie hatten ihm angeboten, wenn er irgendwelche Probleme mit den Russen habe, könnten sie eventuell helfen. Er suchte die Pariser Telefonnummer raus. Sie musste doch irgendwo in seinem Schreibtisch liegen. Er rief an und verlangte einen der Herren von den Kochems zu sprechen.

Shmuel Kochem meldete sich. „Bon jour, Onkel Elmar. Geht es dir gut? Bist du gut nach Stuttgart gekommen?"

„Nein Shmuel, ich wurde überfallen und musste ein paar Tage ins Krankenhaus zur Beobachtung. Aber jetzt ist alles wieder okay. Nur habe ich ein anderes Problem. Die Russen ließen mir vor einigen Tagen eine Notiz zukommen, dass sie angeblich nur Schrott bekommen haben. Ich habe vehement widersprochen, aber sie haben sich nicht mehr gemeldet. Ich habe denen Steine von keiner geringeren Qualität als euch zukommen lassen."

„Bist du sicher, dass der Händler denen wirklich gute Ware geliefert hat? Woher hast du überhaupt den Kontakt mit den Russen? Warte, ich habe noch mehr Fragen. Hast du nicht gesagt, dass du in Jekaterinburg warst und mit denen gesprochen hast? Hast du auch mal mit dem kongolesischen Lieferanten gesprochen? So jetzt kannst du antworten", erlaubte ihm Shmuel. „Arcanciel, unsere Sekretärin, hat alle Fragen notiert und wird auch deine Antworten notieren, damit wir unseren Papa in Israel korrekt informieren. Er wird dann entscheiden, was wir unternehmen können. Wir haben auch Verbindungen nach Russland und ich bin sicher, Papa weiß, was wir tun können, um dir zu helfen."

Eine halbe Stunde später klingelte sein Festnetztelefon.

„Ja, grüß Gott", sprach Elmar. Die Nummer war ihm nicht bekannt. Es war auch nicht die Nummer in Paris, die er angerufen hatte.

„Schalom Elmachem, ich bin´s Eliezer. Das Grüß Gott ist ein schöner Gruß. Aber ich habe gehört, dass du Probleme hast. Wieso überfällt man dich? Bist du so eine wichtige Person geworden? Wer war der Angreifer? Hat das was mit deiner Reise zu uns zu tun?"

„Alles nein, Eliezer. Anscheinend gibt es bei uns in Deutschland auch schlechte Menschen, die ihre Frustrationen einfach an dem nächstbesten auslassen wollen. Warum in diesem Fall gerade ich es war, kann anscheinend niemand sagen. Aber ich habe ein wirkliches Problem. Du hast ja gemerkt, dass ich hinke, wenn ich schnell gehen will. Diese Verletzung macht mir jetzt nach dem Sturz ein größeres Problem. Ich sollte nach dem Geschäft mit Russland sehen. Meine dortigen Geschäftspartner ließen mir eine Nachricht an das Büro meines toten Schulfreundes zugehen, dass die Ware Schrott gewesen sei und wir miteinander reden sollten. Also sie wollen, dass ich nach Jekaterinburg komme und mir die ganze Sache anschaue. Wegen meiner Verletzung und dem Angriff auf mich, kann ich jetzt nicht weg. Du hast mir freundlicherweise angeboten, dass, wenn ich geschäftliche Probleme habe, du mir helfen würdest. Nun bitte ich dich, mir zu helfen."

Das war eine lange Rede und sie verfehlte nicht ihre beabsichtigte Wirkung.

„Elmachem, klar helfen wir dir, wenn wir das können. Wir werden uns noch heute mit unseren Vertrauten in Russland in Verbindung setzten. Ah, ich höre gerade, Shmuel hat schon mit ihnen gesprochen. Lass Shmuel wissen, wer dein Geschäftspartner ist, dann wird er durch unseren Geschäftspartner in Jekaterinburg Kontakt mit denen aufnehmen. Das sind wahrscheinlich Leute, die uns sicher bekannt sind. Mir fällt ein, wir könnten eine ähnliche Regelung treffen wie bei deinem Beratungsgeschäft mit uns. Natürlich nur, wenn es dir recht ist."

„Klar ist es mir recht", antwortete Elmar.

Eliezer fuhr fort: „Shmuel wird dir einen Vertrag zukommen lassen. Also sei nicht verwundert, wenn du in den nächsten Stunden Besuch bekommst. Geht es deiner Familie gut? Deine Frau, deine Kinder und deine Enkelkinder sind wohlauf? Ich freue mich so, dass du eine gute Familie hast. Eine Familie ist die Stütze von uns Männern. Also ich wünsche dir weiterhin alles Gute. Pass auf dich auf! Lehitr´ot."

Elmar konnte nur mit Danke antworten, er konnte kein Jiddisch und kein Hebräisch. „Wenn alles vorbei ist, dann besuch mich mal in Deutschland", schlug Elmar vor.

„Klar, das machen wir und dann feiern wir ein ganz großes Fest", antwortete Eliezer, und dann legten sie beide auf.

Gleich läutete das Telefon erneut. „Shmuel hier. Es geht nicht anders, die wollen dich dabei haben. Aber keine Sorge, unser Team ist auch da. Ich kann leider nicht weg. Aber wenn ich richtig gesehen habe, kannst du am Dienstag ab Stuttgart fliegen und hast nur einen Zwischenstopp. Du kannst dann am Donnerstag wieder zurück sein. Nimm dir etwas Gutes und Dickes zum Lesen mit. Du bist mehr als elf Stunden unterwegs."

„Shmuel, du bist wie eine Amme zu mir. Ich war schon mal in Jekaterinburg. Die Vertragspartner habe ich in Moskau getroffen. Aber es wäre mir schon recht, wenn ich von Freunden von euch begleitet würde. Wie hast du deren Adresse ausfindig gemacht? Ist der Zwischenhalt in Moskau? Wenn ja, dann habe ich dort einen Freund, der mich sicher auch gerne begleiten würde. Kannst du das arrangieren, dass der in Moskau zusteigen kann. Es handelt sich um Gregori Sergejewitsch. Ich lasse dir die Adresse zukommen. Und pass auf, ich muss noch einiges vorher erledigen. Ich brauche vierzehn Tage Zeit."

„Das ist beides für uns kein Problem. Dieser Gregori wird mit dir ab Moskau in der Maschine sein."

Garner freute sich: „Mein Visum ist noch gültig. So brauche ich niemanden, der mich einlädt."

„Auch das wäre kein Problem. Also dann Dienstag in vierzehn Tagen", versicherte ihm Shmuel.

Lene war hell begeistert. Also eher das Gegenteil. Er sei krank und er müsse sich schonen. Elmar erklärte ihr, dass er deshalb die Reise auch um vierzehn Tage verschoben hat.

„Lene was hältst du davon, wenn wir morgen Abend in die Oper gehen. Ich versuche noch Karten zu bekommen."

„Wie willst du für morgen Abend noch Karten in der Oper bekommen."

„Also ich habe dir doch von den Kochems erzählt. Ich habe den Eindruck, die kriegen alles fertig. Ich probiere mal, ob sie das auch schaffen."

Er rief noch mal bei Shmuel an.

„Ich muss meine Frau versöhnen. Sie reißt mir sonst die Haare vom Kopf, und du weißt ja, dass sie zurzeit sehr lang sind.

Da tut das Haare Reißen sehr weh. Ich merke das, wenn ich mit den Enkeln buble. Ach so, das Wort kennst du vielleicht gar nicht. Das bedeutet spielerisch raufen, herumalbern, herumtollen."

„Auch wir haben das mit unserem Vater immer gemacht. Aber der hatte bald keine Chancen mehr. Aber es war einfach lustig, wenn wir ihm dann manchmal an den wenigen Haaren zupften. Also ich tue mein Bestes. Du hörst in den nächsten zwanzig Minuten von mir," lachte Shmuel.

Sie hörten tatsächlich dreißig Minuten später von einer Konzertagentur. „Guten Abend. Es wurden für Sie zwei Karten reserviert für die Hochzeit des Figaro von Mozart in der Oper im Großen Haus am Freitagabend. Sie können diese an der Kasse eine Stunde vorher abholen. Die Karten sind bereits bezahlt. Sie sollten jedoch eine halbe Stunde vorher abgeholt werden. Ihre Nummer ist siebzehnachtundvierzig."

„Moment", unterbrach Elmar. „Da ich einen Unfall hatte, bin ich nicht so mobil. Können die Karten auch geliefert werden."

„Selbstverständlich, bitte geben Sie mir ihre Adresse."

Was Elmar selbstverständlich tat.

„Danke! Wir wünschen Ihnen einen unterhaltsamen Abend. Auf Wiederhören."

Lene und Elmar waren sprachlos.

Um sich abzulenken, drehte Elmar mit seinem jüngsten Enkel im Kinderwagen einige Runden um den Wohnblock. Da schlief der Junge ein, denn das, was ihm Elmar erzählte, war für ihn langweilig. Nach der zweiten Runde stoppte er wegen den zwei Malteserhündchen und der Spanierin, die am Anfang der Straße wohnte. Sie klagte ihm, dass ihr Sohn ihr die süßen Kleinen dagelassen hatte, aber ohne Leine. Irgendwie hatte sie wohl Gesprächsbedarf. Wenn sie so die kleinen Kinder im Quartier sieht, dann denkt sie, dass früher alles anders war. Die Kinder wurden früher lange in Windeln gepackt und bekamen keine richtige Kleidung.

„Haute Couture für die Babys", warf Elmar ein.

Von den Babys kam sie zur Politik. Dass Katalonien selbstständig werden wollte, hat Putin inszeniert, erklärte sie Elmar.

Sie erzählte ihm auch, dass sie ein großes Haus in Spanien, in Katalonien habe.

Aber hier hat sie doch auch ein Haus, dachte sich Elmar.

Sie fuhr fort: „Ich bin keine Spanierin, ich bin Italienerin. Mein Mann war Spanier. Er hat dieses Haus in Spanien gebaut." Sie versuchte, ihm klarzumachen, dass der Reichtum der Katalanen durch die anderen Spanier, die dort fleißig gearbeitet haben, gekommen sei. Die Katalanen seien keine guten Arbeiter. Auch die Afrikaner hätten zum Reichtum dort bei den Katalanen beigetragen. Dann erzählte sie noch etwas von der Zeit von Franco und dass da viele nach Frankreich und Nordafrika gegangen seien, und nach Franco seien sie wieder zurückgekommen und es gab dann Schwierigkeiten, weil sie von den Zurückgebliebenen gefragt worden seien, ob sie Franzosen oder Nordafrikaner seien.

Elmar hatte genug. Er erklärte ihr, dass dem Enkel kalt würde und er deshalb jetzt gehen müsse aber er sich gerne mit ihr ein andermal, wenn es nicht so kalt ist, unterhalten würde. Dann brachte er den Enkel nach Hause und wärmte sich selber auch auf. So lange hatte er sich mit der Spanierin, die eigentlich eine Italienerin war, wie sie ihm jetzt erst sagte, schon lange nicht mehr unterhalten. Eigentlich hatte er sich überhaupt noch nicht so richtig mit ihr unterhalten. So richtig zum Ablenken hat es nicht geholfen. Er wusste, er musste am Dienstag nach Russland. Also wollte er mit seiner Lene das vor ihnen liegende Wochenende noch so voll genießen.

Neununddreißig

Garner regelt Personalangelegenheiten

Doch so weit war es noch nicht. Felizitas Schäberle, die dunkelhäutige hübsche Assistentin von, ja, von wem war sie denn jetzt die Assistentin? Anscheinend doch von ihm. Nachdem er sie bezahlte, wenn auch mit dem Geld von Dietmann, war sie ja nun seine Assistentin. Wie auch immer, sie rief an, weil sie von Dirks letzter Freundin heimgesucht wurde. In Gedanken sprach er von Dirks letzter Freundin, da er anscheinend, nach den Reden von Frau Schäberle, sehr häufig seine Bekanntschaften wechselte. Also Felizitas Schäberle rief an, weil sie, wie sie sich ausdrückte, von dieser Person ´heimgesucht´ wurde. „I han a Heimsuchung übeastanda."

„Bitte was?", fragte Elmar.

„Na ja an Überfall des wär zschtark, aber es war nah dran. I bin so schwer beschäftigt auf Ihrem Chefsessel gsessa."

„Das ist nicht meiner!"

„Also guad, auf Herrn Dietmanns Chefsessel und bin schwer beschäftigt gwä. Also i han meine Fingernägel abgehobelt. An Nageldesigner ka i me ja nemmer leischda. Ah so, kriag i übahaupts no Gehalt? Bin i no angschtellt?"

„Hat Sie jemand gekündigt?", frage Elmar.

„Ha noi, aber dia uf da Bank hend gsait, dass no koi Geld eiganga sei. Und die gnädige Madam hat wissa wölla, ob ma denn Geld hend um die Aaleger zu befriedigea. Und wia ma des reguliera dädet und ob sia dös Gschäft überhaut verschtandet, wo se doch sich net hend eilärne hend wölla von ihrem Dietmar. I han dann gsait, dass sia ääles im Griff hend und mir guad zsamma arbeita dädet. Se hot ma dann ois auswischa wölla und hot gfragt ob i scho mit eahna im bed gwä sai. I han gsait das des doch klar sai, de Herr Dietmann häd ja au emma mit mä ins Bed wölla. Da war se dann wütend und is abgrauscht."

„Der haben Sie es aber gegeben. Aber mir wäre wohler, wenn Sie das mit dem Bett nicht gesagt hätten. Wenn das meine Frau erfährt, könnte sie meinen, dass das wirklich so wäre. Die kratzt mir dann die Augen aus, ohne dass ich den Spaß gehabt habe."

„Tja so was kaas gäba. I glaub aba Äähna Frau tät des net glauba. Dia verdraud Äahna."

„Na hoffentlich. Aber was das Gehalt angeht, das habe ich heute überwiesen. Auch wenn Sie derzeit so schwer beschäftigt sind, kann ich noch keine Gehaltserhöhung geben. Ich habe den Betrag überwiesen, den Dietmann Ihnen auch überwiesen hat. Sie sollten noch die Überweisungen für die Krankenkasse und die Steuer fertigmachen. Ich bringe Ihnen das nächste Mal eine

Vollmacht für die Bank mit. Dann können Sie die Überweisungen selbst vornehmen."

„Ja is denn ebbas ufm Konto?"

„Ich habe die Fünfzigtausend, die Dietmann mir mit dem Video gegeben hat auf ein neues Konto eingezahlt. Das Konto läuft auf Vermögensberatung Garner bei der Deutschen Bank. Soweit am Telefon. Ich werde am Montag bei Ihnen vorbeischauen und Verschiedenes regeln, da ich für ein paar Tage weg muss. Also bis Montag!"

„Guad bis Mondag. Kommed se aber net vor de neine. Mei Dienscht beginnt erscht um neine. Also Tschüss."

„Abgemacht am Montag um neun."

Daran hatte er nicht mehr gedacht, dass er jetzt Arbeitgeber war und das weitere Vorgehen bis zu einem gewissen Grad mit Frau Schäberle absprechen musste. Von den 70 Millionen, die er inzwischen ebenfalls die Rütli Bank überwiesen hatte, auf das Konto Internationale Beratungen, sagte er ihr noch nichts und hatte auch nicht vor, dies demnächst zu tun.

Also fuhr er wieder mit dem Zug nach Reutlingen und ging fast schon wie selbstverständlich in sein Büro. So ganz konnte er es noch nicht als sein Büro sehen. Frau Schäberle begrüßte ihn freundlich aber etwas zurückhaltender als sonst. War das jetzt, weil er doch so etwas wie ihr Chef war oder kam etwas vor, was sie ihm nicht erzählen wollte? Es war ihm egal. Nachdem er den Kaffee getrunken hatte, den sie ihm anbot, ging er zu ihr in ihren Büroraum. „Frau Schäberle, wissen Sie, warum der Kapmann von 75 Millionen spricht? Aus den Unterlagen, die Sie mir vorgelegt haben, geht hervor, dass es sich nur um 65 Millionen und 325 Tausend handelt, die auf den Konten eingezahlt wurden. Hat Dietmann einen Teil auf ein anderes Konto eingezahlt?"

„Ha noi, vielleicht sends au blos soviel gwä. I wois vo koine andre Konda", erklärte ihm Frau Schäberle

„Mich würde aber schon interessieren, wie die Differenz zustande kommt. Okay, dann lassen wir das erst einmal", meinte Elmar, „dann gehen wir davon aus, dass von den 250 Einzahlern, die sie mir aufgelistet haben, auch nur die geringere Summe eingezahlt wurde. Da es unterschiedliche Beträge sind, die von den Leuten eingezahlt wurden, sollten Sie bitte die Anteile der Einzelnen errechnen."

„Des han i scho gmacht. Soll i Äähna die Lischda bringa."

„Ja bitte, das wäre nicht schlecht", meinte Garner. „Ich habe noch eine Frage. Sind das alles nur die Einzahlungen oder sind da schon Wertsteigerungen verbucht?"

„Also, i han bloß die Lischda mid de Eizahlunga. Der Herr Dietmann hat au a Lischde ghabt, was d'Leit für a Rendite kriega solled. Aba dia had er mia ned zoigt. Und i wois au ned wo dia sei könnd."

„Also gut, Frau Schäberle, dann gehen wir davon aus, dass dies die Einzahlungen sind. Haben Dirk Dietmann und seine Familie auch Einzahlungen vorgenommen?"

„Ha ja, des könndese aus de Lischde erseha."

„Gut, können Sie mir davon bitte eine Kopie machen. Dann kann ich diese auf der Fahrt nach Stuttgart durchsehen. Sagen Sie, Frau Schäberle, ist irgendetwas vorgefallen? Sie wirken heute etwas bedrückt."

„Also wissed se, bled bin i au ned. Wenn Sia des abgwickelt hend, dann schlieasad Se dia Vermögensberatung und i han koin Job meh."

„Okay, ich kann Ihnen keine Versprechungen machen und das will ich auch nicht, aber um das Ganze abzuwickeln brauchen wir sicher noch einige Monate. Ich wäre froh, wenn Sie solange bei mir angestellt bleiben würden. Sie sollten der Krankenkasse und dem Finanzamt auch die Änderungen der Firma mitteilen. Kennen Sie sich damit aus?"

„Selbschtverschtändlich, au wen i an broates schwäbisch schwätz, schreiba kann i in hochdeitsch. I han ganz normal Bürokaufmann glernt. Und so Sacha wia Firmenanmeldunga han i au glernt, bevor i zum Diekmann komma bi. Wenn Sia des saged, dann mached mia a ganz neie Firma und i bin dann bei ehna bschäfdigt. I bereit ehna des vor. Wann kommed se wieda? Zwoa drei Dag werd i braucha."

„Das ist in Ordnung. Ich komme die nächsten Tage wieder vorbei. Dann kann ich die Sachen unterschreiben und wir können überlegen, wie wir überhaupt weitermachen."

„Saget Sia mal, Sia wohned doch in Schturgerd?"

„Ist das schlimm?"

„Noi aber mir fällt des Liedle von da Anna Scheuffele ei. I ka des nämlich."

„Na, dann lassen Sie Mal hören."

„Singa ka is ned aba ufsaga: O Anna Scheufele aus Kaldadal, Tochter vom Birschtabinder. Du bischt mei Schtern, mei Ideal. Mei Zahra Zylinder. Seit i für dich mein Herz entdeckt, mein i, mi häb das Kätzle gschleckt. I strahl bei deinem Anblick bloß wie´e Äpfelbutza uf d'r Schtroß. O Anna Scheufele, o Anna Scheufele aus Kaldadal, Glücksblatt in meim Kalenda, mach mi zum Ritter Deiner Qual zum Vadder deiner Kinder. Und so weiter."

„Schön, ich bin nicht so volkstümlich. Und wie Sie ja merken, bin ich auch nicht im Schwabenland aufgewachsen. Und in Vaihingen zu wohnen ist wirklich keine Schande. Sie waren ja schon mal vor meiner Haustüre. Ist zwar nicht so vornehm wie oben auf der Achalm, aber es ist doch sehr gut zu wohnen. Brauchen Sie irgendetwas, bis ich wiederkomme? Ah ja, schreiben Sie bitte eine Bankvollmacht aus. Sie sollten Zugriff auf das Konto bei der Deutschen Bank haben. Da fällt mir ein, was ich schon lange fragen wollte. Was ist eigentlich mit dem anderen Mitarbeiter von Dietmann? Der, vor dem Sie den Inhalt vom Safe gerettet haben?"

„Der, der isch am nächsde Dag, wo er erfahra hod, dass der Dietmann dod isch komma und had da Schlüssel und Kombination zum Safe wölla. Aba i han gseid, dass i den ned han und dia Kombination au ned wois. Seitdem is der nemme komma. Aber der is au vorher scho blos schporadisch komma. Der is ja blos dafür zuschtändig gwä, dass der Kunda agworba had. Aber i wissed ned, dass er wirklich welche hergschafft hett. Dr Herr Dietmann had au emmer gseid, dass des a Flasch is."

„Hat Dietmann den, wie hieß er doch, bezahlt?"

„Der hod Heinrich Waidle ghoassa und i wois bloss oimal, dass i eahm zehntausend Euro übawiasa han."

Den Kaffee hatte Frau Schäberle noch immer nicht gebracht. Aber inzwischen wollte Elmar auch keinen mehr. Frau Schäberle setzte sich schnell an den Computer in ihrem Büro und schrieb eine Vollmacht für sich heraus. Das ging wirklich flott bei ihr. Garner las sie durch und unterschrieb. Dann steckte er eine Kopie in sein Jackett. Er erinnerte sie daran, dass sie noch für die Zeit bisher die Lohnsteuer und die Sozialversicherung für sich abrechnen musste.

Herr Garner, was denked denn Sia, des han i scho gmacht. Die hädded sich scho bei Äähne gmeldet, wenn Sie koi Schteuer ond koi Krankakass und koi Rendaversichrung für mi üerwiesea hädded."

„Aber wovon haben Sie die Beiträge überwiese?"

„Do gibt´s no a Kondo bei der Reutlinger Volksbank, auf dem send no Dreißigtausend gwä. S'Ghalt han i me ned überweisa draua aber die Abgaba han i denkd, dia sodded ma überweisa. Sonscht häd des ja an Kuddelmuddel gäba."

„Das war klug von ihnen und ich lobe Sie hiermit sehr dafür", sagte Garner gestelzt. „Eine Frage, Sie haben dafür Vollmacht und es ist ein Konto von Dietmann und nicht Ihr eigenes? Wie viel sind jetzt noch auf diesem Konto?"

„Älso vertraglich han i a Ghalt von Dreitausend brutto. I han dann jeweils davon d'Schdeuer und Sozialversichrung grechnet. Schdeuer zwoimal 489,36 und oimal 479,35 fir 2018. Und Sozialversicherung had dr Dietma gsaid, dass ma zu gleiche Teila übanemed. Des wared zwoimal 623, 25 und oimal 621,75. Des gibt zsamma 3326,32 Euro was jetzt weniger uf dem Volksbankkondo isch. Also send da noch so ogefähr 26673 Euro druf."

Das alles sagte sie auf, ohne im Computer nachzusehen.

Elmar war sich bewusst, dass er nicht nur die Einleger auf dem Hals hatte, sondern, dass er auch für Frau Schäberle sorgen musste. „Frau Schäberle, ich habe Ihnen dreimal dreitausend Euro überwiesen. Die Differenz zwischen dem was Sie als netto errechnet haben zu den dreitausend Euro betrachten sie als Weihnachtsgeld. Für Februar sollten Sie allerdings eine ordentliche Gehaltsabrechnung erstellen und sich ihr Gehalt auszahlen und die gesetzlichen Abgaben überweisen. Vielen Dank."

Er verabschiedete sich freundlich von Frau Schäberle. Und marschierte zum Bahnhof. Die Kaiserstraße vor, in die Gartenstraße, am Friedrich List Denkmal vorbei in die Bahnhofstraße zum Bahnhof. Es war nur ein Weg von zehn Minuten und er nahm sich vor, in Stuttgart noch ein wenig zu wandern.

Auf dem Weg zum Bahnhof fiel ihm ein, dass die Reutlinger sogar eine eigene Fasnetsgestalt haben: Das Schandele. Das ist anscheinend keine stille Figur. Der Reutlinger Narr ist mit Schellen behängt und muss zum Rhythmus eines Narrenmarsches springen. Garner haben Fasnet und Fasching nie interessiert. Er erinnerte sich, wie er ins Fettnäpfchen getreten war, als er in Köln eine Kollegin fragte, wie es an Fasching war und diese ihn pikiert ansah. Ein Kollege machte ihn darauf aufmerksam, dass es in Köln Karneval heißt. Elmar fragte sich, wie er jetzt und in der Situation auf Fasching kam. Wahrscheinlich weil er alle diese Volkskulturfiguren in einen Topf warf. Also auch die Anna Scheufele. Dann erinnerte er sich, dass diese ja eine Dichtung von einem Werner Veidt war und keine so lange Tradition hatte. Dann gibt es in Reutlingen, anscheinend als echten Reutlinger Brauch mit jahrhundertelanger Tradition, den Mutscheltag, an dem Dreikönigsfest folgenden Donnerstag. Da würfelt man um eine Mutschel, ein Gebäck mit einer typischen Sternform. Aber als er dann darüber nachdachte, merkte er, dass ihm für so Traditionen der Sinn fehlt.

Im Zug las er in der Zeitung, dass Reutlingen ein neues Theaterhaus hat. ´Die Tonne´ eröffnete mit einem Tag der offenen Tür. Wie im Schwabenland üblich, freute man sich nicht an etwas Neuem, sondern es gab harsche Kritik im Vorfeld an den Baukosten von läppischen 11 Millionen Euro. Etwas Besonderes sei die umstrittene Spiegelfassade. Zwar ist sie noch nicht fertig, doch im Dunkeln schon futuristisch imposant. Weiter hieß es, dass das Privattheater damit erstmals eine dauerhafte und professionell ausgestattete Spielstätte hat. Es wurde 1958 in einem tonnenförmigen Gewölbekeller gegründet. Seines Erachtens war es richtig, dass die Stadt auch einen Großteil der Kosten trägt, die bis zur Fertigstellung der letzten Details bei knapp 11 Millionen Euro liegen werden. Er überlegte sich, dass er mit seiner Lene dort mal einen Abend verbringen könnte. Dann genoss er die Fahrt, in dem Bewusstsein, dass er mit Frau

Schäberle die Gehaltsfrage geklärt hatte. So freute er sich auf zu Hause. Doch schon vor Esslingen fiel ihm ein, dass er Felizitas Schäberle fragen wollte, ob sie irgendjemand davon erzählt hatte, dass er nach Israel fliegt. Also rief er sie an.

„Schäberle, Vermögensberatung Garner!", meldete sie sich.

„Frau Schäberle, ich bin es, Elmar Garner."

„Schee, hend Se ebbas vergessa? Oder was ka i fir Se dua?"

„Tja, es fällt mir ein wenig schwer am Telefon, das zu fragen. Aber haben Sie irgendjemand mal davon erzählt, dass ich nach Israel fliege?"

Stille, Elmar dachte schon, die Verbindung sei unterbrochen.

„Also wenn i mi des richtig übaleg, dann han i dem Kapma uf saine Fraga was Se so dädet und so und wo Se seied, gseid, dass Se nach Israel ganget. Wenn i jetschzt nachdenk, dann hed i des bessa ned solla saga. Tschuldigung."

„Schon okay, es ist ja noch mal gut gegangen. Aber bitte informieren Sie in Zukunft niemanden darüber, was ich mache, mit welcher Bank wir zusammenarbeiten, mit wem wir verhandeln, wo ich bin oder wie viel Geld wir haben. Nachdem ich jetzt Ihr Gehalt überwiesen habe, bin ich Ihr Chef. Ich denke, dass es von Seiten von Frau Dietmann und Herrn Kapmann, und wer weiß noch wem alles, schon Interesse gibt, uns zu überwachen. Aber wir sind in unseren Entscheidungen frei. Bis jetzt wissen Kapmann und Konsorten noch nicht, dass gar kein Geld gibt und keine Diamanten da sind. Wenn das bekannt wird, dann müssen wir Insolvenz anmelden. Ich versuche bis jetzt, nach außen den Eindruck zu erwecken, dass wir liquid sind und zum Glück können wir auch Einzelnen die Einlagen zurückzahlen. Also ich komme mir jetzt wie ein Oberlehrer vor, aber es ist besser, wir reden darüber, als dass zwischen uns das Vertrauen weg ist. Sie wissen, dass ich den Job nicht mache, weil ich mir große Gewinne verspreche, sondern weil ich das Gesicht von Dietmann retten will."

„Herr Garner, es tut mä wirklich leid, dass ich gmeind han mit dem dass Se sich so feschd angaschiered ahgeba zu müssa. I han Se loba wölla und ned denkt, dass dia Ehna ned guad gsinnt send. I verschprech, des kommt nemme vor."

„Okay, dann ist alles wieder im Lot. Also bis demnächst, und vergessen Sie die Aufstellung über den Prozentanteil bei den Einzahlungen nicht. Ade!"

„Ade, Herr Garner."

Nun konnte er sich entspannt auf den Feierabend freuen. Er traute Felizitas Schäberle zu, dass sie tatsächlich nicht damit gerechnet hatte, dass der Rest der Beteiligten gegen ihn arbeiten würde, und er musste einräumen, dass es ihm auch gefiel, dass sie ihn loben wollte und einen Chef haben wollte, zu dem sie aufsehen konnte. Das entlockte ihm ein Schmunzeln.

Vierzig

Gibt es Verbindungen ins Jenseits?

„Warum rufst du an? Ich habe doch gesagt, dass es besser ist, wir telefonieren nicht miteinander."

„Ich war bei der Schäberle im Büro."

„Das solltest du doch auch nicht!"

„Ja, aber ich wollte sehen, wie weit der Journalist mit der Abwicklung der Vermögensberatung gekommen ist. Die Schäberle hat so geheimnisvoll getan. Ich glaube, die haben schon irgendetwas ausgeheckt. Wir sollten den Vorsitzenden des Anlegerbeirats informieren."

„Worüber willst du ihn informieren? Du hast doch keinerlei Fakten. Mutmaßungen können uns nur schaden. Der Garner macht das schon irgendwie und am Ende sind wir fein raus. Dirk Dietmann ist tot und wir haben die Millionen."

„Du hast die Millionen. Ich sitze hier in Reutlingen und spiele die trauernde Witwe, und die Ex spielt auch die Trauernde und beklagt sich in der Stadt, dass sie arm ist und dieser Garner schlecht über die Vermögensberatung redet. Was er gar nicht tut."

„Hör mal, ich verstehe, dass du mit mir reden willst, aber ruf mich nicht mehr an. Ich bin hier in Südafrika, und wenn alles vorbei ist, kannst du auch hier herkommen. Solange halte Augen und Ohren auf, aber geh nicht zu der farbigen Schäberle."

„Hattest du mal was mit ihr. Sie hat so Andeutungen gemacht."

„Nein, die wollte dich nur ärgern. Und nun Schluss."

„Okay, Schluss."

Schluss hat er gesagt, und sie bestätigte es. Sie war sich nicht
sicher, wie das Schluss nun gemeint war. Sie liebte ihn und er
wollte nicht, dass sie zu ihm nach Südafrika kam. Und wenn sie
nun doch zu ihm fliegen würde? Was konnte er dann machen?
Gar nichts. Hier konnte sie ja doch nichts ausrichten. Der
Kapmann, der Vorsitzende des Anlegerbeirats, blieb dem Garner
auf den Fersen. Dem Garner blieb nichts anderes übrig, als die
Sache auszubaden. Sollte er doch sehen, wo er die Millionen
herbekam. Blöd war nur, dass derjenige, der ihn die Treppe
runtergestoßen hat, nun tot ist und nicht der Garner. Ob sie ihm
nochmals jemand auf den Hals hetzen sollte? Sie war sich nicht
sicher. Vielleicht konnte sie mit Kapmann darüber reden. Der
meinte auch, ein bisschen Angst machen könnte dem Garner
nicht schaden. Jetzt ist das aber total in die Hosen gegangen.
Hoffentlich hat der Kerl, der so blöd war, sich umbringen zu
lassen, keine Hinweise hinterlassen, warum er den Garner
angegriffen hatte. Eigentlich war es ja sogar Kapmanns Idee.
Wenn man ihr auf die Spur kommen würde, wollte sie alles auf
Kapmann schieben. Dumm nur, dass sie den Kerl beauftragt
hatte. Aber um den Kerl war es nicht schade. Wenn er zu blöd
war, so eine Kleinigkeit zu erledigen, war er sowieso nicht mehr
zu gebrauchen.

Mit diesem Gedanken zog sie sich an und ging runter zu
ihrem Cabriolet, das ihr Dietmann gekauft hatte, und fuhr in die
Stadt, um sich zu amüsieren. Der Klub Area schien ihr für heute
am besten geeignet. Da könnte sie sicher auch jemand treffen.
Dort stellte sie fest, dass doch keine Bekannten da waren, also
zog sie weiter. So landete sie in Mezcalitos Bar. Eigentlich sollte
diese um eins schließen, aber wenn noch einige gute Freunde da
sind, wird die Tür geschlossen und die Party geht privat weiter.
Und sie fand noch einige gute Freunde, die mit ihr feierten. Was
auch immer. Es gab immer was zu feiern. So tanzte sie bis fast

zum Umfallen ab. Wobei die Männer wechselten, ohne dass sie wahrnahm, wer bei ihr war. Zwischendurch wurde ihr immer wieder ein Glas Champagner, oder war es nur Sekt, gereicht und sie trank. Sie wusste später nicht, wer sie nach Hause gebracht hatte, aber sie lag in ihrem Bett, in der Unterwäsche. Als sie erwachte, war sie allein. Sie ging ins Bad. Dort hatte der oder die gute Fee, die sie nach Hause gebracht hatte, eine Nachricht hinterlassen: *Melde mich!*

Nachdenklich ging sie unter die Dusche: Konnte sie hier etwas anfangen? War das zukunftsfähig. Ein Neuanfang ohne Altlasten? Sie wollte abwarten.

Einundvierzig

Garners Freizeitbeschäftigung

Elmar Garner hatte noch ein paar Tage Galgenfrist bis zu seinem Flug nach Jekaterinburg. So war es ihm nur recht, als er von seinen Wanderfreunden angerufen wurde, ob er eine Vor-wanderung für den Altenklub mitmachen würde. Selbst-verständlich sagte er zu.

So wanderte er am darauffolgenden Dienstag anstatt nach Jekaterinburg zu fliegen mit den Freunden. Sie fuhren mit der Straßenbahn nach Vaihingen, dann mit der S-Bahn nach Herrenberg. Von dort wanderten sie zu der Ammerquelle. Es war ein gemütlicher Spaziergang, vor allem da Gerhard und Martin an diesem Tag richtig schlapp hinterher schlappten. Von der Ammerquelle ging es über die zweite Mühle wieder zurück nach Herrenberg. Insgesamt ein Spaziergang von zirka zwei Stunden. In Herrenberg, so hatte Elmar den Freunden schmackhaft gemacht, kenne er ein gutes Lokal. Er habe sich extra im Internet noch mal erkundigt, ob es wirklich so ist, wie ihm das empfohlen wurde. Als sie jedoch dort ankamen, enttäuschte sie das Schild: *Aus gesundheitlichen Gründen geänderte Öffnungszeiten*. Also suchten sie in der Tübinger Straße in Herrenberg ein anderes Lokal, das auch für den Altenklub geeignet sein sollte.

Gerhard meinte: „Wir können ja zurück zum Hasen gehen."

Elmar und die anderen waren dagegen. Der Hasen ist für die alten Leute zu teuer. Also suchten sie weiter und fanden auch etwas. Der frühere Schwanen bot sich an. Gleich als sie reinkamen, fragte Elmar nach, ob es auch möglich sei, mit einer Gruppe von zwanzig bis dreißig Leuten zu kommen. Der Wirt war ein Italiener, trotzdem wollte er die genaue Zahl wissen. Peter, der die Gruppe führen würde, sagte, dass er ihn am Tag der Wanderung anrufen und die genaue Zahl durchgeben würde.

Die Speisekarte wurde für sie dann zu einer positiven Überraschung. Sie war sehr vielseitig. Und was das wichtigste war, es gab ein Tagesessen unter zehn Euro. Ein Jägersteak mit Salat für 8,80 Euro. Das war einfach super und als dann der Salat kam, der so vielfältig war, wussten sie, sie hatten das Richtige gefunden. Dann spendierte der Heinrich noch einen Willi für jeden. Sie konnten sich über diesen Tag nur freuen. Zumal dann die Weiterwanderung nach Nufringen bei schönem Wetter ein richtiger schöner Abschluss war. Pech war, dass sie wegen dem Geschlappe von Gerhard die S-Bahn nach Stuttgart um zwei Minuten verpassten. Meinte der dann noch: „Ja, wenn ihr gewusst habt, wann die S-Bahn fährt, hätte ich auch noch einen Spurt hinlegen können."

Elmar und Peter sahen sich an und anscheinend dachten sie beide, dass man nicht auf alles etwas erwidern muss.

Zweiundvierzig

Reise nach Jekaterinburg

Elmar Garner bereitete sich auf seinen Flug nach Jekaterinburg vor. Es gab verschiedene Möglichkeiten. Aber er hatte seine Reise nach Jekaterinburg ja in die Hände der Familie Kochem gegeben.

Shmuel rief an: „Ich gebe dir deine Flugdaten durch: Also du fliegst am kommenden Donnerstag. Dein Freund in Moskau ist informiert. Abflug Stuttgart 18:20, du musst eine Stunde vorher da sein, Flughafen Stuttgart. Reisedauer: 1 Stunde 30 Minuten. Am Flughafen Amsterdam Schiphol kommst du um 19:50 an.

Du fliegst Businessclass Embraer RJ-190 KL 1876. Das Flugzeug und die Besatzung sind von KLM Cityhopper. Die durchschnittliche Beinfreiheit ist 84 Zentimeter, da kannst du deine Beine gemütlich ausstrecken. Der Zwischenstopp dauert 2 Sunden 45 Minuten. Um 22:35 fliegst du vom Flughafen Amsterdam Schiphol AMS nach Moskau. Reisedauer 3 Stunden 15 Minuten. Geht der Flug über Nacht, dann dauert er 3 Stunden und 50 Minuten. Du landest am Flughafen Moskau Scheremetjewo. Es ist eine Maschine von Aeroflot. Wieder fliegst Du Businessclass mit einer Boeing 737 SU 2193. Der Fußraum ist 76 Zentimeter. Auch das ist gut für dich. Du hast einen normal verstellbaren Sitz mit Strom- und USB-Anschlüsse am Sitz und On-Demand-Video. Also alle Bequemlichkeiten, die du dir denken kannst. Wodka kannst du auf diesem Flug trinken so viel du willst. In Moskau SVO hast du einen Zwischenstopp von drei Stunden. Hier steigt dein Freund Gregori zu. Er ist bereits instruiert. Um 06:50 Uhr fliegt ihr ab nach Jekaterinburg. Die Reisedauer beträgt 2 Stunden 30 Minuten. Ihr landet am Freitag um 11:20 Uhr. Nimm dir genügend zum Lesen mit. Vergesse dein Laptop nicht. Und wichtig. Onkel Elmar, das ist jetzt ernst gemeint. Du solltest dir noch mal ganz besonders lange warme Unterhosen einpacken. Dort hat es wahrscheinlich an dem Morgen Minus 19 Grad. Wenn es dir nichts ausmacht, kauf dir auch eine gefütterte Gesichtsmaske. In Jekaterinburg holt euch einer meiner Brüder oder ein Cousin oder ein Onkel oder sonst wer von uns ab."

Das Ganze spulte er in fließendem Deutsch runter, ohne nur einmal stecken zu bleiben. Elmar war irgendwie erschrocken und gleichzeitig gerührt.

„Onkel Elmar wir haben euch jeweils ein Einzelzimmer nebeneinander im Hyatt Regency gebucht. Wir bringen euch dahin und terminieren mit den Russen den Gesprächstermin. Ist dir das recht? Also dann wünsche ich euch eine gute Reise und viel Erfolg."

Garner war es recht, und das sagte er auch. Inzwischen war er mürbe und er wollte, dass er die ganze Sache nicht angefangen hätte. Die Flüge nach Kinshasa und nach Israel waren recht angenehm, aber er mochte einfach die Kälte nicht. Außerdem ärgerte es ihn, dass die Russen behaupteten, keine ordentliche Ware bekommen zu haben. Er hatte den Lieferanten noch nicht erreichen können, obwohl er es mehrmals täglich versuchte. Er könnte es doch jetzt in diesem Augenblick noch mal versuchen. Frisch gewagt ist halb gewonnen.

Zuvor suchte er bei Google seine Fragen in Französisch. Er tippte auf dem Handy von Dietmann noch mal die Nummer, die unter den drei Sternen hinterlegt war. Es kam das Freizeichen und dann ein tiefes: „Oui."

„Bonne journée j'ai des problèmes avec les artisans. Ils prétendent que le matériel serait mauvais, pas de haute qualité? Guten Tag ich habe Probleme mit den Handwerkern. Sie behaupten das Material wäre schlecht. Keine hohe Qualität. Mais je suppose que la même qualité était dans la petite boîte. Aber ich gehe davon aus, dass die gleiche Qualität in der kleineren Schachtel war."

„C'est comme ça. Est-ce les Russes? So ist es. Sind es die Russen? La même chose qu'avant? Les mêmes travailleurs? Die gleichen wie früher. Die selben Arbeiter?"

„Oui. Sont-ils connus de vous? Ja. Sind die Ihnen bekannt?"

„Je vais réparer ça. Ich werde das regulieren."

„Merci. A la prochaine fois. Pour réécouter. Vielen Dank. Bis zum nächsten Mal. Auf Wiederhören."

„A bientôt! Bis Bald!"

Damit war die Verbindung beendet. Was das nun bedeutete, wusste Elmar nicht. Aber er war sich sicher, dass es gut war, das Gespräch vor dem Flug zu führen.

Die Tage bis zum Donnerstag verbrachte Elmar wie immer mit kleinen Hausarbeiten, Hemden bügeln beispielsweise und Geschirr spülen. Einmal kochte er Pasta Ascuitta. Sie tranken dazu einen Primitivo. Er informierte sich dann auch über Jekaterinburg.

Dreiundvierzig

Rückblick auf ersten Kontakt mit den Russen in Moskau

Lene wollte mit nach Jekaterinburg. Elmar erklärte Lene, dass das nicht so gut wäre, und erzählte ihr von dem letzten Besuch in Russland.

Beim letzten Mal ist er so hineingepurzelt. Nachdem er sich mit Gregori getroffen hatte, rief er bei den Schleifern an, die kamen dann am nächsten Tag nach Moskau. Sie erzählten ihm, dass sie darüber informiert worden seien, dass die Steine im Golf von Genua übernommen wurden. Also ist alles paletti. Bei ihnen seien aber die Steine noch nicht angekommen. Das Ganze lief in Russisch ab. Gregori sollte dolmetschten.

Elmar hatte damals in Moskau in dem Hotelzimmer kein gutes Gefühl. Die drei Männer sahen auch nicht vertrauenserweckend aus. Sie waren so unterschiedlich, wie man sich das nur vorstellen kann. Der größte von ihnen war wahrscheinlich der Bodyguard. Er hatte dichtes, blondes, glattes Haar, das ihm lang auf die Schultern fiel. Gregori räumte ein, dass es gewaschen aussah. Aber es musste schon lange gewesen sein, da er einen auffallend großen runden Kopf hatte. Mit seinen hellen Glupschaugen fixierte er die ganze Zeit Gregori. Es könnte sein, dass er Gregori, der ein Moskauer Russisch sprach, nicht verstand. Außerdem wog er sicher mehr als 150 Kilo. Das Jackett konnte er nicht schließen und die Hose, die er trug, hätte eine Reinigung notwendig gehabt. Sein graues Hemd war allerdings fleckenlos und lag ihm glatt auf der Haut. Der Mittlere war eine elegante Erscheinung. Er war etwa 175 Zentimeter groß und schlank. Im dunklen Anzug mit mittelblauen Hemd und einer dezenten Krawatte. Alles passte zum dunklen kurz geschnittenen Haar und den schrägen dunklen Augen in einem ovalen Gesicht. Elmar achtete normalerweise nicht auf die Schuhe, weder bei sich noch bei anderen, aber diese glänzenden halbhohen Stiefeletten rundeten tatsächlich das Bild eines seriös wirken wollenden Geschäftsmannes ab. Unpassend fanden Gregori und Elmar, als sie sich später darüber unterhielten, den protzigen

Siegelring. Die kleine Gestalt des dritten dieser Pilger war dann nochmals ein Kontrast zu den beiden anderen. Dieser war maximal 160 Zentimeter groß, hatte lebhafte kleine Augen in einem zierlichen länglichen Gesicht. Zu seiner legeren sportlichen Kleidung mit Rollkragenpulli unter dem Jackett passte der blonde dichte, lockige Haarkranz. Die Stirn war verlängert bis zum Haarkranz. Die längste Stirn Russlands.

Elmar dachte, dass der elegante Mittlere der Boss wäre, doch dann öffnete der Kleine seinen Mund und begann lächelnd sie zu begrüßen: Dorogiye delovyye druz´ya, ya iskrenne privetstvuyu vas. Na samom dele my ozhidali g-na Ditmana, no v Rossii vse stanovitsya luchshe, u vas yest´ podderzhka. Kto iz vas mister Ditmann ili kto iz nikh yego doverennoye litso? Liebe Geschäftsfreunde, ich begrüße Sie sehr herzlich. Eigentlich haben wir einen Herrn Dietmann erwartet, aber es ist in Russland derzeit immer besser, man hat Unterstützung dabei. Wer von Ihnen beiden ist Herr Dietmann oder wer von ihnen ist sein Vertrauter?"

Bei dieser Rede wendete er ständig den Kopf zwischen Elmar und Gregori hin und her. Etwas irritiert, auch darüber, dass ihnen kein Handschlag oder eine Vorstellung angeboten wurde, antwortete Gregori, zum Erstaunen von Elmar: „Uvazhayemyye gospoda, my vedem peregovory. Mister Ditmann, ochevidno, ob."yavil nas svoim predstavitelem, i teper' my zdes'. Razve my ne dolzhny pereklyuchat'sya v konferents-zal, uchityvaya, chto my neskol'ko dzhentl'menov. Pozhaluysta, sleduyte za mnoy. Sehr geehrte Herren, wir verhandeln gemeinsam. Herr Dietmann hat uns anscheinend als seine Beauftragten angekündigt und nun sind wir hier. Sollten wir nicht, angesichts der Tatsache, dass wir mehrere Gentlemen sind, in einen Besprechungsraum wechseln? Bitte folgen Sie mir."

Gregori ging voran aus dem Raum. Elmar winkte den dreien Gregori zu folgen und machte den Schluss. So marschierten sie im Gänsemarsch nach draußen. Dort steuerte Gregori einen Besprechungsraum an, den Elmar vom Hotel angemietet hatte. Gregori nahm die Gelegenheit wahr, die sich bot, als die Herren im Raum Platz suchten, Elmar zu informieren.

„Lene, so war das in Moskau, du siehst, das Ganze machte auf uns den Eindruck, dass wir in die Fänge der russischen Mafia geraten waren. Da ich keine anderen Ansprechpartner als die Russen und die Israeli aus der Adressliste von Dietmann hatte und nicht wusste, wem ich vertrauen konnte, ließ ich mich darauf ein, auch sie zu beauftragen, die Steine zu schleifen. Nun meldeten sie sich und wollten mir die angeblich schlechte Qualität der Steine zeigen. Ich bin gespannt und hoffe, dass der Beistand der Familie Kochem mir von Nutzen ist. Sie hat die Reise geplant und hat mir versichert, dass ich die ganze Reise über unter ihren Schutz stehe, dass auch jemand aus ihrer großen Familie mich zu den Schleifern begleitet. Also bleib bei den Enkeln und denke an mich."

Lene ließ sich die ganze Erzählung von Elmar durch den Kopf gehen und sagte dann: „Du bist ein guter Erzähler. Ich kann mir die Situation so richtig vorstellen. Dein Freund Gregori scheint mehr auf dem Kasten zu haben, als du bisher gedacht hast. Ich glaube, dem kannst du vertrauen."

Damit hatte Elmar die Reiseerlaubnis.

Für die Reise hat er gegoogelt. Er wollte wissen, was ihn erwartet. Wenn er schon nicht den Ausgang der Verhandlungen vorbereiten konnte, dann wollte er wenigstens die Randbedingungen klären. Dass Jekaterinburg hinter dem Ural liegt, weiß er noch von seiner Reise mit der Transsibirischen Eisenbahn. Nachdem die Stadt Jekaterinburg heißt, wurde sie wahrscheinlich nach einer Katharina benannt. Gab es da mehrere oder war es die große Katharina? Okay 1723 nach der Zarin Katharina I. Die Stuttgarter hatten auch mal eine Katharina. Eine geborene Pawlowna Romanowna. Eine Großfürstin. Die nach dem Regierungsantritt ihres Gemahls Königin von Württemberg wurde. Aber mit der hat diese Zarin nichts zu tun. Oder doch? Okay, laut Google war die Stuttgarter Katharina die Enkelin dieser berühmt berüchtigten Zarin. Ganz am Anfang des Leninprospekts ist das Theater zu sehen. Ah, ja und die Universität. Das Rathaus macht schon was her. Dann gibt es die Kathedrale auf dem Blut. Warum heißt die so? Ah, ja weil die Letzten der Zarenfamilie aus dem Haus Romanow dort ermordet wurden, hat

Boris Jelzin dort die Kathedrale bauen lassen. Anscheinend ist Jekaterinburg ein bedeutendes Banken- und Finanzzentrum. Das reicht.

Die Steinschleifer wollten sich melden, wenn er am Flughafen angekommen ist. Aber Shmuel hat arrangiert, dass sie zuerst ins Hotel gehen und sich dann bei den Schleifern melden. Das erscheint ihm auch sinnvoller. So können sie sich erst akklimatisieren. Angeblich. Wenn er so dachte, dann merkte er, dass es ihm nicht hundertprozentig gefällt, dass alles für sie arrangiert wird. Andererseits ist er froh, Unterstützung zu haben. Er hat den Eindruck in Russland, oder besser in Sibirien in einem gewissen rechtsfreien Land zu sein. Vielleicht nicht ganz so wie in Simbabwe, aber er merkte, dass er doch schon länger nicht mehr längere Zeit im Ausland verbracht hatte. Er war jetzt so Mitte sechzig und bürgerlich geworden. Nun lachte er sich doch selbst aus. Er und bürgerlich, deshalb war er als Diamantenhändler auf dem Weg nach dem Jekaterinburg. Haha.

Vierundvierzig

Elmar startet in den Osten

Am Donnerstag fuhr er zum Bahnhof Vaihingen und von dort mit der S 3 zum Flughafen. Lene wollte eigentlich mit nach Russland, aber wegen der Enkel konnte er sie überreden daheimzubleiben. Sie ließ ihn nicht gern fahren beziehungsweise fliegen. Aber sie sah ein, dass es besser ist, wenn er die Angelegenheit mit der Vermögensberatung schnell hinter sich brachte. So konnte er sie überreden, ihn nur bis zum Bahnhof Vaihingen zu bringen.

Elmar tröstete Lene und sagte ihr, dass er doch in guten Händen sei. Die Kochems bewachten ihn wie der Schutzengel Gabriel. Als er dann in der S-Bahn war, musste er auch schlucken. Er hatte für Gregori zwei kleine Gläser Marmelade, die Lene eingekocht hatte. Aber da er sonst als Terrorist gelten würde, hat er diese fest in Zeitungspapier eingepackt und dann im Koffer verstaut. Den gab er im Flughafen auf. Am Schalter von KLM.

Die Stunde Wartezeit verbrachte er damit, dass er eincheckte und dann die Leute beobachtete. Er kaufte sich einen Stern und blätterte darin. Dann ging er zu seinem Gate. Alles war supereasy.

Der Flughafen Schiphol in Amsterdam gilt als der Beste in Europa. Also ging er dort erst einmal Essen. Im dritten Stock gibt es die Bar Dakota. Dort genehmigte er sich Burger und Pommes und ein Amstelbier. Ins Hollandcasino wollte er lieber nicht gehen. Das Gartencenter war auch nicht nach seinem Geschmack. Aber in die kleine Bibliothek sah er hinein. Auch in die Zweigstelle des Amsterdamer Rijksmuseums schaute er hinein. In den Hotels duschen wollte er nicht. Also ging es weiter zum Gate nach Moskau.

Der Flug startete pünktlich um 22:35 Uhr. Die nächsten drei Stunden wollte er schlafen. Sein Sitznachbar war aus den Niederlanden und ein ebenso müder Krieger wie Elmar. Sie begrüßten sich kurz, dann nahm Elmar von John le Carré den Roman Marionetten und begann zu lesen. Aber schon nach einer Seite legte er das Buch weg und versuchte zu schlafen, zumal aus dem Fenster nichts zu sehen war. Als die Stewardessen Essen anboten, lehnte er ab. Wodka nahm er noch an. Dann fielen ihm tatsächlich die Augen zu und erst als die Durchsage kam, dass man sich anschnallen soll, wachte er auf, grinste seinen Nachbarn an, der zurückgrinste und dann sagte: „Het eten was niet slecht. Ze snurken als een stoomlocomotief."

Elmar verstand und lächelte noch breiter. Aber da er kein Niederländisch sprach, blieb er stumm und nickte nur lächelnd.

In Moskau wartete schon Gregori auf ihn. Gregori sagte ihm, dass sie jetzt erst einmal richtig frühstücken würden und zog ihn in die Halle, die besonders gut beheizt wurde, da er um die Kälteempfindlichkeit seines Freundes Elmar wusste. Seine Frau Irina wartete auf sie beide in der Eingangshalle und drückte Elmar und küsste ihn immer wieder, wie damals wohl der Vater den verlorenen Sohn begrüßt hatte. Dann suchten sie einen Platz in der Abfertigungshalle und es gab warme Plisnici, gekochte Eier und weil sie Elmars Vorliebe kannte hatte sie auch eine Kanne Kaffe und zwei Tassen mitgebracht. Die Gurken schmeckten so schön süßsauer und dazu hatte sie dunkles Brot, und dass sie nicht schmatzten, lag daran, dass er sich erinnerte, dass es hier noch zivilisiert ist und wie vornehm Irina den Tisch gedeckt hatte, als er letztes Mal in Moskau war. Aber dann strahlte Elmar über alle vier Backen. Irina hatte eine Dose besten russischen Kaviar mitgebracht. Da er um die bescheidenen Mittel von Gregori und Irina wusste, war er noch mehr erfreut und er holte doch trotz heftiger Gegenwehr die Geldbörse und gab ihr drei Hundert-Euroscheine. Sie waren beide verlegen aber sie waren auch klug genug, sie anzunehmen. Die Marmelade konnte er jetzt nicht geben, da das Gepäck nach Jekaterinburg flog.

Elmar sagte dann zu Gregori: „Das ist die Anzahlung für deinen Job. Du wirst gebraucht. Nachdem du letztes mal so gut warst als Vertrauter von Dietmann, musst du diese Rolle wieder spielen."

Da lachten sie beide aus vollem Hals und Irina lachte mit ihnen, dass ihr großer Busen und und ihr Bauch nur so wackelten. Gregori übersetzte es Irina und dann lachte sie noch mehr. Anscheinend hatte ihr Gregori die Geschichte erzählt. Dann sagte Irina etwas zu Gregori, und schaute dabei auf die Uhr. Anscheinend war es schon Zeit, sich auf dem Gate nach Jekaterinburg einzuchecken. Es gab wieder ein Gedrücke und Geküsse und dann zogen die beiden Helden in den Kampf. Elmar klärte Gregori nochmals darüber auf, dass die Schleifer behaupteten, dass sie schlechte Ware bekommen hätten. „Sie sprachen von Schrott, aber wir stehen unter dem Schirm von den Kochems und der Lieferant hat versichert, dass gute Ware geliefert wurde. Es ist also diesmal eine andere Situation. Das Vorgespräch damals war wohl nicht eindrücklich genug."

„Elmar, du sagst, wir stehen unter dem Schirm von Kochems. Wer ist das und können wir denen vertrauen?"

„Wir können denen vertrauen", betonte Elmar, stärker als er es selbst glaubte.

Elmar erzählte, wie es in Israel abgelaufen ist, und dass er dadurch jetzt kein Schwarzhändler mehr war, da das Geld gleich auf eine Schweizer Bank überwiesen wurde. Er sagte Gregori nichts davon, dass er dadurch eventuell ins Visier der großen

Diamanenhändler gekommen sein könnte. Auch von dem Überfall in Stuttgart erzählte er Gregori nichts. Er fragte Gregori: „Wie weit ist es von Moskau nach Jekaterinburg?"

Es war erstaunlich, aber Gregori wusste es. „Die Entfernung Luftlinie von Moskau nach Jekaterinburg beträgt 1422 Kilometer beziehungsweise 884 Meilen."

Elmar war baff und fragte weiter: „Wenn wir eine Brieftaube wären ..."

Gregori dozierte: „Eine Brieftaube braucht für den Flug von Moskau nach Jekaterinburg zirka 13 Stunden und 36 Minuten. Wir hätten acht Möglichkeiten gehabt, von Moskau nach Jekaterinburg zu kommen. Die billigste Möglichkeit ist mit dem Bus, was 52 Rubel kostet. Die schnellste Möglichkeit ist mit dem Zug nach Moskau Domodedovo und Flug, was 4,5 Stunden dauert."

„Die Kochems haben mir aber gesagt, dass wir nur zwei Stunden und dreißig Minuten brauchen. Und das glaube ich auch", warf Elmar ein, um einfach ein wenig Spaß miteinander zu haben.

„Wir werden sehen", lachte Gregori und trank einen Schluck Wodka aus der Bordverpflegung. „Es gibt verschiedene Literatur über Jekaterinburg. Also nicht Reiseführer, sondern diverse Romane, in denen Jekaterinburg vorkommt."

„Jekaterinburg ist auch einer der elf Austragungsorte der Fußball WM 2018 in Russland gewesen. Es gibt dort auch ein Jelzin-Denkmal", dozierte Gregori weiter.

Elmar nahm an, dass er damit einfach die Spannung überwinden wollte.

„Hör mal Gregori, wenn es dir Probleme bereitet, mich zu diesen Diamantenhändlern zu begleiten, dann kannst du im Hotel bleiben oder dir Jekaterinburg angucken oder in der Blut-kathedrale beten. Du hast schon sehr viel für mich getan. Du bist Bürger Russlands, und falls es ein Nachspiel haben sollte, bist du leichter zu erreichen als ich. Ich habe deshalb Verständnis, falls es dir zu heiß wird."

„Wo denkst du hin, Elmar, es ist nur der Flug. Vor dem Fliegen ist mir immer ein wenig bange. Ich bin schließlich keine

Brieftaube. Aber dann bin ich auf jeden Fall dabei und will sehen und hören, was diese Leute vorzubringen haben. Du hast mit ihnen ausgemacht, dass sie für 20 Millionen Euro Rohdiamanten bekommen und sie haben zugesagt, dass sie für zehn Prozent der Rohdiamanten die Steine schleifen werden und danach trachten, dass sich der Wert mindestens verdreifacht durch das Schleifen. Ich kann mich noch genau daran erinnern. Gewundert habe ich mich damals schon, wo du das viele Geld herbekommen wolltest. Du hast uns nicht gesagt, dass du so reich bist und für 20 Millionen Euro Rohdiamanten kaufen kannst."

„Gregori, du wirst es nicht glauben, eigentlich hatte ich dieses Geld auch nicht. Aber ich habe bei einer Bank zum Kauf von Rohdiamanten 50 Millionen Euro Kredit bekommen. Das ist mir immer noch unverständlich. Aber der Mitschüler hat so einen großen Kreditrahmen bei der Bank gehabt, da er immer wieder Handel mit Diamanten getrieben hat. Ich habe dir vielleicht erzählt, dass dieser Bursche ermordet wurde und dass er eine Vermögensberatung hatte, dessen Anlegern er versprach, dass durch die Diamanten die Einlagen sicher sind und dadurch eine enorme Wertsteigerung eintreten würde. Nun hat er mich als seinen Kompagnon eingetragen. Ohne mein Wissen und ohne meine Zustimmung, und die Anleger glauben nicht, dass das ganze Kapital nicht mehr vorhanden ist. Alle Konten sind leer. Er hat vor seiner Fahrt mit der Jacht alle Konten abgeräumt. Auch Diamanten konnte ich keine auffinden. Ich habe es den Anlegern versucht beizubringen, aber die glauben mir nicht. Deshalb bin ich jetzt in der elenden Lage, dass ich so viel Gewinn erzielen muss, damit diese Bonzen ihr Geld wiederbekommen. Wenn ich nicht schon graue Haare hätte, würde ich behaupten, dass ich sie dadurch bekommen habe. Und ich sage es dir, nur dir, ich habe Angst, dass die mir in irgendeiner Weise Ärger machen, wenn ich es nicht schaffe, sie zufriedenzustellen."

Wäre sein Sitznachbar Gregori nicht gewesen, wären Getränke und ein sehr leckeres Sandwich an Elmar förmlich vorbeigegangen.

„Elmar, das ist ja grausam. Du bist zum Erfolg verurteilt. Ich glaube, ich kann deine Angst verstehen, obwohl ich noch nie so viele Schulden hatte. Was sagt denn deine Frau dazu? Trägt sie die Sache mit?"

„Soweit das möglich ist, stützt sie mich. Übrigens habe ich im Internet keinen einzigen Hinweis darauf gefunden, dass es in Jekaterinburg Diamantenschleifer gibt. Von Dietmann habe ich die Telefonnummer von einer russischen Schleiferei bekommen, und bei dem Anruf habe ich dann erfragt, wo die Schleiferei ist. Man nannte mir eine Adresse von Jekaterinburg. So und jetzt müssen wir die Gurte anlegen, der Pilot will landen."

„Hoffentlich findet er den Flugplatz", spaßte Elmar dann wieder.

Gregori schmunzelte: „Da hinter dem Ural hat er doch eine Menge Platz zu landen. Wenn er nicht den Flughafen von Jekaterinburg findet, weil zu viel Schnee liegt, landet er wo anders und wir müssen mit Schlitten nach Jekaterinburg fahren. Elmar, findest du es wirklich gut, dass wir hier im Flugzeug sitzen und unsere Frauen sind zu Hause und hoffen, dass alles gut wird?"

„Nein Gregori, das finde ich nicht gut. Ich habe aber meine Kinder in der Nähe wohnen und denen besonders ans Herz gelegt, nach ihrer Mutter zu sehen, wenn ich diesmal auf Reisen bin. Und was ist mit Irina? Hat sie jemand, der sie ihre Sorgen teilen kann?"

„Irina geht in die Kirche. Und betet für uns, so hat sie mir gesagt, bis wir wieder zu Hause sind. Und Elmar, ich glaube, das ist sehr gut und wird uns helfen. So brauchen wir uns keine Sorgen zu machen. Übrigens hat Irina für dich lange dicke Unterhosen gekauft, damit du nicht krank wirst. Wenn wir im Flughafen unser Gepäck haben, dann gehst du mit mir durch den Ausgang für russische Bürger und dann in der Halle gehst du in die Toilette und ziehst die warme Unterhose an."

Ja, es ist doch schön, dachte Elmar, einen Freund zu haben, der nicht pessimistisch ist und dessen Frau sich um einen warmen Hintern für ihn, Elmar, sorgt.

„Sag mal Elmar, glaubst du an Gott?"

„Na ja, so im üblichen evangelischen Sinn. Besonders fromm war ich nie, aber als ich den Unfall hatte, habe ich halt dafür gebetet, wieder gesund zu werden. Und glaubst du an Gott?"

Gregori antwortete: „Orthodox bedeutet: die richtige Verehrung. Wir orthodoxen Christen glauben so, wie die Europäer vor mehr als tausend Jahren geglaubt haben. Das wichtigste ist der Gottesdienst, die Feier der Liturgie. Die Liturgie ist göttlich und besteht neben einem Teil Lehre aus dem wichtigsten christlichen Mysterium, dem Sakrament der heiligen Eucharistie. Dabei ist Christus anwesend. Also es ist alles weniger rational, eher etwas mystisch. Und du kannst da nur stehen und glauben, dass das geschieht, was der Pope sagt. Und wenn du Sorgen hast, dann gehst du zu einer Ikone und sagst der das und küsst sie und bittest darum, dass sie es bei Gott vorträgt und für dich einsteht."

Elmar lehnte sich zurück und genoss, dass Irina bei ihrem Heiligen für ihn eintrat. Er fragte dann Gregori: „In eurer Datscha habe ich keine Hinweise auf Kinder oder Enkelkinder gesehen. Habt ihr Kinder?"

„Elmar, bist du beim Geheimdienst? Du hast gut beobachtet. Aber dich doch nicht gut genug umgeschaut. Du hast also doch nicht spioniert. In dem Raum, in dem du geschlafen hast, da haben wir in einer Kiste Spielsachen. Wir haben zwei Töchter, aber beide haben einen Mann aus Frankreich gefunden. Also jede einen anderen. Bei einer Sportveranstaltung in Moskau. Die beiden Männer waren in einer Handballmannschaft und meine Mädels waren auch in einem Handballverein. Dieser Verein sollte die Männer aus Frankreich betreuen. Und meine beiden Mädchen haben die Betreuung sehr ernst genommen und meine lieben Töchter verliebten sich in die Männer, wie nun mal nur Russen lieben, mit Haut und Haar. Also folgten sie den Männern, als es möglich war zu reisen. Sie wohnen in der Nähe von Paris. Die Männer sind beide in der französischen Zentralverwaltung in Paris beschäftigt. Die eine meiner Töchter hat eine Boutique mit einer Freundin zusammen und wechselt sich mit der ab, sodass sie Zeit für ihre zwei Jungs hat. Das andere Gold-schätzchen von meinen Töchtern hat ein Bistro. Das hat nur auf von nachmittags um drei bis abends um sieben Uhr. Ihr Mann kann um fünf die Jungen abholen und um halb acht essen sie dann alle zusammen. Das ist so richtig rituell. Meine zwei Mädchen wohnen nicht weit voneinander entfernt im gleichen Vorort von Paris. Sie besuchen sich oft gegenseitig. Einmal im Jahr kommen sie alle zu uns nach Moskau zu Besuch. Da wird es in der Datscha richtig schön eng und laut und lustig. Dieses Jahr wollen wir sie in Frankreich besuchen. Sie haben geplant, dass wir zusammen in die Bretagne fahren und dort ein Haus mieten. Anscheinend ist alles schon perfekt."

Elmar freute sich, dass Gregori so eine gute Familie hatte.

Fünfundvierzig

Lene bekommt Besuch

Zu Hause bei Elmars Frau Lene klingelte es an der Haustüre. Lene schrak zusammen. Sie war gerade dabei, für einen ihrer Enkel Socken zu stricken. Zuerst überlegte sie, wer das sein könnte, und erst dann legte sie das Strickzeug weg. Aber da hörte sie schon den Haustürschlüssel. Nun wollte sie sehen, wer da kam. Aber sie war noch nicht im Hausflur, als auch schon ihre Tochter rief: „Mama, bist du da? Ist Papa auch da?"

Da ging Lene ganz in den Hausflur und sagte: „Ah, du bist es, ich hatte jetzt tatsächlich ein bisschen Angst, dass jemand Fremdes kommen könnte."

„Ja, warum das?", fragte Stefanie. „Ist Papa ohne dich fort? Ihr macht doch sonst alles gemeinsam. Und du bist doch sonst auch nicht ängstlich. Also was ist los?"

„Na ja, seit dem Einbruch vor zwei Jahren mach ich mir schon mehr Gedanken, ob die wiederkommen. Nachdem sie nicht viel gefunden haben, denk ich mir, sie gucken noch mal nach, ob beim zweiten Mal mehr zu holen ist."

„War das schlimm für euch damals?", wollte Stefanie wissen.

„Wir hatten halt den Schaden, dass wir alles richten lassen mussten. Das Fenster war aufgebrochen, die Terrassentür war so beschädigt, dass wir auch diese erneuern lassen mussten, und dann haben wir Sicherheitsfenster und Sicherheitstürcn anbringen lassen. Und euer Papa hatte am nächsten Morgen Probleme, sich frische Wäsche aus dem Schrank zu holen, weil er sagte, dass es so unmöglich für ihn sei, dass jemand Fremdes an seiner Wäsche gesucht habe. Ich erklärte ihm zwar, dass der Polizist, der den Einbruch aufgenommen hatte, doch gesagt hat, dass die Handschuhe getragen haben, da man nirgends Fingerabdrücke fand."

„Hat die Polizei die Einbrecher gefasst?", wollte Stefanie wissen.

„Nein, sie konnten die Spuren im Haus keinen von denen die danach gefasst wurden zuordnen. Das Geld bekamen wir von der Versicherung natürlich nicht erstattet. Es waren zwar nur ein paar Hundert Euro und verschiedene Auslandswährung aber zusammen kamen wir dann doch auch auf sechshundert Euro. Das schlimmste für mich war, dass sie meinen ganzen Schmuck, der echt war, mitgenommen haben. Modeschmuck ließen sie liegen. Dann mussten wir in Katalogen Schmuck suchen, der in etwas so aussah und den Wert der Versicherung angaben. Wir haben da viel zu wenig angegeben, weil wir keine Rechnungen und keine Fotos von dem Schmuck hatten und wir wollten nicht zu viel angeben. Aber das ist ja jetzt schon lange her. Nur weil Elmar in einer blöden Sache drin hängt und jetzt nach Russland geflogen ist, um das zu regulieren, wie er es nennt, bin ich halt ein bisschen aufgeregt. Weißt du was, bleib doch ein bisschen da und erzähl mir, was die Kinder heut so gemacht haben. Heute habe ich sie noch gar nicht gesehen. Guck mal, ich stricke für den Großen von Robert Socken. Er durfte sich die Wolle selber aussuchen."

„Du kannst meinen Buben auch Socken stricken, wenn Papa jetzt nicht da ist. Der Große hat heute auf der Jugendfarm Tomaten gepflanzt. Wenn es warm wird, werden die Pflanzen nach draußen gebracht."

Nach einer Weile verabschiedete sich Stefanie und Lene war wieder im Lot, wie sie sagte.

Sechsundvierzig

Landung in Jekaterinburg

Der Pilot fand dann doch den Flughafen Kolzowo und setzte sachte auf.

In der Halle nach der Gepäckausgabe erwartete sie Roul Kochem, das war der mit den blonden Haaren, erinnerte sich Elmar. Roul grinste über das ganze Gesicht und ging auf sie beide zu. „Ihr habt es tatsächlich geschafft, den Flughafen hier zu finden. Also herzlich willkommen in Jekaterinburg. Bevor du fragst, unser Vater ist nicht mitgekommen, aber er hat seinen besten Mann geschickt. Nämlich mich."

Sie quittierten alle drei seinen Witz mit lautem Lachen.

„Wir brauchen ungefähr 20 Minuten ins Zentrum von Jekaterinburg. Eine neu gebaute Autobahn verbindet den Flughafen mit der Stadt. Dadurch kommen wir schnell in das Zentrum. Wir sind auf Terminal A. Das ist das Terminal für Inlandsflüge. Wir haben einen Mietwagen genommen. Es gibt hier alle großen Mietwagenfirmen. Wir haben Avis genommen. Die haben die besten Autos."

Elmar fror und überlegte deshalb, ob er die Gesichtsmaske anlegen sollte. Aber dann fiel ihm ein, dass er ja die warme Unterhose von Irina anziehen sollte. Zum Glück war Gregori von Roul Kochem so abgelenkt, dass er nicht mehr an die Unterhose dachte. Aber da täuschte sich Elmar. Gregori öffnete seinen Koffer und holte eine dunkelblaue Unterhose raus, die schon so warm aussah, dass Elmar zu schwitzen begann. Jedenfalls glaubte er, dass er schwitzte. Aber es half alles nichts, vor allem weil auch Roul Gregori unterstützte. Dann zog Elmar los, die Unterhose unter der Jacke verborgen, damit ihn niemand damit sah. Aber dann sagte er sich, dass ihn hier ja niemand kennt. In der Toilette ging er in eine Kabine und zog über seine kurze Unterhose die lange von Irina. Er ging zum Waschraum, wusch sich die Hände und desinfizierte sie. Dann verließ er die Toilette und suchte die Richtung, aus der er gekommen war. So achtete er nicht, was neben und hinter ihm geschah.

Siebenundvierzig

Elmar Garner wird entführt

Plötzlich packten ihn zwei Männer, der eine links, der andere rechts am Arm und zogen ihn in Richtung zu einem Ausgang. Als er sich umwandte, sah er Gregori in der anderen Richtung, der schaute zu ihm her, aber Elmar konnte nicht winken, denn die beiden hielten seine Arme fest wie Schraubstöcke und er war so geschockt, dass er auch nicht rufen oder irgendetwas sagen konnte. Erst als sie aus dem Gebäude draußen waren und man ihn in eine große Limousine schubste, protestierte er. „Was soll das? Wer sind Sie? Was wollen Sie?"

Er bekam erst Antwort als die Limousine mit quietschenden Reifen losfuhr. „Keine Sorge, wir sind keine Räuber, wir sind von der Schleiferei, die ihre Steine veredeln soll. Alles weitere erklärt Ihnen unser Chef."

Elmar protestierte: „Ich will nicht mit Ihnen fahren, ich habe Freunde, die auf mich warten. Die haben auch gesehen, wie Sie mich weggeführt haben."

„Oni ne videli, kakuyu mashinu my vedem i kuda my idem - Sie haben nicht gesehen, welches Auto wir gefahren sind und wohin wir gefahren sind", meckerte der Fahrer.

Elmar verstand nur, dass der Fahrer dachte, dass man seine Entführung nicht mitbekommen habe. Aber er wollte nicht zu erkennen geben, dass er überhaupt etwas Russisch verstand, so fragte er: „Was hat er gesagt? Und ich will jetzt aussteigen. Halten Sie sofort an."

Der Beifahrer drehte sich zu ihm um und sagte lächelnd in ruhigem Ton: „Wenn sie nicht ruhig sind, muss ich sie betäuben. Was der Fahrer gesagt hat, ist nicht wichtig. Wir wollen ihnen nichts Böses!"

Elmar wunderte sich nicht einmal, dass dieser Mann so gut, fast ohne Akzent Deutsch sprach. Der unangenehme Typ von Fahrer, der wie verrückt fuhr, meldete sich wieder: „Do sikh por nas ne soprovozhdayut. Bis jetzt werden wir noch nicht verfolgt."

„Teper´ zatknis. Halt den Mund", antwortete der Beifahrer.

Elmar verstand, dass die beiden nicht einer Meinung waren und der Beifahrer anscheinend hier der maßgebliche Mann war. Deshalb sah er sich diesen Mann genauer an. Der war groß, vom Abführen wusste er noch, dass beide einiges größer als er, Elmar, waren. Der Beifahrer war sehr schlank und hatte ein schmales Gesicht. Beide waren gut rasiert. Die Haare auf dem Kopf des Beifahrers konnten schon fast gezählt werden. Der Fahrer hatte ein breites flächiges Gesicht. Die rotblonden Haare waren lang und fielen ihm in die Stirn. Außerdem hatte er ein furchtbar aufdringliches Rasierwasser, das Elmars Nase richtig quälte. Er war inzwischen so weit, dass er sich überlegte, ob es eine Fluchtmöglichkeit gab. Er erinnerte sich an einen Zeitungsartikel, der davon erzählte, dass einer bei sechzig Kilometer aus dem Auto sprang und sich erhebliche Verletzungen zuzog. Nachdem er sowieso schon wegen seiner lädierten Hüfte hinkte, wollte er sich nicht noch andere Behinderungen einhandeln. Elmar wollte sich die Nase zuhalten, da bemerkte er erst, dass sie ihm Handschellen angelegt hatten.

„Was soll das, weshalb legen sie einem Geschäftspartner Handschellen an? Machen Sie mir diese sofort ab. Ich flüchte nicht. Schließlich haben sie Diamanten im Wert von 50 Millionen Euro, die ich mir wiederholen will."

„Okay", meinte der Beifahrer, „wenn wir die Stadt hinter uns haben halten wir an und ich mache ihnen die Dinger wieder runter."

Sie rasten noch ungefähr zehn Minuten auf der geraden Straße weiter, wobei der Fahrer jedes Fahrzeug überholte. Mal links, mal rechts, das war ihm offensichtlich egal.

Als sie eine Parkbucht sahen, sagte der Beifahrer in befehlendem Ton: „Ostanovka na fronte! Halt da vorne an!"

„Vy ne budete delat' naruchniki. Du wirst ihm doch nicht die Handschellen abmachen", kam vom Fahrer.

Daraufhin der Beifahrer: „Prosto sdelay to, chto ya tebe skazhu!. Tu einfach, was ich dir sage!"

Da brummte der Fahrer nur, nahm das Gas zurück und fuhr in die Parkbucht. Der Beifahrer stieg aus, öffnete die hintere Türe und befahl Elmar, dass er ihm die Hände entgegenstrecken solle. Elmar tat das, da er immer noch keine Chance sah, sich zu befreien. Das Handy hatten sie ihm bisher nicht abgenommen. Er bemühte sich, nicht dran zu denken, in der Hoffnung, dass auch die beiden nicht daran dachten. Elmar setzte sich wieder normal auf den Rücksitz, als ihm einfiel, dass er noch auf die Toilette musste.

„Können wir noch mal anhalten, ich muss auf die Toilette."

„Das können Sie doch hier machen und", sagte der Beifahrer. „Okay, dann gehen Sie vor mir her an den Rand von den Gehölzen. Aber versuchen Sie nicht wegzulaufen. Ich bin schneller als sie und notfalls habe ich eine Pistole."

Elmar ging zum Rand eines kleinen Wäldchen und ließ sich Zeit mit seiner Verrichtung. Er hatte die Hoffnung, dass doch jemand gesehen hatte, dass er gekidnappt und wohin er gebracht wurde. Aber er konnte es nicht länger hinausziehen.

„Los kommen Sie jetzt!", rief ihm der Beifahrer zu.

Also humpelte Elmar zum Wagen und ärgerte sich, dass die Autos mit dem Stern immer auch für solche krummen Typen gemacht werden. Er stieg wieder ein, der Beifahrer schloss die Tür hinter ihm und stieg vorne ein. Das wäre eine Chance gewesen abzuhauen, dachte Elmar, aber er wusste nicht, wohin und dann wollte er doch nicht Zielscheibe für den langen Lulatsch spielen.

Die Fahrt ging weiter. Die Landschaft entschädigte ihn für die Tortur. Zunächst schlängelt sich das silbergraue Asphaltband Kilometer um Kilometer durch unendlich scheinende russische Wälder. Birken mit den typischen weißen Stämmen schimmern im Sonnenlicht, aber noch reckten sie ihre noch blätterlosen Äste wie Arme in den Himmel. Die Kiefern gaben etwas grüne Farbe in das Bild. Am Straßenrand war von der Flora noch nicht viel zu sehen. Der bullige unfreundliche Fahrer brauchte ein schnelles Reaktionsvermögen Fast kein Fahrzeug hielt die Spur. So musste er immer wieder entgegenkommenden Fahrzeugen ausweichen. Das Wetter wechselt in Sekundenschnelle. Schien eben noch die Sonne, prasselte auf einmal sintflutartiger Regen gemischt mit Schnee auf das Autodach. Aber selbst der Regen konnte den Schnee nicht von den Straßenrändern lecken. Nur ab und an wird die Waldkulisse von typisch sibirischen Dörfern mit den dunklen Holzhütten unterbrochen. Manche Gebäude sind bunt angestrichen und werden anscheinend von der Farbe zusammengehalten. Einige Häuser haben zumindest blaue Fensterläden. Das gefiel ihm und lenkte ihn ab. Ein weiterer immer wiederkehrender Begleiter ist die Transsibirische Eisenbahn, die sich entlang der Autobahn-Trasse schlängelt. Es kam ihm vor, dass sie schon sehr lange unterwegs waren, aber als er auf die Uhr sah, merkte er, dass sie gerade 45 Minuten unterwegs waren. Es ging an einigen Seen vorbei. Lastwagen kamen ihnen entgegen aber auch einige Pkws. Meist waren es große Autos. Der Reichtum war sichtbar. Der Verkehr wurde weniger. Elmar begann zu dösen.

Nach einiger Zeit, bogen sie von der Hauptstraße ab. Dann fuhren sie durch Wald und Wiesen bis sie in einen größeren Ort hineinfuhren. Kamyschlow konnte Elmar entziffern. Wie Elmar später erfuhr, liegt der Ort nordwestlich von Jekaterinburg, ungefähr eine Stunde und dreißig Minuten von Jekaterinburg entfernt. Sie fuhren durch den Ort. Am Ende des Ortes bogen sie in eine Industrieanlage ein. Neben alten Gebäuden stand ein neues Haus. Davor hielten sie an. Der Beifahrer sagte zu Elmar: „Wir sind angekommen!"

Achtundvierzig

Die Engel sind schon da

In diesem Moment kamen Roul und zwei Männer um die Ecke des Gebäudes. „My tozhe tam. Vdali ot mashiny! Wir sind auch da, weg vom Auto!", sagte Roul und zeigte den Chauffeuren eine Pistole. „Elmar, komm zu uns herüber."

Hinter dem Haus kam noch jemand mit einer Pistole hervor und sagte zu dem Fahrer in ruhigem aber scharfen Ton: „Vykhodite, no bystro i Vdali ot mashiny. Steig schnell aus und weg vom Auto."

Schnell stieg der Fahrer aus und trat zwei Schritte vom Auto weg. Dann öffnete sich auch schon die Haustür und heraus trat ein rundlicher maximal einhundertfünffünfzig Zentimeter kleiner Mann. Aus der Tür des Büros hinter ihm kam noch einer von den Söhnen vom alten Kochem, nämlich Rouven, der Älteste mit seiner Größe von fast 190 Zentimeter und einem Rücken wie ein Bär. Für die einen furchteinflößend, für Elmar aber sehr beruhigend. Rouven winkte mit einer Maschinen pistole in der Hand. „Hereinspaziert", rief er fröhlich, „wir feiern eine kleine Party." Über das ganze Gesicht strahlend, als ob er tatsächlich zu einer Party geladen hätte, machte er mit der Maschinenpistole eine einladende Bewegung: „Onkel Elmar, wie schön dich zu sehen. Und du bist Gregori, der gute russische Freund von unserem lieben Onkel Elmar. Ich freue mich, dich kennenzulernen. Wenn wir hier fertig sind, feiern wir ein großes Fest."

Aaron aber sagte so leise, dass es nur Elmar und Rouven verstehen konnten: „Lass die Späße, wir müssen schnell klären, was wirklich los ist. Gut, dass du so schnell bist." Dann wandte er sich an den kleinen rundlichen Mann. „Krassin, du Moshennik (Schwindler) was soll der Irrsinn. Wir haben überall in Russland deutlich gemacht, dass wir für die Diamanten von Elmar Garner die Garantie übernehmen. Du wusstest also, dass Herr Garner unser Geschäftspartner ist, und dennoch hast du ihn entführen lassen. Was soll der Mist?"

Krassin war noch kleiner geworden als er wirklich war. „Gospodin Kochem, wir haben Gospodin Garner nicht entführt. Wir haben ihn nur hergebeten, um mit ihm einen anständigen, fairen Preis auszuhandeln."

„Was, sind Sie wahnsinnig? Ich wurde mit Handschellen am Flughafen in ein Auto geschoben, das ihre Freunde gefahren haben und mit dem sie mich zu ihnen gebracht haben", entrüstete sich Elmar.

„Aleksey svyazal mistera Garnera? Alexey, habt ihr Herrn Garner gefesselt?"

„YA ne zakazyval eto. Das habe ich nicht angeordnet."

„No u vas yest." YA pozvonil vam dopolnitel'no. Doch das hast du. Ich habe dich extra angerufen und nachgefragt."

„Ya otkazyvayus´ ot Kokhema, kotorogo ya ne khochu investirovat. Ich haue ab. Mit den Kochems will ich mich nicht anlegen." Dann fuhr er auf Deutsch fort: „Hört, ich wusste nicht, worum es geht. Lasst mich gehen."

„Das könnte dir so passen Freundchen. Ihr drei bleibt mit uns zusammen, bis wir geklärt haben, wo die Diamanten sind und wie Herr Garner zu seinem Geld kommt", sagte Rouven dann grimmig genug, um die Angelegenheit für alle deutlich zu machen.

„Gaspodin Kochem", meldete sich Krassin, „Ich möchte mich bei Gaspodin Garner demütigst entschuldigen. Das war so nicht gewollt. Ich weiß nicht, wo die Diamanten sind. Wir haben einen Anruf von ihrem Büro bekommen und wurden angefragt, wo die Diamanten sind. Daraufhin haben wir uns überlegt, dass es sich wohl um ein großes Geschäft handelt. Es wurde dann in unseren Kreisen viel gemunkelt, aber niemand wusste etwas Genaues. Der Genosse Uljanitsch hat dann einen Namen genannt. Wir kennen diese Leute aber nicht. Die sind aus dem Süden. Ich habe mir den Namen nicht gemerkt. Wir wollten Gaspodin Garner fragen, wem er die Diamanten gegeben oder geschickt hat."

„Aaron, weißt du was von einer Anfrage bei Krassin?", fragte Rouven nach.

„Nein, aber es ist möglich, wir haben da einen neuen Mann in unserer Niederlassung in Moskau, einen Russen. Ich frage mal nach." Damit ging Aaron mit dem Handy nach draußen.

Das erschien dem Dicken mit dem breitflächigen Gesicht, der das Auto gesteuert hatte, als die Gelegenheit und so versuchte er, sich an die Tür zu schieben.

Aber Roul war wachsam. „Yesli vy peremestites´ na dyuym, ya zastrelyu vam otverstiye v vashem bol'shom zhivote! Wenn du Dich einen Zentimeter bewegst, schieß ich dir ein Loch in deinen dicken Bauch!"

Der Dicke zuckte zusammen und wurde ganz steif.

„Also Krassin, wo sind die Diamanten?", fragte Rouven nochmals nach. „Und wer ist Uljanitsch?"

„Der ist unser Bezirkshauptmann, der weiß, wer die Diamanten zurzeit hat", erklärte Krassin.

„Ruf ihn an!", forderte Rouven ihn auf. „Und zwar jetzt."

Krassin ging zu seinem Schreibtisch, doch bevor er ihn erreicht hatte, stoppte ihn Rouven, indem er rief: „Krassin, mach keinen Ärger! Bleib vom Schreibtisch weg. Ich bringe dir dein Handy."

Er ging zum Schreibtisch, wobei er die beiden Entführer weiter im Auge behielt. Roul überwachte Krassin. Gregori und Elmar standen neben der Tür und achteten darauf, dass niemand hereinkam. Als Rouven Krassin das Telefon gab, versuchte der Dicke Rouven zu rammen. Aber Rouven war schneller, ließ ihn an sich vorbeilaufen und gab ihm mit der freien Hand einen Schlag ins Genick. Der Dicke fiel und fluchte: „Chert poberi. Poshel ty! Verdammte Scheiße. Fick Dich!", versuchte aber nicht aufzustehen,

„Zatknis! Halt dein Maul!", rief Krassin.

Rouven befahl dem Dicken aufzustehen und fragte: „Wo sind die Handschellen?"

„Ich habe sie", antwortete Garner.

Rouven befahl dem Dicken sich umzudrehen und dann legte er ihm die Handschellen an. Krassin wartete, bis Rouven ihm das Handy gab. Dann nahm er es an sich und wählte eine Kurzwahlnummer, damit Rouven die Nummer nicht erkennen sollte. Aber Rouven nahm ihm das Handy wieder aus der Hand und deckte die ganz Nummer auf. Rouven hatte ein fantastisches Gedächtnis. Eliezer Kochem hatte Elmar erklärt, dass Rouven und Eliezers Tochter Yael das Supergehirn der Firma Kochem sind. Elmar war sich sicher, dass Rouven die Nummer in einem Jahr noch wusste.

„Chto vy khotite, pochemu vy zvonite? Was ist? Was willst du? Warum rufst du an?", bellte es aus dem Handy.

„Kokhemy so mnoy. Im nuzhny brillianty ot Dietmann. Die Kochems sind bei mir. Sie wollen die Diamanten von dem Dietmann."

„Pochemu vy uchastvovali v etom der´me? Idiot. Warum hast du dich auf diesen Mist eingelassen? Kto iz Kochemsov s vami? Wer von den Kochems ist bei dir?"

„Rouven", sprach Rouven ins Handy.

„Privet, gospodin Ruven Kokhem Proshu proshcheniya, chto sluchilos´. YA budu s vami cherez chas i privedu brillianty. Guten Tag Herr Rouven Kochem es tut mir leid, was passiert ist. Ich bin in einer Stunde bei Ihnen und bringe die Diamanten. Ya slyshal ob etom ran she. Vy mozhete mne doveryat´. Ya ne isporchu yego s vashim dorogim ottsom. Ich habe von der Sache erst vorher erfahren. Sie können mir vertrauen. Ich werde es mir mit Ihrem geehrten Herrn Vater nicht verderben."

Damit war die Verbindung unterbrochen. Rouven übersetzte für Elmar und Gregori. Beiden blieb der Mund offen stehen. Sie sahen sich an und es wurde ihnen klar, in welche Sache sie sich beziehungsweise Elmar sich eingekauft hatte.

Rouven sagte: „Wir müssen zur Vorsicht hier raus. Uljanitsch behauptet zwar, es gut mit meinem Vater zu können, aber ich kenne ihn nicht. Ich habe vorher gesehen, dass neben diesem Haus noch einige Gebäude stehen. Aus einem davon können wir den Hof und das Haus überwachen. Also los, gehen wir dort hinüber. Die beiden die Elmar gebracht haben nehmen wir mit. Krassin, Sie kommen auch mit!"

Sie wechselten in das andere Gebäude. Den Fahrer und den Beifahrer sperrten sie in dem Schuppen in den Keller in zwei getrennte Räume. Der Beifahrer war ruhig und ging willig in den Raum. Der Fahrer, der vorher schon versucht hatte, Rouven anzugreifen, protestierte lauthals: „Chto eto? Ya prosto sdelal etu rabotu i privel syuda nemtsev. Was soll das? Ich habe nur den Auftrag ausgeführt und den Deutschen hierhergebracht."

Aber niemand gab ihm eine Antwort, selbst Krassin nicht, der ihn angeblich beauftragt hatte.

Im Eingangsbereich des Gebäudes war ein größerer Raum. Dort machten sie es sich so gut es ging gemütlich. Es war recht kühl. Rouven holte für Elmar, Gregori, Aaron und sich Stühle und Decken. Krassin sollte stehen. Niemand hatte Lust zu sprechen. Nur Gregori sagte einmal: „Ihr seid aber sehr vorsichtig. Glaubt ihr wirklich, der kommt, um uns anzugreifen? Und was ist, wenn er mit mehreren kommt, was sollen wir dann machen?"

Aaron antwortete: „Wir sind vorsichtig und den Rest sehen wir dann, wenn es so weit ist."

Neunundvierzig

Uljanitsch hat Kompetenz

Es dauerte keine Stunde, dann hörten sie einen Hubschrauber näher kommen. Über dem Gelände wurde er langsamer, dann senkte er sich in den Hof. Es stieg ein Mann aus, wie sich Elmar immer die alten Russen vorstellte, mindesten zwei Meter groß, breit wie ein Kleiderschrank, einen Pelzmantel über den Schultern und auf den Kopf eine Fellmütze. Gebückt lief er vom Hubschrauber weg in Richtung des Gebäudes, in dem das Büro von Krassin war.

„Ostanovites´ i prikhodite syuda! Ul´yanich priyezzhayet syuda. Pilot dolzhen vyklyuchit´ vertolet, i on dolzhen takzhe priyekhat´ syuda. Yesli kto-to yeshche nakhoditsya na vertolete, on tozhe dolzhen priyti. Halt, kommen Sie hierher! Herr Uljanitsch, kommen Sie her. Der Pilot soll den Hubschrauber ausschalten, aussteigen und soll ebenfalls hierherkommen. Wenn noch jemand im Hubschrauber ist, dann soll der auch kommen", rief Aaron.

Uljanitsch drehte sich zu dem Gebäude, in dem Aaron mit den Männern wartete. Dann schrie er zu dem Piloten, dass der den Hubschrauber ausstellen und dann aussteigen soll.

Der Pilot schaltete den Hubschrauben aus, stieg aus und kam mit Uljanitsch zu dem Eingang. Der Pilot trug eine Schachtel in beiden Händen.

„Wir sind unbewaffnet", rief Uljanitsch auf Deutsch.

Aaron und Rouven gingen auf den Hof, den beiden Ankömmlingen entgegen. Zuvor hatte Rouven Elmar die Pistole gegeben. Elmar stellte sich so, dass er sowohl Krassin als auch die Szene im Hof sicherte. Später erklärte Elmar, dass er und Gregori ziemlich besorgt waren, wie die Situation ausgehen würde.

Uljanitsch gab Aaron und Rouven die Hand und sagte: „Доброго времени суток господа. У меня с собой камни. Качество очень хорошее. Я прошу прощения, что некоторые идиоты здесь думали, что могут ограбить немцев. Guten Tag die Herren. Ich habe die Steine dabei. Es handelt sich um eine sehr gute Qualität. Ich entschuldige mich, dass hier einige Idioten dachten, sie könnten den Deutschen übers Ohr hauen."

„Guten Tag", sagte Aaron. „Okay, dann übernehmen wir die Steine und die Angelegenheit ist damit geklärt. Es soll nichts zwischen unseren Häusern sein. Ich erkenne sie jetzt Gaspodin Uljatschin. Sie waren schon mal bei uns in Eilat zu Gesprächen."

Währenddessen behielt Elmar den Hubschrauberpiloten und den Hubschrauber im Auge. Gregori achtete auf Krassin, der langsam nach draußen ging und folgte ihm. Der Hubschrauberpilot trug eine Schachtel mit zwei Händen, wie man normalerweise eine Torte trägt. Elmar befürchtete, dass dieser die Schachtel fällen lassen und dann zu einer Pistole greifen würde. Aber der Pilot blieb fünf Schritte schräg hinter Uljatschin stehen.

Uljatschin wechselte ins Deutsche und sagte mit einem harten Dialekt: „In der Schachtel sind die Diamanten. Ich übergebe sie wieder an Gaspodin Dietmann. Ist es so gut, Gaspodin Kochem?"

„Nein", sagte Aaron. „Der Pilot soll die Schachtel vor sich auf den Boden stellen, den Deckel abnehmen und dann zur Seite zu meinem Bruder gehen."

Der Chef der Diamantenhändler in diesem Gebiet sagte zum Piloten: „Stell die Schachtel vor dich hin, nimm den Deckel ab und gehe dann zu dem Blonden. Die haben Angst, dass wir eine Bombe da drin haben, also mach alles ganz vorsichtig. Polozhite korobku pered soboy, snimite kryshku, a zatem pereydite k blondinke. Oni boyatsya, chto u nas tam yest´ bomba, poetomu bud´te ostorozhny."

Langsam stellte der Pilot die Schachtel vor sich hin. Dann hob er den Deckel. Alle hielten den Atem an. Er legte den Deckel neben die Schachtel, richtete sich wieder auf und fasste an seine

Seite, wo noch eine Pistole war. Schnell brachte er sie in Anschlag auf Rouven.

Da rief auch schon Gregori, der sich im Büro eine Pistole geschnappt hatte: „Bros´te, ili vash boss umret! Lass fallen, sonst stirbt dein Chef!"

Uljjatschin rief: „Ne der´mo, oni ne bezvredny. Pomestite pistolet na zemlyu. Oni ne uchityvayut. YA khochu zhit´ dol´she. Mach keinen Scheiß, die sind nicht harmlos. Lege die Pistole auf den Boden. Die nehmen keine Rücksicht. Ich will noch länger leben."

Ganz schnell warf der Pilot seine Waffe vor Gregori.

Rouven nahm die Pistole auf. Dann befahl er dem Piloten, zu ihm zu kommen. Der Pilot ging zu Rouven. Der befahl ihm: „Turn around and stretch your hands backwards. Dreh dich um und strecke die Hände nach hinten."

Der Pilot folgte der Aufforderung.

Rouven hatte anscheinend daran gedacht, einen Strick aus dem Schuppen mitzubringen. Damit band er dem Piloten die Hände nach hinten. Er war jedoch vorsichtig genug, darauf zu achten, dass dieser nicht mit einem Fuß nach hinten schlagen konnte. Dann befahl er ihm: „Lie down on your stomach. Leg dich auf den Bauch."

Auch das machte der Pilot.

„Dolzhen li ya tozhe lech´ na zhivot? Soll ich auch auf dem Bauch liegen?", fragte Uljatschin.

„Nein", antwortete Aaron. „Aber ich komme zu Ihnen und durchsuche Sie. Legen Sie bitte ihren Mantel ab."

„Aber es ist so kalt. Muss das sein? No eto tak kholodno. Eto dolzhno byt´?"

„Es ist nur kurz, ich bin schnell bei der Leibesvisitation. Eto prosto korotko, ya bystro v poiske tela", antwortete Aaron.

„Also gut, wenn sie darauf bestehen. Khorosho, yesli ty nastaivayesh", fügte sich Uljatschin. Dann nahm er vorsichtig den Mantel ab, legte ihn auf den Boden und streckte die Arme nach oben wie bei der Check in an den Flughäfen.

Aaron ging zu ihm und sagte: „Sie erlauben?" Dann tastete er Uljatschin fachmännisch ab. „Sind Sie bitte so freundlich und heben Ihr Hemd!"

Uljatschin knöpfte sein Hemd sogar auf und dann sagte er: „Teper´ etogo dostatochno. Mne stanovitsya kholodno. Das reicht jetzt. Mir wird kalt."

Aaron bedankte sich sehr höflich. „Gaspodin Uljatschin, das alles haben Sie den Leuten zu verdanken, die Dietmanns Diamanten klauen wollten. Gehen wir nach drinnen, der Pilot begleitet uns. Die beiden Entführer sind sicher eingesperrt. Je nachdem was sie, Gaspodin Uljatschin, uns für unsere Umstände bezahlen, übergeben wir die Männer ihnen oder rufen die Polizei. Wir sind seriöse Geschäftsleute, die bei einem Auftrag betrogen werden sollten. Ich weiß nicht, welche Verbindung Sie zum Generalgouverneur haben, aber wir hatten ihn schon öfters zu Besuch."

Aaron lächelte ihn an und dann begannen die Verhandlungen. Rouven machte Uljatschin klar, dass sie keine Diamanten mit nach Israel nehmen wollten. Uljatschin bot dann 50 Millionen Dollar. Rouven erhöhte auf 75 Millionen. Sie einigten sich auf sechzig Millionen und den Hubschrauber bis zu einem Flughafen.

Rouven ging in den Schuppen, um zu überprüfen, ob die beiden Entführer sicher verwahrt waren. Auf das Schimpfen von den beiden ging er gar nicht ein. Doch zu dem Beifahrer, für den sie keine Handschellen mehr hatten, ging er hinein und band ihn mit einem Strick an einen Balken. Dann untersuchte er das Fahrzeug, mit dem sie Garner gebracht hatten und nahm die beiden Pistolen an sich. Er wunderte sich, dass die beiden so moderne Waffen hatten. Dabei handelte es sich um die neue Pistole des Kalaschnikow-Konzerns, die Lebedev PL14 (Пистолет Лебедева ПЛ-14 in kyrillischer Schrift) wurde für das Kaliber 9 mal 19 Millimeter entwickelt und war für Militär, Strafverfolgungsbehörden, private Sicherheitsunternehmen und zivile Kunden entwickelt worden. Bis vor Kurzem befand sich die neue Pistole PL14 noch in der Prototypenphase. Er ging dann zu den anderen in das Büro von Krassin. Da alle schon einen

Stuhl gefunden hatten und keiner mehr frei war, blieb er an der Tür stehen.

„Was soll nun werden Gaspodin Kochem? Wir sollten zu einem guten Geschäft kommen. Es war blöde von dem Kerl Krassin, hier den Beauftragten von Gaspodin Dietmann mit Gewalt hierher bringen zu lassen. Wir wollen uns nochmals dafür entschuldigen, dass beide Mitarbeiter von Krassin sich so danebenbenommen haben. Selbstverständlich sind wir bereit, diesen Fehler auch bei dem Preis für die Diamanten zu berücksichtigen", erklärte gerade Uljanitsch, merkwürdigerweise diesmal in einem fast akzentfreien Deutsch, als ein Fahrzeug in den Hof fuhr.

Fünfzig

Noch ein Kunde will die Diamanten

Rouven ging nach draußen und sah, dass zwei sehr vornehm bekleidete Herren in dunklen Anzügen mit blütenweißem Hemd und dunklen Krawatten das Auto verließen. Dabei handelte es sich um ein Auto der Marke Kortezh, 600 PS und so teuer wie ein Rolls Royce. Die Nobelkarosse soll in Zusammenarbeit mit Porsche entstanden sein. Beide hatten kurze Haare, ein schmales Gesicht, in dem die Augen leicht geschrägt waren, was auf mongolische Vorfahren deutete. Die vollen Lippen offenbarten weiße regelmäßige Zähne, als sie dies zu einem schauspielreifen Lächeln öffneten. Ihre durchtrainierten Körper verrieten jedoch, dass sie nicht nur mit einem Lächeln jemanden überwinden konnten, obwohl sie nur mittelgroß waren.

„My khotim Krassina. On tam? Wir wollen zu Krassin, ist er da?"

„Chego vy khotite ot Krassina? Was wollen sie von Krassin?"

„Eto ne tvoye delo, - govoryu ya yemu. Das geht dich nichts an, das sage ich ihm selbst", sagte die schlanke, ziemlich große Frau sehr energisch als sie ganz aus dem Auto entstiegen war.

„Krassin nakhoditsya na ochen' vazhnoy vstreche. Kak vy mozhete videt', gost' dazhe prikhodit na vertolete. Poetomu on,

173

po krayney mere, tak zhe vazhen, kak i vy krasivy. Krassin ist in einer sehr wichtigen Besprechung. Wie du siehst, kommt der Gast sogar mit einem Hubschrauber. Also ist er mindestens so wichtig, wie du schön bist", entgegnete Rouven.

„Eto Ul'yachin? Ist das Uljatschin?", fragte einer der Bodyguards nach.

„Eto chto-to dlya vas? Vykhodite i vozvrashchaytes' zavtra. „Geht das dich was an? Hau ab und komm morgen wieder", provozierte Rouven die wirklich gutaussehende und sehr selbstsichere Frau und die Jungs, und bevor sie auf dumme Gedanken kommen konnten, zog er die Pistole und richtete sie auf die Frau. „Yesli ty ne ischeznesh', ya nemnogo pomogu tebe. Wenn Ihr nicht verschwindet, helfe ich mit der ein bisschen nach."

„Skazhi Ul'yanichu, chto Verena Kempan khochet pogovorit' s nim. Sag Uljanitsch, dass Verena Kempan ihn sprechen will."

„Podozhdite i ne dvigaytes. Wartet und rührt euch nicht vom Fleck."

Drinnen hörte man jedes Wort.

Aaron fragte Uljanitsch: „Wer ist das?"

„Eine Kollegin von uns. Sehr gut im Geschäft. Die kann Ihnen sicher die 75 Millionen Euro in die Hand zahlen", antwortete Uljanitsch.

„Okay, Gaspodin Uljanitsch, dann gehen wir nach draußen und laden die Dame ein. Die Herren der Dame schicken wir zurück. Aber davor sollen sie uns ihre Artillerie abliefern", entschied Aaron.

Und dann gingen sie zu der Tür. Uljanitsch vorne und Aaron hinter ihm.

„Privet, Verena! Guten Tag Verena!", begrüßte Uljanitsch die russische Lady.

„Privet, Gaspodin Ul'yanich. U vas yest' trudnosti. Guten Tag, Gaspodin Uljanitsch. Haben Sie Schwierigkeiten?", fragte die Kempan.

„Net, net, tol'ko Krassin postavil nas v trudnoye polozheniye. Nein, nein, nur Krassin hat uns in eine schwierige Lage gebracht", antwortete Uljanitsch freundlich lächelnd.

Da trat Aaron nach vorne, die Pistole locker in der Hand nach unten. „Privet, missis Kempan, yesli vy soglasites', my otpravim vashikh telokhraniteley, i my pogovorim. Ya Aaron Kokhem. Guten Tag Frau Kempan, wenn Sie einverstanden sind, schicken wir Ihre Bodyguards wieder weg und wir unterhalten uns. Ich bin Aaron Kochem."

„Pochemu ya dolzhen prinimat' vashe priglasheniye? My takzhe mozhem vernut'sya i rasskazat' personalu g-na Ul'yanicha o tom, chto u nego problemy. Warum sollte ich auf Ihre Einladung eingehen? Wir können auch zurückfahren und den Mitarbeitern von Herrn Uljanitsch sagen, dass er in Schwierigkeiten steckt."

„Verena, ne tak zharko. Eti staryye parni Kokhema vyglyadyat kak para molodykh l'vov, nachinayushchikh v pervyy raz, no oni khorosho ladyat i prosto krupnyy biznes. Kak ya uzhe skazal, tol'ko u Krassina glupo byli yego sotrudniki ne na zabore. Tak chto idi i dogovoris' s nami. Verena, nicht so hitzig. Diese Jungs vom alten Kochem sehen zwar aus wie ein paar junge Löwen, die zum ersten Mal Ausgang haben, aber es geht hier ganz manierlich zu und nur um ein großes Geschäft. Wie gesagt, nur Krassin hat blödsinnigerweise seine Mitarbeiter nicht im Zaun gehabt. Also komm herein und verhandle mit uns", versuchte Uljanitsch zu entschärfen.

Aaron lächelte dann alle an und sagte: „Konechno, my bol'she ne mozhem otpravit' etikh parney. Moi lordy khoteli by, chtoby ikh artilleriya. V komnate khraneniya yest' yeshche dve komnaty. V lyubom sluchaye, otstupite ot etikh super saney, kotoryye vash prezident tozhe lyubit. Aber die Jungs können wir natürlich nicht mehr wegschicken. Meine Herrn, wir hätten gerne ihre Artillerie. Im Lagerraum hat es noch zwei Zimmerchen. Also, so oder so, treten sie ein paar Schritte weg von diesem Superschlitten, den auch euer Präsident liebt."

Der Eingang zu dem Büro von Krassin war über eine Galerie zu erreichen. Darum standen die beiden Kochems und Uljanitsch erhöht und konnten die Lage gut übersehen. Es war deutlich die angespannte Lage zu spüren. Alles lag an der Entscheidung von Verena Kempan. Dann sagte diese gelassen: „Khorosho, rebyata, postav´te ruzh´ye Euro na kapot, no ne potsarapayte ikh, inache ya snimu pereplanirovku vashey zarplaty. I pust´ vas zakroyut na korotkoye vremya. Eto, navernoye, ochen´ mnogo. Yesli g-n Ul´yanich okhotno prisoyedinyayetsya k etomu. Also gut Jungs, legte eure Waffen auf die Motorhaube, aber verkratzt sie ja nicht sonst, ziehe ich die Neulackierung von eurem Gehalt ab. Und lasst euch eine kurze Zeit einsperren. Es geht wahrscheinlich um ein ganz großes Geschäft. Wenn Herr Uljanitsch da so willig mitmacht."

Die beiden griffen langsam nach hinten und holten ihre Pistolen heraus. Ganz ruhig legten sie diese auf die Motorhaube und traten dann einige Schritte vom Auto weg. Rouven ging nach unten, immer die Waffe auf die beiden gerichtet und winkte sie zu der Lagerhalle. Dort ließ er sie nacheinander die Tür jeweils zu einem anderen Raum öffnen. Anschließend verschloss er die Türen und ging zurück zum Büro.

Dort hatte bereits Verena Kempan Platz genommen und Uljanitsch hatte ihr erklärt, was vorgefallen war und worum es ging. Elmar und Gregori staunten, was jetzt für ein Besuch Platz genommen hatte.

„Mogu li ya uvidet´ tovar odin raz? Kann ich die Ware einmal sehen?", bat die Kempan.

Roul holte die Schachtel mit den Rohdiamanten und öffnete den Deckel. Garner ging hinzu und besah sich die Steine. Dann ging auch Verena Kempan zu der Schachtel. Sie griff hinein, holte sich einen Stein heraus. Dann griff sie in ihre Jacke. Gregori richtete nervös die Waffe auf sie.

Lachend sagte sie: „Prosto ne volnuysya, ya prosto poluchu svoy uvelichitel´nyy stakan. Vy vladelets kamney? Yesli vy dobry, ya mogu predlozhit´ vam khorosheye predlozheniye. Podumayte, chto vy khotite dlya etog. Nur keine Aufregung, ich hole nur meine Lupe. Sind Sie der Besitzer der Steine? Wenn sie gut sind, kann ich Ihnen auch ein gutes Angebot machen. Überlegen Sie schon mal, was sie dafür wollen."

Uljanitsch grinste: „Verena, ty nedootsenivayesh´ situatsiyu. Kokhemy i te, kto vladeyet kamnyami, yavlyayutsya nastoyashchimi professionalami. Tak chto sdelayte khorosheye predlozheniye. Verena du verkennst die Situation. Die Kochems und auch die beiden, denen die Steine gehören, sind wirkliche Profis. Also mach ein gutes Angebot."

„Itak, davayte sdelayem eto korotko, my khotim 60 millionov yevro i vertolet. Gaspodon Ul'yanich snova mozhet zabrat' yego v Izraile. Also machen wir es kurz, wir wollen 60 Millionen Euro und den Hubschrauber. Den kann sich Gaspodin Uljanitsch in Israel wieder abholen", sagte Roul. „My rady dovesti ikh do millionov, ili luchshe, my ostanemsya zdes', poka syuda ne pridut milliony. Wir bringen Sie gerne zu Ihren Millionen, oder besser wir bleiben hier, bis die Millionen hierher gebracht werden."

„Shest'desyat millionov - eto slishkom mnogo, ya predlagayu Tridtsat. 60 Millionen sind zu viel, ich biete dreißig", sagte die Kempan ganz schnell.

„Ladno, my uletayem, Ul'yanich vertolet ATE SuperHind Mk.III Rostoverol' mozhet letat' Aaron, konechno, my berem v lyubom sluchaye iz-za pokhishcheniya nashikh druzey. Okay, brechen wir ab, Uljanitsch, den Hubschrauber ATE SuperHind Mk.III, kann Aaron auch fliegen, den nehmen wir natürlich auf jeden Fall mit, wegen der Entführung unserer Freunde", drohte Roul, der anscheinend jetzt die Verhandlung übernommen hatte.

„Stop, ya predlagayu pyat'desyat millionov, kak obsuzhdalos' raneye. YA znayu, ya mogu doveryat' im, i oni mne doveryayut. V kontse kontsov, yeye otets i ya uzhe davno yavlyayemsya delovymi partnerami. Mne nravitsya odolzhit' vam vertolet. Oni vozvrashchayutsya v Izrail', berut dvukh nemtsev, a zatem privezut ikh v Germaniyu. Poka oni ne nakhodyatsya v Germanii, u nikh ikh pyat'desyat millionov na izvestnom mne schete. Halt, ich biete 50 Millionen, wie vorher schon besprochen. Ich weiß, ich kann Ihnen vertrauen und Sie vertrauen mir. Schließlich sind ihr Herr Vater und ich schon lange Geschäftspartner. Den Hubschrauber leihe ich Ihnen gerne. Sie fliegen zurück nach Israel, nehmen die beiden Deutschen mit und bringen sie dann nach Deutschland. Bis die in Deutschland sind, haben Sie ihre 50 Millionen auf dem mir bekannten Konto", bremste Uljanitsch.

Elmar verstand nicht, was die beiden verhandelten und warum alles in Russisch gesprochen wurde. Er wandte sich an Roul: „Was ist los? Warum sprecht ihr alle jetzt Russisch? Und was soll ich in Deutschland?"

„Wie komme ich nach Hause?", fragte Gregori.

„Stimmt", räumte Roul ein. „Also keine Sorge, wir bringen dich, Gregori, auch nach Hause."

„YA ne mogu prinyat´ resheniye o vertolete, no ya by tozhe soglasilsya s pyat´yudesyat´yu millionami. Ich kann nicht über den Hubschrauber bestimmen, aber mit 50 Millionen wäre ich auch einverstanden", meldete sich Verena Kempan.

„Slishkom pozdno. Delo s Gospodinom Ul´yanichem ya sochuvstvuyu. My khoteli by sdelat´ biznes vmeste v drugoy raz. Yesli Gaspodin Ul´yanich ruchayetsya za nego. Zu spät. Das Geschäft mit Gaspodin Uljanitsch ist mir sympathischer. Gerne machen wir ein anderes Mal ein Geschäft zusammen, wenn Gaspodin Uljanitsch dafür bürgt", entschied Roul den Deal. „Müssen wir den Vertrag schriftlich machen oder genügt wie bisher ein Handschlag?", sprach Roul bewusst Uljanitsch in Deutsch an.

„Mir genügt ein Handschlag und ich weiß, ich kann auch bei Ihnen auf einen Handschlag vertrauen."

„Chto proiskhodit, pochemu ya ne v biznese. Was ist los, warum bin ich aus dem Geschäft?", fragte die Kempan ganz hektisch.

„Eto prosto potomu, chto na etot raz on luchshe podkhodit. My davno znayem Gaspodina Ul´yanicha. Es ist nur, weil es sich diesmal besser fügt. Wir kennen Gaspodin Uljanitsch schon sehr lange, obwohl wir ihn noch nicht persönlich begrüßen konnten", antwortete Roul diesmal ganz freundlich mit einem breiten Lächeln, das er sicher schon öfter bei Frauen überzeugend angewandt hatte.

„Zatem otpustite moikh dvukh sotrudnikov, i my ukhodim. Dann lassen Sie meine beiden Mitarbeiter raus und wir fahren ab", fauchte die Kempan enttäuscht.

„Eto ne tak bystro. Gospodin Ul´yanich, ty gotov zanimat´sya so mnoy biznesom. Zatem oni udarili menya po ruke, i my rasstalis´ kak druz´ya. Ganz so schnell geht es nicht. Gaspodin Uljanitsch, sind Sie bereit, mit mir das Geschäft zu machen? Dann schlagen Sie in meine Hand und wir trennen uns als Freunde", sprach diesmal Roul ganz feierlich.

Uljanitsch nahm die dargebotene Hand und war ebenso feierlich: „YA rad etomu delu. Bylo by polezno, yesli by vy vzyali pilota. On mog by srazu vernut´ vertolet. Ich freue mich über das Geschäft. Sinnvoll wäre es, wenn ihr den Piloten mitnehmen würdet. Er könnte dann gleich den Hubschrauber zurückbringen."

„Net, my etogo ne khotim. My ne khotim, chtoby pilot videl, kak my uyezzhayem iz strany. Nein, das wollen wir nicht. Wir wollen nicht, dass der Pilot sieht, wie wir das Land verlassen", entgegnete Roul.

Aaron sagte: „Ich wollte schon immer mal einen MK fliegen."

Roul ordnete weiter an: „Wir steigen jetzt alle in den Hubschrauber und verschwinden. Gaspodin Uljanitsch, bitte sorgen Sie dafür, dass uns keine Kampfjets runterholen. Ich freue mich über den guten Ausgang unseres Geschäftes. Ich wünsche Ihnen ein langes, gesundes Leben. Bitte besuchen Sie uns in Israel oder in Paris. Sie sind uns immer herzlich willkommen. My berem s soboy igrushki lyudey. Uvazhayemaya gospozha Kempan, vas tozhe privetstvuyut. My budem rady obratit´sya k vam, kogda u nas snova budet biznes. Die Spielzeuge der Leute nehmen wir mit. Uvazhayemaya gospozha Kempan, vy tozhe mozhete prisoyedinit´sya k nam, i my budem rady svyazat´sya s vami, kogda u nas snova budet biznes. Liebe Frau Kempan, auch Sie sind herzlich willkommen. Gern wenden wir uns an Sie, wenn wir wieder ein Geschäft haben", wechselte er ins Russische. Dann in Deutsch an die Gruppe: „Also Leute, gehen wir. Elmar verabschiede dich von den Steinen. Das Geld geht dir in ein paar Tagen zu. Do svidaniya, moya gospozha i gospoda. Auf Wiedersehen. Meine Dame und meine Herren."

Dann wandte er sich gemessenen Schrittes dem Ausgang zu. Als die Kochems und Elmar und Gregori draußen waren, schloss er die Tür mit dem Schlüssel und ging dann zu dem

Hubschrauber. Er scheuchte alle in den Hubschrauber, schickte Aaron auf den Pilotensitz, er selbst setzte sich daneben. Aaron startete den Motor und dann hob der Hubschrauber langsam ab. Nachdem sie über den Gebäuden weg waren, öffnete Roul das Fenster und ließ etwas nach unten fallen.

„Was war das?", fragte Aaron.

„Die Schlüssel", grinste Roul.

Einundfünfzig

Flug nach Altan in Kasachstan

Dann wandte sich Aaron über dem Bordlautsprecher an seine Passagiere. „Wir fliegen nach Kasachstan. Kurz vor der Grenze parken wir den Hubschrauber an der Eisenbahnlinie in der Nähe eines Bahnhofs. Von dort fahren Elmar und Gregori mit dem Zug nach Moskau. Wir Kochems fliegen mit dem Hubschrauber weiter nach Astana und fliegen von dort nach Jerusalem. Im Tank ist genügend Sprit, dass wir nach Kasachstan kommen. Setzt die Kopfhörer auf, dann ist es nicht so laut, wir sind einige Stunden unterwegs. Nachdem ich jetzt die Karte studiert habe, werden wir doch erst nach der Grenze landen. Das bedeutet fast drei Stunden Flug. Aber wir müssen damit rechnen, dass wir wahrgenommen werden. Der Anteil der russischstämmigen Einwohner ist im Norden Kasachstans höher als andernorts. Aber eine Nebenlinie der Transsibirischen Eisenbahn hält in Krasnoryaskiy. Nur ganz in der Nähe zum Bahnhof können wir nicht landen. Onkel Elmar kannst du zehn Kilometer zu Fuß gehen?"

„Aaron, ich wandere fast jede Woche ungefähr zehn Kilometer, um einigermaßen fit zu bleiben."

„Das ist gut, falls es nicht mehr geht, tragen wir Kochems dich."

Elmar sagte dann: „Hört mal, ich finde es besser, wir fliegen alle in die Hauptstadt Astana. Wenn der Heli soweit fliegt, wäre dies doch das Beste. Gregori und ich fliegen dann nach Moskau und ihr nach Jerusalem."

„Okay, die Idee ist nicht schlecht. Ich glaube, der Hubschrauber fliegt soweit. Dann sind wir aber fast fünf Stunden unterwegs. Vielleicht schafft der Vogel das auch früher", antwortete ihr Pilot.

Der Vogel schaffte das dann aber doch nicht so weit. Bei dem niedrigen Flug verbrauchte er mehr Treibstoff als die Fünf das gehofft hatten. Aaron meldete sich: „Hört her, wir schaffen das nicht bis Astana. Wenn wir Pech haben, müssen wir mit Fallschirmen aussteigen. Sind da welche im hinteren Raum. Seid ihr alle schon mal gesprungen. Wir müssen tanken. Ich hoffe wir schaffen das bis Qostanai."

Elmar sagte zaghaft: „Ich bin noch nicht gesprungen. Vieles habe ich schon gemacht, aber gesprungen bin ich noch nicht."

„Macht gar nichts", sagte Gregori. „Ich bin schon über Afghanistan gesprungen und habe auch schon mal zusammen mit einem anderen den Sprung machen müssen. Das geht sehr gut. Ich nehme dich huckepack."

„Rouven kannst du mal rauskriegen, ob einer unserer Leute dort für uns Treibstoff besorgen kann. Wir müssen dort landen", meldete sich Aaron wieder.

„Es gibt dort einen Omanjoff", sagte Rouven und setzte sich mit Omjanofff in Verbindung. „Da, mister Oman´ov. Zdes´ gotovyat Ruuven. My yedem na vertolete i dolzhny prizemlit´sya v Kostanay. Nam nuzhno toplivo. Gde aeroport. Ja Herr Omanjoff. Hier ist Rouven Kochem. Wir sind mit einem Hubschrauben unterwegs und müssen in Qostanai zwischenlanden. Wir brauchen Sprit. Wo ist der Flughafen?"

„On nakhoditsya na zapade goroda. Khorosho spasibo. Er ist im Westen der Stadt."

„Oni zabotyatsya o razreshenii na zemlyu i o toplive. Spasibo. Gut. Danke. Bitte kümmern Sie sich um die Landeerlaubnis und Treibstoff. Danke."

„Also es ist nicht mehr so weit. Können wir das schaffen?", fragte Rouven dann Aaron.

„Wir müssen es probieren", antwortete Aaron.

Nun hatten sie bange Minuten, die gefühlte Stunden waren.

Nach einiger Zeit rief Aaron: „Ich sehe den Flugplatz. Da am Rand stehen auch ein paar Hubschrauber. Dort setze ich den Vogel auf."

Kaum hatten sie den Boden berührt, als auch schon ein Tanker heranfuhr. Ein langer dürrer Mann mit einem langen Gesicht um das die langen Haare wie Spinnweben flogen, kam auf den Vogel gebückt zugelaufen. Unter der wuchtigen Nase war ein ebenso wuchtiger Schnurrbart. Rouven schwang sich hinaus und sie begannen, den Helikopter aufzutanken. Es dauerte genau fünfzehn Minuten bis Rouven wieder in den Hubschrauber kletterte.

„Also jetzt können wir weiterfliegen. Omanjoff holt die Landeerlaubnis in Astana für uns ein."

Der Anflug auf den Flughafen Astana war dann reibungslos. Sie stellten den Hubschrauber ab und die Kochems begleiteten Gregori und Elmar in die Abflughalle. Da sie kein Gepäck hatten, ging alles sehr schnell.

Zweiundfünfzig

Abschied von den Kochems und Warten auf den Flug nach Moskau

In der Halle schauten sie nach Fluglinien nach Moskau. Dann besorgte Roul die Flugscheine. Die Maschine nach Moskau flog als erste bereits in zwei Stunden. Die Kochems waren ganz gerührt, als sie sich von Elmar und Gregori verabschieden mussten.

Rouven sagte dann zu Elmar: „Ich habe mit unserem Vater telefoniert. Er hat festgestellt, dass die Diamanten einen größeren Ertrag gebracht haben und wir dir deshalb nochmals 10 Millionen Euro mehr überweisen. Reicht das dann, um die Klienten zufriedenstellen zu können, oder musst du nochmals Rohdiamanten einkaufen? Wenn ich richtig rechne, hast du dann mit den fünfzig Millionen von den Russen 130 Millionen auf dem Konto."

Elmar war richtig schwindelig und er hatte den Eindruck, Gregori konnte es auch kaum fassen.

„Also da könnte ich den Anlegern und der Bank das Geld zurückzahlen und hätte noch 10 Millionen übrig. Dann wäre für die Anleger auch noch ein Gewinn drin", überlegte Elmar.

„Elmar, vergiss nicht, dich und deine Mitarbeiter zu bezahlen!", warf Rouven ein.

„Ja, da hast du recht. An die muss ich auch denken", antwortete Elmar.

Es gab dann ein schnelles aber herzliches Auf Wiedersehen. Sie versprachen sich, dass sie sich alle in Paris treffen.

Im Flughafen sagte Elmar zu Gregori: „Wenn du Töchter in Frankreich hast, darf ich dich dann ganz indiskret fragen, hast du auch ein Konto in Frankreich?"

„Ja, aber da ist nicht viel drauf. Wir schicken immer wieder mal ein paar Rubel an Sofia, die Tochter, die ein Geschäft hat. Die zahlt das dann auf das Konto ein, und meistens ist dann sogar mehr darauf als wir geschickt haben. Der Rubel ist ja nicht mehr viel wert. Wir können dann in Paris einkaufen, ohne das Gefühl zu haben, den Mädchen auf der Tasche zu liegen. Warum fragst du?"

„Schau mal, Gregori, du bist mein Freund und in den Tagen hier in Russland hast du dich als gewiefter Geschäftsmann gezeigt. Sogar mit einer Pistole hast du auf uns aufgepasst. Wenn ich den Anlegern jeden zehn Prozent bezahle, was ich inzwischen für sehr nobel halte, dann bleiben mir drei Millionen Euro, nicht Rubel."

„Das ist wahrlich ein ganz schönes Sümmchen, aber eigentlich solltest du die 10 Millionen nehmen und es dir auch irgendwo gemütlich machen", warf Gregori ein.

„Wenn ich den Dietmann irgendwann treffen sollte, sei es hier auf Erden, oder im Himmel oder in der Hölle, dann schlag ich ihn zusammen. Aber ich glaube, der ist immer noch stärker als ich. Also werde ich den Herrschaften zehn Prozent überweisen und den Fond schließen. Die restlichen drei Millionen teilen wir auf. Jeder von uns bekommt eineinhalb Millionen in Euro."

„Du bist verrückt. Was soll ich mit so viel Geld? Irina nimmt das niemals an. Und denk an die Devisenvorschriften. Und wenn, dann musst du mindesten zwei Drittel bekommen und ich nur ein Drittel. Das wäre immer noch sehr viel", schnaufte Gregori.

„Gregori, bekomm mir jetzt nur keinen Herzinfarkt."

„Nein, aber wieso soll ich so viel Geld bekommen und was bekommen die Kochemsbrüder?"

„Die werden von ihrem Vater bezahlt. Von diesem Russland-deal wollten sie nichts haben. Der wäre mit dem gelieferten Abenteuer gut genug bezahlt. In ganz Israel läuft in den Kinos kein so interessanter Thriller wie sie hier erlebt haben und vielleicht machen sie mal einen Film daraus, meinten sie, als ich fragte, was ich für diese Rettung bezahlen müsse. Also bleibt es dabei. Ich werde den Kochems sagen, dass sie stückeln müssen. Je eineinhalb Millionen nach Paris und auf mein privates Konto in der Schweiz. Dann gehe ich in den Ruhestand. Ich denke, da kommt Roul mit den Bordkarten."

„Onkel Elmachem, hier sind eure Bordkarten. Wir haben den nächsten Flug nach Moskau gebucht. Er geht in eineinhalb Stunden. Wir haben keinen Anschlussflug für dich nach Stuttgart gebucht. Wir dachten, ihr würdet vielleicht noch ein oder zwei Glas Wodka in Moskau trinken. Auf unser Wohl und auf euren Erfolg. Gaspodin Gregori, Sie haben sich sehr tapfer geschlagen. Wahrscheinlich waren Sie mal in der Armee ein Offizier. Sie haben die Situation immer richtig eingeschätzt. Darf ich auch zu Ihnen Onkel Gregori sagen. Wir werden uns ja alle in Paris treffen. Und wie Sie sich hier in unser Team eingefügt haben, gehören Sie einfach zu unserer Familie."

„Dann sagen wir aber auch du zueinander. Wie das in einer Familie üblich ist. Ich freue mich schon auf das Wiedersehen in Paris. Dort habe ich zwei Töchter."

„Sind die noch frei?", fragte Rouven lachend.

„Nein, die sind schon verheiratet, und wie ich hoffe, sind die glücklich verheiratet, und ihre Männer sind Handballspieler."

„Oh, schade, Handballspieler sind nämlich alle sehr stark. Ich freue mich trotzdem, wenn wir uns alle in Paris wiedersehen.

Onkel Gregori komme gesund nach Moskau und sage deiner lieben Frau Grüße von uns. Du kannst ihr ruhig sagen, dass wir unser Leben dir verdanken. Wenn du den Piloten von Uljatschin nicht gestoppt hättest, wären wir nicht so gut weggekommen. Onkel Elmachem, komme gesund nach Stuttgart. Wir müssen unbedingt mal in Stuttgart mit unserem Papa vorbeikommen."

Dann nahm er Elmar und Gregori herzlich in die Arme und küsste sie auf beide Wangen.

„Wir freuen uns, euch wiederzusehen", sagten Gregori und Elmar unisono. Gregori gab Rouven dann widerstrebend die Kontonummer bei einer Pariser Bank. Rouven fragte noch, ob er Gregoris Frau Bescheid geben solle. Elmar meinte, es wäre vielleicht besser, wenn Rouven eine der Töchter Gregoris in Paris anrufen würde und diese dann Irina.

„So könnten irgendwelche Probleme vermieden werden. Daja ruft öfter bei Irina an. Wenn dir Gregori die Telefonnummer von Daja gibt, dann kann Daja Irina verständigen, wann wir in Moskau ankommen."

„Das ist eine gute Idee", bestätigte Rouven. „Das mache ich."

Nachdem er die Telefonnummer von Daja hatte, machte Rouven auf dem Absatz kehrt und war auch schon weg. Roul und Aaron hatten schon vorher die Abflughalle verlassen.

„Gregori hast du auch Hunger? Meinst du, wir kriegen hier vorher noch was zu essen?"

„Ich suche uns etwas. Bis du auf Russisch gesagt hast, was wir wollen, geht unser Flieger ohne uns."

Damit ließ er Elmar in der Halle stehen.

Nun gut, dachte sich Elmar, ich habe die Bordkarten. Aber bereits kurze Zeit später kam Gregori mit einer großen Tüte. Darin waren alle möglichen Köstlichkeiten Russlands oder auch Kasachstans. Sie setzten sich auf eine Bank und aßen, und zur Feier tranken sie abwechselnd aus einer Flasche Wodka und einer großen Flasche Mineralwasser. Dann wurde ihr Flug nach Moskau auch schon aufgerufen. Aber wie immer in solchen Situationen, verstand Elmar kein Wort und nur durch die Hilfe von Gregori wussten sie, wo sie hinmussten und wie sie in das Flugzeug fanden.

Dreiundfünfzig

Elmar in Moskau bei Irina und Gregori

In Moskau wurden sie tatsächlich von Irina erwartet. Sie umarmte beide gleichzeitig und küsste sie ab. „Vy dolzhny prinyat´ dush. Ty vonyayesh´. Prikhodite v mashinu. Ihr müsst duschen. Ihr stinkt. Kommt zum Auto."

Auf der Fahrt zur Datscha sprachen sie wenig. Dann hielt es Irina doch nicht mehr aus, und so fragte sie: „Skazhi, pochemu ty nazval Dadzhu. Bylo li eto opasno, chto vy sdelali. Sagt mal, warum habt ihr Daja anrufen lassen. War es gefährlich, was ihr angestellt habt?"

„Net, eto bylo ne ochen´ opasno, no vsegda luchshe byt´ ostorozhnym, kogda delayete takiye bol´shiye dela, kak eto delal Elmar. Nein, es war nicht sehr gefährlich, aber es ist immer besser, vorsichtig zu sein, bei so großen Geschäften, wie Elmar sie gemacht hat."

Nachdem sie in Gregoris Datscha geduscht hatten, gab es ein wunderbares Essen. Sauerampfersuppe mit Hühnerherzen und wachsweichem Ei gab es als Vorspeise. Als Hauptgang gab es Filet Stroganoff nach Moskauer Art. Dazu eine Schüssel Kartoffeln, und damit sie wirklich satt wurden, noch eine Schüssel voll Pelmeni. Dann gab es nach dem Wodka noch einen Nachtisch: Grießsoufflé mit lauwarmen Aprikosen und Himbeer-Zephir. Dazu hatte Irina einen Saperawi aus dem Nordkaukasus besorgt. Einen wirklich guten roten Tropfen. Von dem sie hinterher noch eine Flasche tranken.

Irina wollte dann, dass sie ihr die ganze Geschichte erzählten. Gerne kamen sie dem nach, wobei sie ´vergaßen´, alles gefährliche zu erwähnen. Elmar sagte dann zu Irina, dass sie jetzt einen reichen Mann hat.

„Gregori arbeitet bei Moskauer Stadtverwaltung. Die zahlen nicht so gut."

„Das ist wahrscheinlich so richtig", meinte Elmar. „Aber er hat ein großes Geschäft gemacht und er hat dabei eineinhalb Millionen verdient."

„Rubel?", fragte Irina zurück.

„Nein, richtig schöne Euro."

Nun überschlug sich Irina dabei, dass sie das nicht glauben, und wenn Elmar es ihnen gäbe, dann können sie das nicht annehmen.

„Eto ne srabotayet, my, rossiyane, ne dolzhny imet´ nikakikh inostrannykh deneg. Das geht nicht, wir Russen dürfen kein ausländisches Geld haben."

„Tol´ko u shishek. Nur die Bonzen", warf Gregori ein.

Elmar erinnerte daran, dass sie zwei Töchter habe und bis jetzt zwei Enkelkinder. „Die können es gut gebrauchen. Paris ist teuer."

Irina verlangte, dass Elmar zwei Millionen bekäme und sie nur eine. Um der Ruhe willen gab Elmar nach. Sie unterhielten sich auch noch ein wenig über Politik. Elmar fragte nach der Arbeitslosigkeit in Russland.

„Eigentlich haben wir nur eine sehr geringe Arbeitslosigkeit", sagte dann Gregori. „Es sind so etwa fünf bis sechs Prozent. Nur bei den Jugendlichen bis zwanzig Jahren ist sie hoch. Teilweise bis zu fünfundzwanzig bis dreißig Prozent. Wir haben ja eine interethnische Gesellschaft. Bei uns gibt es Slawen, Asiaten und auch Mitteleuropäer. Aber auch welche mit ausgesprochen semitischen Gesichtern. Teilweise werden diese Asiaten und Semiten bei uns diskriminiert. Das gibt aber niemand zu. Die neue Gesellschaft in Russland liebt Siegertypen und die sieht man hauptsächlich in den europäischen und slawischen Gesichtern. Übrigens ist mir aufgefallen, dass die jungen Männer von Kochems sehr nett sind und alle sehr europäisch wirken. Und die hätten in Russland auch Erfolg, da sie alle wie Sieger auftreten."

Elmar fragte nach, ob sie etwas über die neue Rakete wüssten, die angeblich bei Jekaterinburg stationiert sei.

Dann wechselte Irina das Thema: „Über Politik zu reden ist nicht gut. Sowohl hier als auch sonst. Es ist unhöflich, wenn eine Frau dabei ist. Lass uns über unsere Enkel reden. Das ist die Zukunft der Welt."

Also sprachen sie über Essen und Trinken und Reisen und über ihre Enkel und wurden bald müde und gingen ins Bett.

Am nächsten Tag fuhren Sie nach Moskau, kauften im Kaufhaus GUM, in der alten Arbat und auf dem Izmailovo Markt ein. Auf dem Flughafen buchten sie für den nächsten Tag für Elmar einen Flug nach Frankfurt.

„Es ist wie im Märchen", lachte Irina und umarmte Elmar, dass ihm fast die Luft wegblieb.

Für Irina und für Gregori kauften sie Kleidung und Elmar kleidete sich von Kopf bis Fuß im GUM neu ein und zog sich auch gleich um.

Vierundfünfzig

Elmar freut sich auf Stuttgart

Am nächsten Tag kam der unvermeidliche und deshalb umso herzlichere Abschied. Elmar bat darum, dass sie sich schon in der Datscha voneinander verabschieden sollten. Es würde ihn traurig machen, wenn sie sich am Flughafen verabschieden. „Hier kann ich zeigen, wie schwer es mir fällt von so guten Freunden Abschied zu nehmen. Am Flughafen wissen wir nicht, wer da alles ist und ob wir nicht beobachtet werden."

„Das heutige Russland ist nicht mehr so gefährlich wie unter den Sowjets", behauptete Gregori, „aber ich kann Dich verstehen."

Noch im Flughafen Frankfurt rief Elmar Lene an. Die wusste schon Bescheid. „Rouven hat angerufen. Irina rief anscheinend bei ihm in Paris an. Ich hole dich am Bahnhof ab. Fahre bitte mit dem Zug ab Frankfurt. Da kannst du schlafen und es dauert ja auch nicht so lange. Rouven meinte, du hättest mir viel zu erzählen."

Das Erzählen in Elmars und Lenes ´Datscha´ in Stuttgart dauerte dann tatsächlich recht lange. Lene berichtete von einem Anruf von Frau Schäberle. Anscheinend hat sie ein Mann von der Versicherung kontaktiert.

„War das ein Herr Hillrath?", fragte Elmar nach.

„Ja, ich glaube, den Namen hat sie genannt. Er trat so auf, als wäre er eine Art Polizist und sie solle ihm sagen, wo die Diamanten sind, die Herr Dietmann als gestohlen gemeldet hat. Geduldig hätte sie ihm erklärt, dass sie davon nichts wüsste. Weder dass Herr Dietmann Diamanten gestohlen gemeldet hatte, noch dass sie von Diamanten wusste. Da ließ sich Herr Dietmann nicht in die Karten schauen. Anscheinend zog dann dieser ominöse Herr wieder ab."

„Das ist nicht gut", meinte Elmar. „Ich habe jetzt genügend Geld zusammen, um den Fond aufzulösen und die Anleger auszuzahlen. Da wird dieser Hillrath sicher mutmaßen, dass ich die Diamanten gefunden habe. Ich kann ihm ja keine Rechnungen vorlegen."

„Doch das kannst du", unterbrach ihn Lene. „Du hast das Geld durch Beratertätigkeit bei Kochems erworben. Von Diamanten musst du gar nichts wissen."

„Das ist richtig", bestätigte Elmar. „Aber ich denke, wir könnten eine Flasche Champagner aufmachen. Schließlich sind wir jetzt reich."

„Na ja, übertreib es nicht. Eine Flasche Kessler Sekt tut es auch und den haben wir noch im Keller."

Also holte Elmar den Kessler Sekt brut und sie machten es sich für den Abend gemütlich.

Fünfundfünfzig

Garner klärt das Organisatorische

Am nächsten Tag fuhr er nach Reutlingen.

Frau Schäberle sah ihn erwartungsvoll an. „Sia scheined erfolgreich gwä sei. So wia Se schdraaled."

„Ja, Frau Schäberle, ich war erfolgreich, und jetzt geben sie mir bitte einen Überblick über unsere Vermögensverhältnisse."

„Also auf dem Firmenkonto hier bei der Volksbank Reitlinga send no Dreißigtausend. Wenn i mei Ghalt überweis und die Schteuern und die Krankakass dann hend ma no Vierundzwanzigtausend."

„Okay und auf dem Konto von den Fünfzigtausend, die Dietmann als Betriebskapital eingerichtet hat, sind noch Zwanzigtausend. Das sind zusammen Vierundvierzigtausend. Wenn sie Dreitausendfünfhundert netto bekommen sollen, benötigen wir 6464,84 brutto monatlich. Die Vierundvierzigtausend reichen dann ein wenig mehr als sieben Monate. Für acht Monate benötigen wir einundfünfzigtausendsiebenhundertachtzehn Euro und zweiundsiebzig Cent. Können Sie sich vorstellen, dass sie in acht Monaten wieder einen Job gefunden haben? Ich überweise Ihnen auf das Gehaltskonto noch achtundzwanzigtausend Euro. Dann hätten Sie für die nächsten acht Monate ein Nettogehalt von Dreitausendfünfhundert. Ich schlage vor, Sie verwalten das Konto wie jetzt besprochen. Sie sind die nächsten acht Monate noch angestellt. Sollten Sie keinen Job gefunden haben, dann überlegen wir weiter."

„Des is aber really schenerös. Und es gilt, wenn i nix gfunda han, dann helfet Se mia weidda.

„So haben wir das jetzt besprochen. Jetzt sollten Sie mir aber die einzelnen Anleger auflisten, mit ihren Einlagen und ihren Kontonummern. Alle bekommen acht Prozent Zinsen. Das ist ein ganz schöner Gewinn. Wenn Sie die Liste fertig haben, schicken wir die Liste auf ein Konto in der Schweiz, das ich ihnen noch nennen werde, die sollen dann die einzelnen Beträge auf die Konten der Anleger überweisen. Davor schreiben wir den Anlegern aber, dass wir in der Lage sind, ihnen zehn Prozent Zuwachs zu gewähren und dass wir damit den Fond auflösen. Dann gibt es für sie noch einen Bonus. Frau Schäberle, wenn Sie in der Schweiz ein Konto haben oder wenn Sie bisher keines haben, wenn Sie eines anlegen, dann überweise ich Ihnen noch fünfzigtausend Euro als Starthilfe."

„Boah, des isch aber echt protzig. Da sag i dankschö."

„Ich fahre jetzt nach Bad Urach und höre mich mal um, ob inzwischen irgendjemand etwas von Dietmann gehört hat. Also bis später."

Sechsundfünfzig

Gibt es doch eine Spur von Dietmann

Heute hatte Elmar den Golf seiner Frau in der Tiefgarage geparkt. Sodass er in einer halben Stunde in Bad Urach war. Wie fast jedes Mal, ging er am Marktplatz ins BeckaBeck. Es war wie abgesprochen, Roman Zeithart und Wilfried Schlotterbeck saßen an einem Tisch bei Kaffee und Kuchen. Elmar sagte zur Bedienung, dass er gerne einen Kaffee und eine Schwarzwälder Kirschtorte hätte.

„Na, schaust au mal wieder rei?, fragte Roman Zeithart.

„Ja, ich habe mich gefragt, ob es was Neues gibt!"

„Des isch aber gladd, mia hend geschdern ghörd, dass da Neff da Dietmann in Südafrika gsea hod. Da Neff war nemlich in Südafrika. Im Urlaub", erzählte Wilfried.

„Und", fragte Elmar weiter, „hat er ihn gesprochen und gefragt, warum er abgehauen ist?"

„Ha, noi, des kaschd doch nemand fraga, wennd nach langa Zeit wieda sieschd. Aber se hend mideinanda gschwätzt. Wia so ghot und so. Da Dictmann soll gseid han, dass er da Reinhard wäa. Aba da Neff hots eam ned glaubd. Und da isch da Dietma oifach ganga."

„Gegen Dietmann liegt doch eine Strafanzeige vor", sagte Elmar. „Hat der Neff dem Feil von der Begegnung berichtet?"

„Ha des wois i ned. Aber des is a intressanter Aspekt. Des müaßd der doch wissa", ließ sich Zeithart vernehmen. „Aber i glaub des hod eahm koiner gseid."

Dann waren sie eine Weile still.

„Wisst ihr was?", unterbrach Elmar ihr Sinnieren. „Wenn ihr mir sagt wo, der Neff wohnt, dann besuche ich den und der soll mir das Ganze noch mal erzählen und dann gehe ich zum Feil, der ist doch Polizeichef vom Kreis Reutlingen."

„Des isch der mal gwäa", warf Wilfried ein. „Der ka dir nemme helfa."

Trotzdem wollte Elmar sich von Neff direkt berichten lassen. Er bezahlte und ging, nachdem ihm Wilfried die Adresse gesagt hatte.

Neff war nicht mit Elmar in einer Schule, der ging schon früher ab auf das Progymnasium und dann nach Metzingen auf das Gymnasium. Aber Sie trafen sich hin und wieder bei einer Party oder wenn in Bad Urach ein Fest war. Neff wohnte in der Straße am Forst. Elmar überlegte kurz, mit dem Auto Richtung Dettingen zu fahren, aber dann hatte er die Idee, dass ihm eine kleine Wanderung doch guttun würde. So humpelte er langsam Richtung Dettingen. Es war jedes Mal eine schöne Erfahrung, dass nach wenigen entspannten Schritten das Gehen wieder leichter fiel und das Hinken kaum noch zu erkennen war. Er ging hinter der Firma Magura vorbei, durch das Wohngebiet. In der Schillerstraße hatte seine Familie gewohnt. Vor dem Haus von Neff stand ein Mercedes 600. Elmar bewunderte das gepflegte Mehrfamilienhaus. Überhaupt gab es in diesen Straßen, in die er vom Marktplatz aus spazierte viele SUVs und die großen Marken. Nachdem Elmar inzwischen Millionär war, beneidete er die Besitzer nicht mehr. Er klingelte und als sich ein Herr in seinem Alter an der Haustüre zeigte, rief er ihm zu: „Ich bin Elmar Garner, Sie haben anscheinend Herrn Dietmann in Südafrika getroffen. Ich hätte da noch ein paar Fragen.“

„Du bist der Pechvogel, den Dietmann in diese Bredouille brachte. Ich erinnere mich an dich. Ich bin dafür, dass wir uns duzen. Komm rein, dann trinken wir ein Glas Wein zusammen und ich erzähle dir die Geschichte.“

Und Neff erzählte Elmar die Geschichte noch etwas ausführlicher, als dies seine Freunde schon getan hatten. „Tja so war es, und was willst du jetzt machen?“

„Eine Adresse in Pretoria hast du nicht ausfindig machen können?“, fragte Elmar nach.

Neff verneinte, und als Elmar sein Glas leer hatte, bedankte er sich und verabschiedete sich. Neff brachte ihn zur Tür, und als er bemerkte, dass Elmar humpelte, bot er ihm an, ihn zum Marktplatz zu fahren. Elmar hatte keine Skrupel zuzustimmen und es war ihm ausnahmsweise recht, die Strecke nicht noch mal laufen zu müssen. Im Auto versuchte Elmar, noch etwas mehr über das Zusammentreffen mit Dietmann oder seinem Bruder zu erfahren.

Neff erzählte: „Ich kam in eine Bar und da hatte ich den Eindruck, da sitzt einer an der Theke, den ich kenne. Als ein Platz neben ihm frei wurde, setzte ich mich neben ihn. Anfangs reagierte er gar nicht darauf. Dann schaute er in meine Richtung und fragte, ob wir uns kennen würden. Ich sagte ihm dann, dass ich glaubte, dass er Dirk Dietmann sei. Das verneinte er lachend und meinte, dass ihm das öfter passieren würde. Woher ich denn seinen Bruder kennen würde." Und Neff sagte Dietmann dann, dass er auch aus Urach wäre und dass er Neff heißen würde. „Dietmann tat, so als ob er nachdenken würde, und sagte dann, das täte ihm leid, aber er könne sich an keinen Neff erinnern. Er wäre schon lange von Bad Urach weg. Dann tat er so, als ob er zufällig auf seiner Armbanduhr erkannt hätte, dass er jetzt gehen müsse, er habe noch eine Verabredung. Er warf dann einen Geldschein dem Keeper zu und lächelte mich an und sagte, dass ich schöne Grüße an Bad Urach ausrichten solle. Und das war es dann auch schon."

„Vielen Dank", sagte Elmar. „Für die Fahrt und für den Bericht. Ich glaube, ich muss wohl selbst mal nach Südafrika. Vielleicht nehme ich einen Privatdetektiv, um die Adresse ausfindig zu machen."

„Das ist keine schlechte Idee", meinte Neff, „ich wünsche dir viel Erfolg. Schließlich sitzt du ja auf einigen Millionen Schulden, wenn es wahr ist, was man so hört."

Elmar, kommentierte den letzten Satz nicht, bedankte sich und schlappte zum BeckaBeck und freute sich, dass seine beiden ehemaligen Schulkameraden noch da waren. Elmar lud Roman Zeithart und Wilfried Schlotterbeck zu einer Flasche Wein ein, er selbst trank jedoch Mineralwasser. „Ich bin heute mit dem Auto meiner Frau unterwegs." Dann verabschiedete er sich.

Siebenundfünfzig

Elmar verteilt Geld

Zu Hause in Stuttgart, in seinem gemütlichen Einfamilienhaus, rief Elmar in Israel an und bekam Eliezer Kochem an den Apparat. Er bedankte sich nochmals für die Hilfe seiner Söhne.

„Aber Elmachem, wir sind Brüder, und Brüder helfen sich. Warum rufst du mich an, hast du einen Termin, wann wir uns alle in Paris treffen?"

„Leider noch nicht Eliezer, aber ich wollte dich um einen Gefallen bitten. Habt ihr die 60 Millionen schon überwiesen?"

„Ich glaube nicht, aber ich werde das gleich nachprüfen und veranlassen."

„Langsam Eliezer, meine Bitte ist, dass ihr die Millionen über ein arabisches Konto von einem saudi-arabischen Auftraggeber überweist. Und zwar auf folgendes Konto bei der Deutschen Bank in Reutlingen *********. Und ich bitte dich, dass du 71,5 Millionen Euro überweist. Keine Sorge, ich bin nicht unverschämt geworden. Ich werde auf euer Konto an der Leumi Bank die fehlenden 11,5 Millionen von der Rütli Bank überweisen. Es geht darum, dass ich gegenüber den Anlegern des Fonds glaubhaft machen kann, dass ich ein Geschäft mit einer Firma in Saudi-Arabien gemacht habe, wodurch ich die 71,5 Millionen Euro erworben habe. Das ist der Betrag, mit dem ich den Fonds dann schließen kann."

„Elmachem, das machen wir gerne. Dann brauchst du dich nicht mehr auf so Abenteuer einlassen. Du bist ja auch nicht mehr der Jüngste. Du hast dich aber anscheinend bei deinem letzten Coup sehr gut geschlagen, wie mir meine Jungs berichtet haben. Also dann Schalom bis Paris."

Dann legten beide auf.

Elmar rief bei der Rütli Bank an, gab sein Kennzeichen über das Telefon ein und bekam seinen Vermögensverwalter.

„Grüezi, Herr Baulich, können sie auf das Konto, von dem die die 71,5 Millionen kamen 11,5 Millionen zurück überweisen.

Mit Vermerk ohne Betreff. Wie bekannt. Ja, genau so", bestätigte Elmar die Nachfrage von Herrn Baulich. „Und eineinhalb Millionen auf das Konto ********* bei der Pariser Bank Banque Populaire und den Rest auf das Konto ******** bei der Consors Bank Stuttgart."

Auch diese Daten bestätigte Herr Baulich. Wie üblich nannte Baulich nicht den Namen von Garner. „Wir werden das heute noch erledigen. Wir wünschen einen guten Tag."

Damit war er aus der Leitung. Es galt jetzt nur, den Eingang bei der Deutschen Bank in Reutlingen zu überwachen. Ach so, fiel ihm ein, das Schreiben an die Anleger. Er wollte es ganz sachlich halten. Dann fiel ihm ein, er hatte ja eine Sekretärin. Also rief er bei Schäberle an.

„Frau Schäberle, bitte teilen Sie den Anlegern mit, dass wir erstens eine Rendite von acht Prozent ihrer Einlage auszahlen, gleichzeitig ginge auch die Einlage selbst auf ihr Konto ein und der Fond würde ab sofort geschlossen."

„Und des soll i in oim Schreiba underbringa?"

„Wenn es Ihnen möglich ist und Sie nicht zu sehr überfordert. Und möglichst bald. Und dann schicken Sie mir das Schreiben auf das Fax. Oder noch besser per E-Mail."

Eine halbe Stunde später konnte er auf seinem E-Mailkonto den Vorschlag von Frau Schäberle lesen.

Sehr geehrte Frau/ Herr,

nach dem Tod von Herrn Dietmann übernahmen wir die Verwaltung des Fonds. Zu diesem Zeitpunkt waren sämtliche Konten leergeräumt. Ebenso die Bankdepots. Aus den beiliegenden Kontoauszügen können Sie dies nachvollziehen. Von den von Herrn Dietmann angepriesenen Diamanten zur Wertsteigerung war ebenfalls nichts zu finden. Im Safe befanden sich lediglich Geschäftsunterlagen. In Absprache mit Herrn Kampmann, Ihrem Sprecher, beabsichtigten wir, die Polizei einzuschalten und die Insolvenz anzumelden.

Da dies ein negatives Bild auf den Fonds und Herrn Dietmann geworfen hätte, versuchten wir, den Fonds zu retten.

Durch ein Geschäft bei der saudi-arabischen Firma Saudi Consulting konnte ich Ihre Einlagen und einen Gewinn sichern. Den Fonds werden wir mit heutigem Datum auflösen. Deshalb überweisen wir Ihre Einlagen und den Gewinn auf Ihre Konten. Der letzte Gewinn wurde ihnen vor zehn Monaten durch Herrn Dietmann überwiesen. Wir konnten für Sie einen Gewinn von 9,6 Prozent erreichen. Ein derartiger Gewinn ist derzeit ungewöhnlich hoch.

Die Beträge sind von Ihnen zu versteuern.

Vielen Dank für Ihr Vertrauen. Wir wünschen Ihnen weiterhin viel Erfolg.

Mit freundlichen Grüßen
Garner Fondsverwalter

Das Schreiben gefiel Elmar und er mailte dies auch gleich Frau Schäberle. Er teilte ihr mit, dass sie das Schreiben auf einen Bogen mit dem Briefkopf der Fondsverwaltung übertragen solle und ihm dann wieder per E-Mail senden solle, damit er es unterschreiben könne und sie es als Serienbrief mit den Namen versenden könne.

Als dies erledigt war, kam Lene heim und er nahm sie in den Arm und sagte: „Lene, jetzt sind wir schuldenfrei, haben neue Freunde durch dieses halsbrecherische Manöver gewonnen und wahrscheinlich zweihundertfünfzig Feinde. Die Anleger des Fonds. Ich habe ihnen heute ihre Einlage und einen Gewinn von neunkommasechs Prozent auf ihre Konten überwiesen."

„Aber warum sollten die deine Feinde geworden sein?"

„Weil sie ihr Vermögen jetzt versteuern müssen. Aber das ist rechtens und mir auch egal. Wir haben diesen Klotz jetzt vom Bein. Wir haben keine Schulden, sondern auf einem Privatkonto aus einem Beratungsvertrag so in etwa eineinhalb Millionen. Wenn in den nächsten Tagen die Papiere von Eliezer kommen, dann ist alles korrekt. Ich habe diesen Betrag für eine Beratungstätigkeit bei einer saudi-arabischen Firma erzielt."

„Aber du warst doch gar nicht in Saudi-Arabien."

„Stimmt, aber Eliezer hat Verbindungen zu dieser saudi-arabischen Firma und deshalb bestätigen diese mir, dass ich von ihnen für eine Beratung bezahlt wurde. Ganz koscher ist das nicht, aber ich will nicht als Diamantenhändler auftreten."

„Na, dann hoffen wir, dass das kein Bumerang wird. Ich hole uns mal die letzte Flasche Champagner, die wir aus einem Urlaub vor drei Jahren mitgebracht haben. Auch wenn sie nur kellerkalt ist, schmeckt sie uns heute sicher trotzdem. Wir holen uns dann dieses Jahr wieder ein paar Flaschen aus dem Château."

Am nächsten Morgen klingelte sehr früh das Telefon, wie er fand, ziemlich aggressiv. Am Apparat meldete sich Kampmann. „Wir müssen miteinander reden. Kommen Sie bitte heute um zehn Uhr in mein Büro. So geht das nicht mit der Auflösung des Fonds. Das ist nicht rechtens."

Elmar war noch etwas unausgeschlafen. Er brauchte, um zu kapieren, wer am Telefon war und was der wollte. Deshalb blieb er erst einmal still.

„Was ist los? Verstehen Sie nicht, oder warum antworten Sie nicht?"

Elmar überlegte sich, erst einmal aufzulegen und dann zu warten, was geschah. So machte er es auch. Inzwischen war Lene aus dem Bad aufgetaucht und fragte, wer angerufen habe.

„Ein Verrückter", antwortete Elmar und ging ins Bad.

Er war noch nicht geduscht, als es erneut klingelte. Elmar ging im Adamskostüm ans Telefon. „Garner", meldete er sich. „Guten Tag."

„Was soll das?", tönte es aus dem Hörer. „Wie kommen Sie dazu, einfach aufzulegen?"

„Ganz einfach, weil ich hier zu Hause bin und entscheiden kann, mit wem ich wann reden möchte. Und jetzt möchte ich nicht mit Ihnen reden. Und heute um zehn auch nicht. Und schon gar nicht in ihrem Büro. Wenn Sie Redebedarf haben, dann kommen Sie morgen um vierzehn Uhr in mein Büro in Reutlingen. Ich wünsche Ihnen noch einen schönen Tag." Und damit legte er wieder auf. Er rief Frau Schäberle an.

„Fondsgesellschaft Garner, Sia sprechad mid Frau Schäberle. Grüß God."

„Hallo Frau Schäberle. Ich habe morgen um vierzehn Uhr einen Termin mit Herrn Kampmann. Er kommt ins Büro. Sind Sie so gut und beschaffen Sie etwas zu trinken und wenn es geht die Liste der Einzahler aus der auch ihre Einlagen ersichtlich sind. Außerdem die Kontoauszüge zu dem Zeitpunkt, bevor ich die Geschäfte übernommen habe. Bitte rufen Sie auch den Filialdirektor der Deutschen Bank in Reutlingen an und fragen Sie, ob er dazu kommen möchte. So und wie geht es Ihnen?"

„Guad und Ehne. I han älle Überweisunga durch die Bank ausführa lassa. Haba Sie Ärga mid dem Kambmann. Des han i Ehne do brofezeid. Also i richd älles hin bis Morga und no einen schöna dag."

„Gleichfalls", sagte Elmar und dann legte er wieder auf.

Dann rief er seinen Anwalt Bernhard Rickle an, erklärte ihm, worum es gehe, und fragte, ob er morgen um vierzehn Uhr Zeit habe. Rickle sagte ihm, dass er zwar einen Termin habe, den aber absagen könne und er werde ihm selbstverständlich bei dem Gespräch zur Seite stehen.

„Der Kampmann hat gar keine Möglichkeiten, dir zu schaden. Es läuft für die Anleger zwar gar nicht gut, wenn sie die Gelder vorher nicht versteuert hatten, aber es ist von deiner Seite alles rechtens. Ich finde es gut, dass du aus der Sache rausgekommen bist. Aber wo hast du das Geld her?"

„Offiziell sauer verdient durch einen Beratungsvertrag mit einer saudischen Firma. Dazu war ich in Russland und habe mich in Sibirien umgesehen und das Ergebnis war so gut, dass die Saudis mir fast siebzigmillionen Euro überwiesen haben. Die ich leider jetzt an die Anleger auszahle. Aber keine Sorge, etwas für dein Honorar bleibt. Aber es ist nicht sehr hoch. Ich biete dir Fünfzigtausend."

„Das ist eine Stange Geld. Bekomme ich die offiziell oder sind die schwarz."

„Dafür kannst du mir eine ganz normale Rechnung ausstellen. Bring sie am besten gleich mit. Das sieht dann auch sehr seriös aus. Ich lasse sie von meiner Assistentin anweisen. Die ist übrigens eine echte Überraschung. Sie spricht perfektes

Schwäbisch, aber wenn sie englisch redet, dann denkst du, eine Londonerin steht dir gegenüber. Also dann bis morgen."

„Okay, bis morgen, mal sehen, was der Tag für Überraschungen bereithält."

Lene hatte zugehört und meinte: „Da komme ich auch mit. Wir fahren mit dem Auto. Oder sollen wir für morgen einen großen Wagen mieten?"

„Das wäre tatsächlich zu überlegen", antwortete Elmar und lächelte. „Bist du etwa eifersüchtig auf Frau Schäberle."

„Ich habe sie ja noch nicht gesehen. Aber ich glaube, ich kann dir vertrauen. Die Nachbarn haben mir mal erzählt, dass eine große dunkelhäutige Frau an der Tür geklingelt hat und du dann mit ihr weggefahren bist. Jemand hat dich dann auch im Café Heinrich in Vaihingen gesehen. Ich will nur das lange Gesicht von Kampmann sehen. Wenn ihm klar gemacht wird, dass er seine Einlagen und Zinsen noch versteuern muss."

„Übrigens, Frau Dietmann hat auch Einlagen getätigt. Das ärgert mich am meisten, dass ich für die auch Geld beschafft habe."

„Sei froh, dass du jetzt das alles hinter dir hast."

Achtundfünfzig

Überfall auf das Büro

Währenddessen in Reutlingen: Felizitas Schäberle saß am Schreibtisch und druckte die Listen für die Sitzung am nächsten Tag aus. Da wurde die Tür aufgerissen. Zwei maskierte Männer stürmten ins Büro. „Mach den Safe auf und gib die Diamanten raus!", rief der kleine Mann mit dunkler Stimme. Der Lange fuchtelte mit einer Pistole rum.

Felizitas Schäberle stand auf und ging zum Safe, der schon offen war und sagte ohne Zögern mit fester Stimme: „Mir hen koi Diamanda mea seid sie uns klaud wurdad. Se könnad älles durchsucha. Es isch nix mehr da."

„Woher hat dein Boss dann das Geld für die Bonzen?"

„Vo Kondo zu Kondo gohd des älles heud. Es machd sich niemand mehr die Händ schmudzich. Wenn ihr eire Maska anlässchd ond wiedr gohd, will i uf a Anzeig verzichda. Vorne in der Garderob isch mai Handdascha. In mainr Geldbörse sind hunderd Euro. Die könnd ihr eich nehma ond noh verschwinda."

Die beiden sahen sich an und erstaunlicherweise gehorchten sie Felizitas, nahmen nicht mal die hundert Euro aus Felizitas Geldbörse und zogen ab wie ein Spuk.

Elmar, seine Lene und Rickle waren sehr betroffen, als sie das hörten. Rickle wollte gleich die Polizei einschalten. Felizitas Schäberle sagte ihm, dass er das nicht tun solle, denn sie hätte denen ja versprochen, dass sie so wieder abziehen können.

„Und wenn Ihnen etwas passiert wäre, wenn die ihre Waffe tatsächlich benutzt hätten?", fragte Bernhard Rickle.

„Na ja, noh han i des dahana im Ärml", schüttelte sie ihren rechten Ärmel und hervor schaute eine kleine Pistole, die ganz schnell in der Hand von Felizitas lag.

„Eine FÉG-Pistole Modell R", stellte Bernhard fachmännisch fest. „Sie wissen aber schon, dass die waffenscheinpflichtig ist."

„Klar woiß i des ond i han au einen Waffenschein. Den hedd Herr Diedmann bsorgd, da mir dahana sichr mordsmäßich gfährded sind. Und mir han die Genehmigung zwoi Bischdola im Häusle zu han. Di oi sollde eigendlich im Safe sai, da isch sie abr nemme. Noi, die hedd niemand klaud, die han i beiseide gschaffd, damid sie niemand klaua kaa. Die isch bei mir dahoim in Ehninga."

Alle vier lachten nach Herzenslust über die intelligente Felizitas Schäberle und ihre wehrhafte Sicherung des Hauses mit einer Kanone.

„Aber die Pistole zeigen Sie nicht jedem, der hier hereinkommt", ermahnte Elmar Frau Schäberle.

Dann gingen sie alle vier hinüber ins Büro von Elmar. Bernhard Rickle ließ sich am Schreibtisch nieder. Die anderen nahmen auf Stühlen davor Platz.

„Wir haben ja noch eine Weile Zeit. Müssen wir noch was bedenken?", fragte Bernhard Rickle. „Gibt es eine Notiz der Polizei, dass die Diamanten als gestohlen gemeldet wurden?"

„Ja, ich denke, die hat Frau Schäberle sicher dazu gelegt. Schau mal nach. Ach ja, hier ganz rechts", antwortete Elmar.

Lene, die zum ersten Mal in dem Büro war, schaute sich sorgfältig um. „Sie haben aber wirklich sauber aufgeräumt. Und ich stelle fest, dass mein Mann in Personalfragen eine gute Wahl getroffen hat, auch wenn er Sie von Herrn Dietmann übernommen hat."

„Danke schön, das Lob tut gut", lächelte Frau Schäberle.

Neunundfünfzig

Abrechnung mit der Kampmann Clique

Dann kam auch schon Kampmann. Im Gefolge zwei Herren und, na, Elmar hatte es erwartet, auch die Ex-Frau vom Dirk Dietmann. Als wäre das nicht schon genug, kam hinterher noch eine Frau. Aufgetakelt wie die Damen, die der Baulöwe Lugner immer zum Wiener Opernball mitnahm. Kampmann stellte sie als Verlobte von Dietmann vor.

Elmar, Lene und Frau Schäberle nahmen hinter dem Schreibtisch Platz. Dabei rahmten sie Bernhard Rickle ein, als wäre er die Hauptfigur.

Garner wollte gleich von Anfang an das Heft in die Hand nehmen: „Guten Tag, wer von Ihnen hat die Straßenräuber geschickt? Die haben die Diamanten aus dem Safe geklaut."

„Da war doch gar nichts drin", piepste die Freundin von Dietmann, Ellen Flassbeck.

„Also Sie waren das", brummte Elmar.

Rickle sagte dann laut und deutlich: „Ich gehe schon mal raus und erstatte Anzeige wegen Anstiftung zum Raub und Besitz von Waffen."

„Lass es erst einmal", sagte Garner. „Wir wollen sehen, was die Herrschaften wollen. Also was wollen Sie?"

„Wir glauben nicht, dass Herr Dietmann sämtliche Konten leer geräumt hat und auch alle Diamanten verschwinden hat lassen. Wir glauben, dass Sie hier versuchen, uns zu betrügen."

„So glauben Sie das?", antwortete Elmar. „Die vorgelegten Kontoauszüge überzeugen Sie nicht. Was wollen Sie noch mehr? Vielleicht die Aussage von Frau Flassbeck? Die müsste doch wissen wie viel Dietmann noch auf den Konten hatte, bevor er flüchtete. Sie weiß sicher auch, dass Dietmann noch Anzeige gestellt hat, wegen dem Diebstahl der Diamanten. Die übrigens nie im Safe waren, sondern immer bei Dietmann zu Hause. Ist es nicht so Frau Flassbeck?" Ellen Flassbeck nickte. „Vielleicht weiß Frau Flassbeck auch über den Verbleib von Dietmann oder seinem Bruder. Oder mit wem immer sie in Kontakt steht."

„Nein, Dirk ist doch tot. Also bin ich nicht mit Dirk und nicht mit seinem Bruder in Kontakt", protestierte Ellen Flassbeck.

„Warum haben Sie uns die zwei Jungs auf den Hals gehetzt? Sie wussten doch, dass keine Diamanten im Safe waren."

„Ich dachte, dass Sie inzwischen Diamanten besorgt hätten, und da wollte ich mir meinen Anteil holen."

„Deinen Anteil", keifte Dietmann´s Ex-Frau, „wie kannst du nur so etwas sagen? Ich bin Jahre lang zu ihm gestanden und du warst gerade mal ein paar Monate mit ihm zusammen und leitest jetzt einen Anteil dadurch ab. Das ist ja zum Lachen."

„Nein", entgegnete Elmar. „Zum Lachen ist das nicht. Ich denke, wir holen tatsächlich die Polizei und erstatten Anzeige gegen Frau Flassbeck wegen Anstiftung zum bewaffneten Raubüberfall und dann auch gleich gegen Herrn Kampmann, mit dem, nach Aussage von Frau Flassbeck, der Überfall abgesprochen war. Könnte der Überfall in Stuttgart Vaihingen auch auf die Kappe von Ihnen beiden kommen?"

Ellen Flassbeck senkte den Kopf. Kampmann protestierte: „Ich habe mit der ganzen Geschichte nichts zu tun. Ich sehe diese Unterredung als beendet an. Meine Herren, gehen wir", wandte er sich an seine beiden Begleiter.

Dietmanns Ex erhob sich ebenso wie Ellen Flassbeck.

„Stop!", sagte Bernhardt. „Wir rufen doch die Polizei, die soll erst unsere Anzeige aufnehmen. Es scheint mir offensichtlich, dass hier ein Komplott gelaufen ist. Die Körperverletzung von Herrn Garner war darin nicht nur billigend in Kauf genommen, sondern anscheinend beabsichtigt." Er nahm sein Handy und wählte die Nummer der Polizei. „Ja, hier Bernhard Rickle, ich bin der Anwalt von Herrn Garner und jetzt hier in seinem Büro. Wir konnten nun klären, dass die zwei Überfälle auf Herrn Garner von Frau Flassbeck und Herrn Kampmann veranlasst wurden. Bitte kommen Sie und nehmen Sie eine Anzeige auf. Ja, wenn möglich jetzt gleich, denn die Personen sind ebenfalls hier im Büro. Ja, es war das Büro von Herrn Dietmann. Wir halten sie solange fest, bis Sie kommen. Danke."

„Das geht so nicht. Das ist Freiheitsberaubung", schimpfte einer der Anwälte von Kampmann.

„Okay, Sie können gehen. Wir haben Ihre Aussagen aufgenommen und sind vier Zeugen. An Ihrer Stelle würde ich aber die Angelegenheit lieber hier in diesem Büro regeln."

„Herr Garner hat recht", meinte der Ältere der Anwälte. „Herr Kampmann, es ist besser, als wenn Sie vorgeladen werden oder die Polizei in Ihrem Büro auftaucht."

Ellen Flassbeck fragte, ob sie rauchen dürfe.

Felizitas Schäberle sagte kategorisch: „Noi, sonsd müassed ma d'fenschder butza."

Niemand traute sich noch etwas zu sagen, bis die Polizei kam. Bernhard Rickle erklärte den beiden Polizisten in Uniform, worum es ging. Und er bat um die Aufnahme der Aussage von den Beschuldigten. Felizitas Schäberle ließ die Pistole wieder im Ärmel verschwinden, als die Polizei kam.

Nach einer halben Stunde war der ganze Spuk vorüber und Kampmann mit seinen beiden Anwälten, Ellen Flassbeck und Dietmanns Ex-Frau verließen geknickt und grußlos das Büro.

Frau Schäberle zwinkerte Bernhard Rickle zu und lud zu einer Flasche Champagner ein. „I han Ghaltserhöhung kriagt. Und da han i denkd i könnd an Schampagner schpendiera."

Das wurde lachend akzeptiert. Elmar fuhr mit Lene nach Hause. Bernhard blieb noch ein Weilchen bei Felizitas und sie hatten sich noch eine ganze Weile was zu erzählen.

Ellen Flassbeck versucht noch, in ihrem Cabriolet den Kontakt in Südafrika zu aktivieren. Aber es ging niemand ans Telefon. Kampmann schimpfte mit seinen Anwälten. Diese erklärten ihm, dass diese Anzeige ganz schnell vom Tisch ist. Er könne alles auf Frau Flassbeck schieben. Aber bis jetzt sei die finanzielle Transaktion noch im Dunkeln und er könne mal abwarten, ob irgendjemand daran Anstoß nähme. Die Ex-Frau von Dietmann überlegte, dass sie jetzt ja einhundertzehntausend Euro flüssig habe und es wäre das Beste, sie würde diese kündigen und bar abholen und nach Südafrika fliegen, um nach dem 'Bruder' von Dirk zu gucken. Sie hatte eine Adresse, unter der er früher immer zu erreichen war. Dann fiel ihr ein, dass es doch nicht so einfach sein würde einhundertzehntausend in Bar nach Südafrika zu bringen. Aber sie konnte zehntausend abholen, einen Flug buchen und in Südafrika ein Konto anlegen und das Geld transferieren lassen. Mit diesem Gedanken betrat sie ihre Villa am Fuße der Achalm.

Sechzig

Geheimnisvoller Besuch

„Hey, was soll das? Was willst du hier?"

„Hier sucht mich ganz bestimmt niemand. Du hast auch keinen Grund, mich zu verpfeifen. Ich habe ein paar Dinge zu erledigen. Hast du was zu trinken da?"

„Ja, von deinem Cognac muss noch was da sein. Setz dich auf die Couch. Ich bringe ihn dir."

„Aber nirgends telefonieren. Damit das klar ist. Ich will nicht, dass mich hier jemand befragt."

„Ist doch klar. Du bleibst wie immer im Nebel. Oder soll ich sagen, im Schatten?"

„Ist mir egal, was du sagst. Morgen verschwinde ich wieder. Oder spätestens übermorgen."

Als sie ihm den Cognac einschenkte, schmunzelte er und sagte: „So richtig vertraut. Stimmt's."

„Nichts stimmt. Der Garner hat das Geld für alle Anleger besorgt und gibt noch zehn Prozent. Keiner weiß, wo er das Geld her hat. Kampmann hat von der Bank im Geheimen erfahren, dass eine arabische Firma das Geld überwiesen hat."

„Das ist interessant", kommentierte der Besucher. „Ich bin müde. Kann ich in dem Büro wie früher schlafen."

„Du kannst auch im Schlafzimmer schlafen. Ich habe heute die Bettwäsche frisch gewechselt."

„Nein, das will ich nicht. Aufgewärmt schmeckt nur Sauerkraut. Hattest du denn jemand im Bett? Na ja ist ja auch egal." Und damit ging er mit seiner Reisetasche in den ersten Stock ins Büro. Das hatten sie schon früher mit einem Bett aufgerüstet und als er sah, dass es frisch bezogen war, ging er unter die Dusche und warf sich nackt aufs Bett. Nach einigen Minuten war er fest eingeschlafen.

Am nächsten Tag hatte Hermine, die Ex-Frau von Dietmann bereits den Frühstückstisch gedeckt. Ihr Gast trank nur eine Tasse Kaffee und aß ein Croissant und dann verschwand er auch schon wieder ins Bad, und nach fünf Minuten merkte Hermine Dietmann, dass er die Tür hinter sich geschlossen hat.

Der Besucher fuhr mit dem Auto von Frau Dietmann nach Stuttgart. Dort fuhr er in den Stuttgarter Süden zu einer Privatbank, mit der er früher zu tun hatte. Er betrat die Halle, zeigte seine Kontokarte und ging mit einem Bankmitarbeiter in den Raum für die Schließfächer. Dort schlossen sie zusammen sein Schließfach auf. Dann wartete er, bis der Bankmitarbeiter den Raum wieder verlassen hatte. Er entnahm dem Fach das Säckchen Rohdiamanten und schloss danach das Schließfach wieder. Dann klingelte er dem Banker. Der schloss mit seinem Schlüssel das Schließfach nochmals ab. Der Besucher bedankte sich und verließ die Bank. Dann fuhr er nach Pforzheim, wo er einen privaten Käufer für seine Steine wusste. Der war bereit, in bar den Wert der Steine zu bezahlen. Dem Besucher war klar, dass er nicht den echten Wert bekommen würde. Aber er schätzte, dass die Steine, die er aus dem Bankfach entnommen hatte, mehr als zwanzigtausend Euro wert waren. Wenn er zehntausend Euro dafür bekommen würde, wäre das schon okay. Das Geschäft klappte besser als er gedacht hatte. Mit fünfzehntausend Euro fuhr er zum Flughafen Stuttgart, parkte den Wagen im Parkhaus. Dann ging er in das Terminal fünf. Dort kaufte er sich eine Flugkarte nach Durban. Er nahm die nächste

Möglichkeit am nächsten Morgen um 06:45 Uhr und dabei in Kauf, dass er dreimal umsteigen musste. Dann ging er zum Parkautomaten, bezahlte und fuhr mit dem Wagen zum Airport Messehotel in der Nähe vom Flughafen und fragte nach einem Zimmer bis zum nächsten Morgen. Er checkte ein, bestellte eine Flasche Cognac aufs Zimmer, bezahlte mit der Visa-Card. Er regelte das Parken bis zum nächsten Tag und dass jemand anders den Wagen abholen würde. Dann ging er zum Essen ins Hotelrestaurant und anschließend aufs Zimmer. Dort schaltete der den Fernseher ein, schenkte sich aus der Cognacflasche ein und entspannte sich. Es war ihm klar, dass er noch Hermine Dietmann anrufen musste, wegen des Wagens. Sie sollte ihn am nächsten Tag im Hotel abholen. Zwei Tage später war er in Durban und buchte von dort einen Flug nach Johannesburg. Dort hatte er eine Wohnung am Rande der Stadt und dort fühlte er sich zu Hause und sicher.

Einundsechzig

Alltag bei Garners

Bei Lene und Elmar zog wieder der Alltag ein. Er sah dem ältesten seiner Enkel über die Schulter und freute sich, dass der Enkel so gut mit den Hausaufgaben zurechtkam. Lene holte zwei andere Enkel vom Kindergarten ab. Elmar bereitete Spätzle und Hackfleischsoße mit Tomaten und Paprika. Er wusste, dass er einen Salat dazu machen sollte, aber er war kein Salat-Fan. Doch für seine Enkel und für Lene wusch er Salat und machte dazu eine gute Kräutersoße. Zwischendurch schaute er immer wieder nach seinem Garten und freute sich an den Pflanzen, die trotz Lenes großen Einsatz ziemlich kunterbunt wuchsen und einem Urwald ziemlich nahekamen. Er konnte seine innere Unruhe kaum noch zügeln. In Elmar wuchs die Sicherheit, dass Dietmann noch lebte. Ihm war klar, er musste nach Südafrika und versuchen, Dirk zu finden.

„Opa, du musst nach dem Spätzleswasser gucken, das kocht."

„Oh, gut, dass du aufgepasst hast. Ich schütte gleich die Spätzle rein."

Damit war Elmar wieder abgelenkt von seinem Problem Dietmann. Er kochte fertig. Sein Enkel Wolfgang packte seine Schulsachen ein. Elmar deckte den Tisch, rechtzeitig bevor es klingelte und die Enkel und Lene ins Haus stürmten.

Der Nachmittag war angefüllt mit dem Bespaßen der Enkelkinder. Das bedeutete, dass er mit ihnen in den Wald ging und sie in einem Teich nach Kaulquappen guckten. Dazu musste natürlich jeder ein Fahrzeug mitnehmen. Oma Lene war auch dabei und so war Elmar entlastet. Da er wusste, dass es verboten war, erlaubte er nicht, dass sie Kaulquappen mit nach Hause nahmen. Zu Hause waren die Kinder, die vorher am Liebsten alle getragen werden wollten, wieder putzmunter und Lene und Elmar total erledigt. Damit sich alle wieder erholen konnten, brachten Elmar und Lene Schüsselchen voll Eis auf den Terrassentisch. Die Begeisterung der Kinder war riesig und auch Lene und Elmar genossen das gute Mövenpick-Eis.

Nachdem die Kinder wieder von ihrem Vater abgeholt waren, sagte Elmar zu Lene: „Wir müssen reden. Ich glaube, Dietmann lebt in Südafrika und der Tote war irgendjemand anders. Entweder sein Bruder oder sein Sohn oder jemand ganz anderes."

„Wie kommst du da drauf?", fragte Lene.

„Die Freundin von Dietmann machte mir den Eindruck, als wüsste sie Bescheid. Worüber weiß ich nicht. Sicher nicht nur über die Anschläge auf uns. Besonders auf mich. Aber es erscheint mir unlogisch, wenn sie mich aus dem Weg räumen wollte und ich ja auch für sie die Einlagen wiederbeschaffen wollte."

„Aber zuerst gingen sie und Kampmann ja davon aus, dass du für den Fonds Insolvenz anmelden wolltest. Es könnte sein, dass sie und Kampmann das verhindern wollten."

„Ja, so könnte es sein", stimmte Elmar zu. „Was hältst du davon, wenn ich nach Johannesburg fliege und mich dort auf die Suche nach Dietmann mache?"

„Also wenn, dann wir", klärte Lene die Situation.

„Du kannst nicht mit", entgegnete Elmar. „Die Kinder brauchen dich wegen der Enkel. Und dann wäre es gut, wenn ich mich rückkoppeln könnte, wenn irgendetwas passiert."

„Genau das ist der Grund, dass ich mitfliege. Dort vor Ort kann ich dir mehr nützen, falls irgendetwas problematisch wird", beharrte Lene auf ihren Standpunkt.

Elmar wollte Zeit gewinnen und die Konfrontation vermeiden. „Okay, stellen wir dies erst mal zurück. Ich kenne einen Journalisten aus Johannesburg. Den werde ich kontaktieren und fragen, wie wir das angehen sollten, um ziemlich schnell erfolgreich zu sein. Ich muss nur erst einmal die Adresse von dem wiederfinden. Ich weiß auch nicht auf Anhieb, wo wir uns getroffen haben und was wir miteinander zu tun hatten. Oh doch, jetzt fällt es mir wieder ein. Es war in Botswana. Ich habe ja die Unterlagen über meine Reisen gut aufgehoben. Ich sehe mal in meinem Büro oben im zweiten Stock nach. Da habe ich sicher auch die Visitenkarte von diesem Journalisten." Damit ging er nach der Karte zu suchen.

Zweiundsechzig

Überraschender Besuch

Er kam bis in den Flur, als es an der Haustüre klingelte. Elmar konnte sich nicht vorstellen, wer da jetzt kommen würde. Sie erwarteten niemanden. Er ging zu Tür und öffnete. Vor der Türe stand der Mensch, der Elmar schon am Strand auf der Insel angesprochen hatte.

„Guten Abend Herr Garner. Erinnern Sie sich an mich? Hillrath mein Name. Ich bin Detektiv der Versicherung, der Herr Dietmann den Diebstahl seiner Diamanten gemeldet hat."

„Nun gut, dann kommen Sie rein und lassen uns reden."

„Danke", sagte Herr Hillrath und folgte Elmar ins Wohnzimmer.

Da Lene noch auf der Terrasse saß, leitete Elmar den ungebetenen aber freundlichen Gast hinaus auf die Terrasse.

„Herr Hillrath, das ist meine Frau. Lene, das ist Herr Hillrath. Ein Versicherungsdetektiv. Er hat mich schon auf der Insel Arousa angesprochen. Ich sollte ihm helfen, die Diamanten von Dirk Dietmann zu finden."

„Ja, aber jetzt habe ich sie gefunden", erklärte Herr Hillrath.

„Das ist aber eine überraschende, tja, auch erfreuliche Nachricht", sagte Lene.

„Wer hat sie denn gestohlen?", fragte Elmar.

„Das sind wir noch am Klären. Wir haben die Diamanten in einem Laden gefunden. Einen Diamanten An- und Verkauf. Das heißt, der Besitzer hat kalte Füße bekommen als ihm jemand Rohdiamanten im Wert von zwanzigtausend Euro angeboten hat. Er hat sie an sich genommen und versprach, die Diamanten zu prüfen. Dann rief er die Polizei und diese verständigte uns."

Damit griff er in seine Aktenmappe und holte einen großen Beutel hervor. Er öffnete und Lene und Elmar konnten einen Haufen graue Steine sehen. Keiner von ihnen hätte sagen können, dass dies Diamanten sind.

Hillrath schmunzelte: „Es sind tatsächlich Diamanten. Ob es diejenigen sind, die Herr Dietmann in seinem Büroschrank hatte, wissen wir nicht. Aber wir vermuten es. Da Sie jetzt der Geschäftsnachfolger sind, und die Versicherung der Diamanten keine persönliche Versicherung war, sondern eine Geschäftsversicherung, händige ich Ihnen die Steine aus. Wir haben sie überprüfen lassen. Es sind echte Diamanten. Aber Sie können sie selbstverständlich nochmals überprüfen lassen. Bitte unterschreiben Sie mir, dass ich Ihnen den Beutel mit Diamanten mit dem Gewicht von zwei Kilogramm übergeben habe." Lene sprang auf und holte die Küchenwaage. Es stimmte. Das Säckchen mit den Diamanten wog zwei Kilogramm und zwanzig Gramm. Während sie noch über die Tatsache erstaunt waren, klingelte es schon wieder. Lene ging öffnen und kam mit Oliver, dem vierjährigen Enkel der Garners zurück.

„Oliver, das ist Herr Hillrath."

„Guten Tag Herr Hillrath. Opa, wer ist der Mann?"

„Das ist ein Detektiv von einer Versicherung."

„Opa, was für Steine sind das? Kann ich mit denen spielen?"

„Nein, das kannst du nicht. Aber du kannst auf das Stelzenhaus und dort spielen, oder einen Stock höher und dort mit dem Piratenschiff spielen."

„Ich bleibe lieber hier und schaue mir die Steine an."

„Hände weg", befahl Lene dem Enkel.

Lene bot Herrn Hillrath etwas zu trinken an, dieser lehnte dankend ab und verabschiedete sich dann: „Also ich gehe dann mal wieder. Sollten Sie Bedarf an einem Detektiv haben, stehe ich gerne zur Verfügung. Hier meine Visitenkarte. Ich wünsche dann viel Erfolg bei der Sanierung der Fondsgesellschaft."

Elmar brachte ihn zur Türe. Bis er zurückkam, hatte Lene die Steine schon vor Oliver in Sicherheit gebracht.

„Was machen wir jetzt damit? Ist das unser Privatgewinn, gehören die Steine den Erben von Dietmann oder müssen wir den Erlös durch die 600 Anleger teilen?"

„Ich weiß es nicht. Ich glaube, wir fragen Bernhard Rickle. Und du Oliver, was sollen wir jetzt spielen? Hast du einen besonderen Wunsch?"

„Ja Opa, ich möchte mit den Steinen spielen."

„Das geht aber nicht. Die Steine gehören Opa vielleicht gar nicht. Das müssen wir erst klären lassen", erklärte Lene.

„Oma, können wir im Garten ein Zelt aufstellen und darf ich dann mit dir darin schlafen?"

Bevor die Oma Lene darauf eine Antwort geben konnte, läutete schon wieder die Türglocke. Oliver flitzte zur Tür und freute sich über seinen Cousin Phillip. „Wir schlafen heute im Zelt. Willst du auch mit im Zelt schlafen?"

Natürlich wollte Phillip. Also wurde Lenes und Elmars Dreimannzelt aufgebaut. Nach dem Abendessen wurde alles Notwendige für die Nacht im Freien ins Zelt gebracht. Wegen Schmerzen in der Hüfte lehnte Elmar ab, mit im Zelt zu schlafen. Also war Lene diejenige, die dafür sorgen musste, dass die Enkel eine gute Nacht hatten.

Als Oliver schon schlief, ging ein heftiger Schauer über Stuttgart nieder und seine Tochter Stefanie kam von nebenan, um nach ihrem Oliver zu sehen. Als alles in Ordnung war, ging sie wieder nach Hause und Elmar und Lene kommunizierten per

SMS. Dann ging Elmar duschen und las noch ein wenig und hoffte, dass die drei im Zelt eine ruhige Nacht hatten, bevor er sich dem Schlaf hingab. Vorher nahm er sich noch fest vor, dass er mit Lene am nächsten Tag klar macht, dass er nach Südafrika fliegen würde, um Dietmann oder seinen Bruder zu finden.

Am Morgen stand Elmar um sieben Uhr auf und richtete das Frühstück, las Zeitung und wartete, bis nacheinander Lene, Phillip und Oliver aus dem Zelt krochen.

Später schnitt Elmar das Thema noch einmal bei Lene an: „Ich muss nach Afrika, nach Johannesburg und bin mir fast sicher, dass Dietmann noch lebt und dort ein Leben in Saus und Braus lebt. Ich gönne es ihm ja, nur muss ich Gewissheit haben."

„Aber Afrika ist derzeit wirklich richtig gefährlich", entgegnete Lene, „erst heute stand wieder in der Zeitung, dass dort zwei Journalisten umgekommen sind. Ich denke, du musst dich nicht diesen Gefahren aussetzen. Es gibt Detektive, die weltweit agieren. Wie dieser Hillrath zu Beispiel, die könnten für dich nach ihm suchen."

„Das stimmt, es gibt ja keinen internationalen Haftbefehl oder Suchaufruf. Er gilt ja als tot. Also ich frage bei dem Journalisten an, der mir mal seine Dienste angeboten hat. Dann kann ich noch Eliezer anrufen und fragen, was er meint, was gut wäre."

„Du gibst viel auf das Urteil von Eliezer. Er ist doch auch nur ein Mensch und hat als Geschäftsmann seine Interessen im Blick. Du kannst dir nicht sicher sein, dass er es nur gut mit dir meint. Sei doch ein wenig kritischer."

„Also, er hat mich jetzt ein paar Mal aus kritischen Situationen herausgeholt. Nun das eine Mal durch seine Söhne, aber es war immer zu meinem, zu unserem Vorteil. Ich glaube, die Familie hat mich tatsächlich in ihr Herz geschlossen und hat uns in ihre Familie aufgenommen und ist uns genauso freundschaftlich zugetan, wie das Benjamin und Waltraud Fuchs, unsere Freunde in der Nachbarschaft sind."

Während sie noch diskutieren und Elmar versuchte, Lene zu überzeugen, dass er unbedingt nach Johannesburg in Südafrika müsse, unterbrach sie das Telefon.

Dreiundsechzig

Das Büro brennt

Lene ging dran. „Garner, guten Tag."

„Hier isch Felizitas Schäberle, bei uns brennts und Polizei isch do!", sagte Felizitas, so schnell sie konnte und zeigte dadurch, wie aufgeregt sie war.

„Ja, Moment Frau Schäberle, ich hole meinen Mann, der steht neben mir."

„Ja, Garner, was ist los?"

„Bei ons isch d'Feierwähr und Polizei. Unser Büro hot ebba anzind. Könned Se ned schnell komma?"

„Also ganz ruhig, ich bin sozusagen schon unterwegs. Bis gleich." Dann legte Garner auf. „Lene, kannst du mich fahren? Ich glaube, mit dem Auto geht es doch schneller."

„Klar, fahren wir los und sehen wir mal, was das sein soll."

In Reutlingen angekommen standen vor dem Büro Feuerwehren und Polizeiautos. Elmar stieg aus und Lene fuhr das Auto in die Tiefgarage. In solchen Situationen schmerzte ihm die Hüfte immer stärker als sonst. Also humpelte er zu dem Gebäude, in dem das Büro war. Die junge Polizistin wollte ihn nicht durchlassen. Als er sich auswies und sagte, dass er der Besitzer des Büros sei, ließ ihn durch. Vor seinem Büro erwarteten ihn verschieden Polizisten in Uniform und in Zivil sowie zwei Feuerwehrleute. Von Frau Schäberle war nichts zu sehen. Er fragte den Polizisten in Zivil, ob er wisse, wo Frau Schäberle sei.

„Ja, die ging zum Telefonieren, weil es hier voller Rauch war. Aber bis jetzt ist sie noch nicht zurückgekommen. Wir warten auch auf sie. Denn sie soll noch einige Aussagen machen."

„Ich bin der Inhaber des Büros, Elmar Garner", stellte sich Elmar vor.

„Ach so, können Sie irgendetwas dazu sagen?", fragte der Polizist.

„Nein", antwortete Elmar.

„Dann warten wir wohl am besten alle auf Frau Schäberle, oder wissen Sie, wo sie ist?", knurrte der Polizist in Uniform.

Elmar wollte ihn nicht noch mehr reizen und blieb besser still, entgegen seiner sonstigen rebellischen Gewohnheit unfreundliche Amtspersonen darauf hinzuweisen, dass mit Freundlichkeit das Arbeiten mehr Spaß macht. Er verkniff sich auch zu erklären, dass ihm Uniformierte, die unfreundlich sind, einfach zum Halse heraus hängen.

Elmar und Lene gingen wieder auf die Straße, um niemanden im Weg zu sein und eventuell Frau Schäberle vor der Polizei abzufangen. Als sie auf die Straße traten, sahen sie Frau Schäberle mit einem dunkelhäutigen Mann auf der anderen Straßenseite vor einem Schaufenster stehen. Mit ihren einhundertneunzig Zentimetern und der Turmfrisur war sie eigentlich nicht zu übersehen. Der Begleiter war noch ein paar Zentimeter größer und sehr schlank. Elmar ging über die Straße zu den beiden. Wenige Schritte, bevor er sie erreichte, erkannte sie ihn und lief ihm entgegen. Sie nahm ihn in den Arm. „Gut, dass Se da send. D'Polizei und d'Feierwehr send oba in de Büros. Aber a Nachbar hat schon älles glöscht. Dia suched jetscht nach Spura wer des g'macht had. Aber i ka ma schon denka . Des wared sicher welche di ned wölled dass ma mitkriegät, dass se au Geld verschoba hend. Aber dia hend sich gschnitta. Älles is gschpeichäd. Übrigens des isch mei Bruder. Phillip Schäberle. Mia send beide adoptiert wora."

„Grüß Gott Frau Garner und Herr Garner", sagte Phillip Schäberle. „Sie sind also der Chef meiner Schwester. Sie hat mir schon viel Gutes von Ihnen erzählt. Sie gucken so erstaunt. Kann es sein, dass sie sich wundern, dass ich schriftdeutsch spreche, während meine Schwester schwäbelt wie eine alte Älblerin?"

„Ja, guten Tag Herr Schäberle. Etwas wundere ich mich schon. Aber jetzt ist wohl keine Zeit für Small Talk. Frau Schäberle, können Sie kurz sagen, was überhaupt passiert ist."

„Ja, das würde mich auch interessieren", mischte sich Lene ein, die bisher am Rande der Gruppe stand.

„Also des war so Als i die erschten zweihundert Schreiba fertig gmacht ghet hot, hab i se kuvertiert und hab se frankiert und bin mit dem Packet zur Poscht. Siea des isch fei a Gschäft. Dort han i se abgäba. Dia hend aba scho guckt und der oi

Poschtler had dann gseid, dass des aba heid nemme weggoht. Dann hab i dem gseid, das des au ned schlimm isch."

„Frau Schäberle, können Sie uns eine Kurzform des Vorgangs sagen?", warf dann Elmar ein.

„Ja des is ja scho a Kurzform. Aba i ka des au no kürza macha. Also dann bin i zrück zom Büro aba da is schon der Nachbar vor da Tür gstanda und had gseid, dass er scho glöscht hab. Dann bin i neiganga und han ufpasst, dass i koine Schpura vernicht. Und hab aba gsäa, dass beide Compudda weg send und dann bin i glei wieda ganga hab zum Nachbar gseid, dass i Sia arufa muas und hab gwarded was passiert. Und passierd isch bis jetzt, dass d´Feirwehr komma is, aba es war ja gar nemme nedig. Und Polizei isch komma und an Sanka kenned Sia au dort steha seha."

„Okay, dann gehen wir mal nach oben und erkundigen wir uns, was passiert ist und lassen uns von der Polizei ausfragen."

Sie gingen geschlossen nach oben und der Uniformierte, der vorher Elmar angeblafft hatte, schrie gleich: „Ist Frau Schäberle jetzt vom Telefonieren zurück und können wir sie befragen, was passiert ist und warum sie das Büro abgefackelt hat."

Elmar entgegnete: „Das können Sie nicht. Sie können Frau Schäberle Fragen stellen, und wenn möglich in höflicher Form. Wenn Sie sich dafür entschuldigen, dass sie behauptet haben, dass Frau Schäberle, das Büro abgefackelt hätte."

Der Polizist bekam einen hochroten Kopf und nahm schon die Haltung ein, um Elmar niederzubrüllen. Glücklicherweise schaltete sich ein Polizist in Zivil ein.

„Ich bin Hauptkommissar Kiener. Ich entschuldige mich für Hauptwachtmeister Schmälzle. Wir hätten aber tatsächlich ein paar Fragen. Sie können gerne als Vorgesetzter von Frau Schäberle dabei sein, schließlich ist es Ihr Büro. So wie es aussieht, hat es nur im vorderen Büro gebrannt. Können wir in das angrenzende Büro gehen und den Sachverhalt klären?"

„Selbstverständlich, wenn das möglich ist, gehen wir in mein Büro. Ich denke, meine Frau kann auch anwesend sein, wenn Sie ihre Fragen stellen. Und es schadet nichts, wenn der Bruder von Frau Schäberle auch mit dabei ist. Also gehen wir hinein."

Sie setzten sich im Büro von Elmar auf alle möglichen Sitzgelegenheiten. Kiener stellte seine Fragen und Frau Schäberle schilderte die Sachlage, wie sie sie vorher schon Elmar geschilderte hatte. Hauptwachtmeister Schmälzle hatte die undankbare Aufgabe, die Aussage von Frau Schäberle schriftlich festzuhalten. Anscheinend beeindruckte ihn das Schwäbisch von Felizitas Schäberle. Wahrscheinlich schrieb er die Angaben auch in Schwäbisch auf. Das würde unseren Ministerpräsidenten sicher gefallen.

Die Polizei verabschiedete sich dann, aber danach kam der Feuerwehrmann und erklärte, dass er bereits ermitteln konnte, dass ein Brandbeschleuniger verwendet wurde. „Es hat jemand eine Gaspatrone, die normalerweise zum Befüllen von Gasfeuerzeugen verwendet wird angezündet. Aber durch das Eingreifen des Herrn Kuhlmann, der den Feuerlöscher vom Treppenhaus benützte, ist kein großer Schaden entstanden. Wenn etwas fehlt, müssen Sie dies der Polizei angeben und Anzeige wegen Diebstahls beziehungsweise Einbruch stellen. Ich sage dann schon mal auf Wiedersehen."

Elmar und seine Getreuen verabschiedeten den Feuerwehrmann ebenso freundlich. Dann wandte sich Elmar an Frau Schäberle. „Also der Computer ist weg. Wir hatten fünfhundertvierundachzig Anleger. Was machen wir jetzt mit den übrigen dreihundertvierundachzig?"

„Des isch koi Problem", behauptete Frau Schäberle. „Im Keller isch doch der Server. Auf dem send älle Data abgschpeicherd. Des geht immer per Internet. I mach imma wenn i da Compudder runderfahr an bäckap. Mia kenned dann vom Server älles wieder uf mei Laptop druflada."

„Dann ist es ja gut. Haben wir noch ein Laptop?"

„Ha ja, i hab meis in der Dasch. Was denked Sia warum Fraua so große Handtäsch hend?"

„Okay, dann schlage ich vor, dass wir ins nächste Café gehen und dort etwas trinken. Herr Schäberle, darf ich Sie auch einladen? Da können Sie uns ein wenig aus ihrer beiden Leben erzählen."

Herr Schäberle kam gerne mit und so erfuhren Elmar und Lene die Geschichte der beiden Schäberle. Die Adoptiveltern der beiden waren Missionare in Kenia und die beiden waren in einem Waisenhaus. Nachdem die Adoptiveltern keine eigenen Kinder bekommen konnten, haben sie die beiden, die schon sehr bald in ihrem Haushalt lebten, kurzerhand adoptiert. Beide haben in Deutschland dann eine gute Ausbildung bekommen und leben noch im Haushalt der Adoptiveltern in Ehningen.

„Meine Schwester hat von Anfang an mehr Kontakt zu anderen schwäbischen Kindern gehabt. Ich war zurückhaltender, so lernte ich nicht so schnell den Dialekt und versuchte, mich in Schriftdeutsch auszudrücken. Aber ich denke, es stimmt schon, dass die meisten die Dialekt sprechen mehr Synapsen benutzen, da sie ja die Idiome zuordnen können müssen. Und häufig sei es so, hätten Forscher herausgefunden, dass sie die Schriftsprache mindestens so gut beherrschen wie diejenigen, die von Kindheit an Schriftdeutsch sprechen. So hat meine Schwester im Abitur in Deutsch eine glatte Eins geschrieben."

„Hör auf, mich zu loben", lächelte Felizitas Schäberle in akzentfreiem Schriftdeutsch.

Alle lachten fröhlich. Was, wie Elmar später zu Lene meinte, gar nicht so selbstverständlich in der Situation war.

„Frau Schäberle, wenn das Büro freigegeben ist, lassen Sie es bitte reinigen und fahren dann mit der Information der Anleger fort. Ich werde in den nächsten Tagen nach Südafrika fliegen und sehen, welcher Dietmann dort lebt. Ihnen noch viel Erfolg beim Arbeiten, und Ihnen Herr Schäberle, gute Zeit, bis wir uns wieder sehen. Es hat mich sehr gefreut, Sie kennengelernt zu haben."

„Ganz meinerseits", versicherte Herr Schäberle. „Ich wünsche Ihnen viel Erfolg bei der Aufklärung."

Elmar bedankte sich und Lene und er verabschiedeten sich. Sie fuhren zurück nach Stuttgart und schon im Auto machte Lene Elmar noch einmal klar, dass sie ihn auf jeden Fall begleiten werde. Elmar war das gar nicht so unrecht. Er war sich nämlich nicht sicher, ob Eliezer wirklich zuverlässige Leute in Johannesburg kannte.

Vierundsechzig

Südafrika

In Stuttgart ging Elmar sofort ans Telefon. Er wählte die Nummer von Eliezer Kochem.

„Ja", meldete sich eine weibliche Stimme, in der er die Tochter von Eliezer erkannte.

„Ich bin es, Elmar Garner, kann ich bitte deinen Vater sprechen."

„Ja. Guten Tag. Schön, dass du mal wieder anrufst. Ich hoffe, es geht dir gut! Ich gebe dir sofort meinen Vater. Der freut sich sicher."

„Hi Elmar, geht es dir gut? Wann kommst du nach Eilat? Ich würde dich gerne wiedersehen und bringe dann bitte deine Frau mit."

„Eliezer, es geht mir ganz ordentlich. Aber ich muss nach Johannesburg in Südafrika. Anscheinend ist dort der Bruder von Dietmann, oder doch Dietmann selber. Das muss ich rausfinden."

„Das haben wir uns schon gedacht und haben deshalb von unserer Seite aus Ermittlungen angestellt. Es ist ein Dietmann von Stuttgart aus nach Südafrika geflogen. Erst vor einem Monat. Aber in Südafrika verwandelte der sich in einen Ekkehard Huber. Er lebt irgendwo am Rande von Johannesburg auf einer Farm. Die Farm wird von Angestellten oder Pächtern betrieben. Was er macht, konnten wir nicht, noch nicht, feststellen. Du kannst dich bei einem Cousin von mir melden. Oder besser, pass auf, ich sage Shmuel Bescheid, er setzt sich mit dir in Verbindung und regelt das mit den Flügen und mit dem Hotel. Nimmst du deine liebe Frau mit?"

„Eliezer, du redest wie ein Wasserfall. Was ist los, hat dir deine Tochter irgendein Lebenselixier in den Kaffee getan? Ist Shmuel euer Reisebüro? Aber jetzt mal konkret. Shmuel soll für die nächsten Tage Flugkarten besorgen. Wir wollen so schnell als möglich jetzt die Sache klären. Bei uns ist in meinem Büro ein Brand gelegt worden und die Rechner wurden geklaut. Wir haben den Eindruck, da will jemand den Abschluss des Fonds behindern. Aber wir haben die Daten auf einem Server gespeichert. Meine Assistentin kann den Abschluss trotzdem machen. Aber ich will der ganzen Sache ein Ende machen, damit wir uns in Stuttgart oder in Paris zu einem großen Fest treffen können."

„Gut so, Shmuel meldet sich bei dir, wann ihr abfliegen könnt. Ich schicke dir meine Tochter Yael nach Johannesburg, die kennt sich dort aus. Also Mazel tov. Bis wir uns wiedersehen."

Damit legte Eliezer auf. Yael, eines der Superhirne von den Kochems. Da konnte nichts mehr schief gehen.

Lene hatte mitgehört und sagte: „Das ist wahrscheinlich tatsächlich eine gute Lösung. Dann warten wir auf den Anruf von Shmuel Kochem."

In der Zwischenzeit überlegten Lene und Elmar, was sie machen sollten, wenn tatsächlich Dirk Dietmann in Südafrika wäre.

„Wir können gar nichts machen. Wir können ihn alles mögliche nennen, aber wir können ihn nicht mal anzeigen."

„Vielleicht doch", entgegnete Lene. „Er hat ja anscheinend einen falschen Pass."

„Aber das können wir nicht beweisen. Wenn er seinen richtigen Pass zeigt, dann ist alles in Ordnung. Es haben ja manche Leute zwei Pässe. Während der Zeit als ich öfter ins Ausland gereist bin, hatte ich auch zwei Pässe, damit ich nach Israel reisen konnte, wenn ich zuvor in arabischen Ländern war. Lass uns etwas essen gehen und warten wir auf den Anruf von Shmuel."

Am Abend rief Shmuel an. „Ich habe einen Flug morgen Abend. Abflug Flughafen Stuttgart um 20:10 Uhr über Frankfurt am Main. Reisedauer: 45 Minuten. Um 20 Uhr 55 seid ihr am Flughafen Frankfurt am Main. Zwischenstopp: eine Stunde 10 Minuten. Abflug Frankfurt am Main um 22 Uhr 05. Reisedauer: 10 Stunden 25 Minuten bis Johannesburg. Ihr seid dann morgens um 8 Uhr 30 auf dem Flughafen O. R. Tambo JNB in Johannesburg. Flugzeug und Besatzung von Lufthansa City Line. Dort am Flughafen erwartet euch meine Schwester Yael."

„Danke", sagte Lene, die das Gespräch entgegengenommen hatte. „Wir freuen uns, dass du so ein gutes und sicheres Reisebüro bist."

„Der Name Yael bedeutet: Er wird ein Zelt aufstellen", erklärte Shmuel noch. „Das bedeutet, sie wird dafür sorgen, dass ihr gut unterkommt und dort in Johannesburg sicher seid, und sie wird euch helfen, den Dietmann zu finden. In solchen Sachen ist Yael echt gut."

„Nochmals vielen Dank", meldete sich dann auch Elmar.

So rüsteten sich die Garners für ihr Abenteuer in Südafrika. Der Flug verlief ohne Probleme. Es war tatsächlich so, dass sie am Flughafen von Yael abgeholt wurden.

„Ich bin Yael. Onkel Elmar kennt mich schon." Und damit nahm sie Elmar in den Arm und küsste ihn auf die Wange.

„Und ich bin Lene, wir duzen uns natürlich", sagte diese und nahm Yael wie eine Tochter in die Arme und küsste sie links und rechts auf die Wange.

Yael packte die beiden Garners in einen SUV und chauffierte sie zum Saxon Hotel in Sandton. Ich habe euch ein Hotel ausgesucht, das vom Empfang bis zum Abschied als großartig beurteilt wird. Die Anlage ist wunderschön, die Zimmer auch. Ich habe auch schon öfter dort residiert. Das Personal ist sehr freundlich, hilfsbereit und kompetent. Frühstück, Lunch und Dinner sind lecker", erklärte Ihnen Yael mit einer wunderschönen weichen Stimme. „In der Werbung heißt es: Dieses exklusive Hotel befindet sich auf einem landschaftlich gestalteten Areal in der wohlhabenden Sandhurst-Nachbarschaft und liegt 33 Kilometer vom internationalen O.R. Tambo Flughafen sowie 14 Kilometer von Geschäften im Stadtzentrum entfernt. Friedvolle, elegante Zimmer mit Gartenblick bieten kostenloses WLAN, Flachbildfernseher, Minibar, ein Ess- und Wohnzimmer und einen rund um die Uhr zur Verfügung stehenden Butler-Service. Suiten mit gehobener Ausstattung bieten eine Küche, eine freistehende Badewanne und kostenfreien Transport zum Flughafen. Die opulenten Villen bieten außerdem einen eigenen Pool. Für euch Schwaben ein Extra: Das Frühstück ist im Preis inbegriffen. Zum gastronomischen Angebot gehören ein gehobenes Restaurant, eine Bar und eine Terrasse. Außerdem gibt es eine Zigarren-Lounge."

„Das brauchen wir nicht, Elmar hat das Zigarrenrauchen aufgegeben. Ich kann und will nicht jede Woche die Vorhänge waschen", unterbrach Lene lachend den Werbespot.

„Aber vielleicht interessiert dich das Lene: Das elegante Spa verfügt über Innen- und Außenpools. Wir werden eine eigene Villa für uns haben."

„Also da kann man nicht meckern", kommentierte Elmar.

Auf dem Hotelgelände angekommen, wurden sie vom Butler zu ihrer Villa geführt. Yael zeigte ihnen ein riesiges Doppelzimmer und ließ sie dann allein.

„Wenn ihr euch frisch gemacht habt, gehen wir in eines der Restaurants zum Essen. Es gibt hier supergutes Essen."

So verbrachten sie den ersten Tag in Johannesburg etwas außerhalb der City. Am Abend fuhr Yael mit Ihnen nach Johannesburg und zeigte ihnen die wichtigsten Sehenswürdigkeiten: Constitution Hill, Neighbourgoods und Market Liliesleaf.

„Unser Spaziergang durch den Mine Walking District endet am Ghandi Square mitten in Joburg. Ganz in der Nähe befindet sich das Calton Center, der höchste Wolkenkratzer Afrikas. Mit dem Fahrstuhl geht es in den 50. Stock. Aus 200 Meter Höhe kann man Johannesburg von oben per Rundumsicht bewundern und das Top of Africa", erklärte Yael als Fremdenführerin. „Das Carlton Centre wurde 1974 eröffnet und ist mit 223 Meter das höchste Haus Afrikas. Im Erdgeschoss befindet sich ein Shoppingcenter. Von der Aussichtsplattform hat man den besten Blick auf die Stadt. Ich führe euch auch zum Stock Exchange Building. Das alte Börsengebäude, wegen seiner Form auch Diamond Building genannt, wurde von Helmut Jahn entworfen und 1985 fertiggestellt. Die Börse ist mittlerweile in den nördlichen Vorort Sandton gezogen, weil es dort sicherer ist als in Downtown."

Klar, dass sie sich von Yael auch dorthin führen ließen und selbstverständlich auch zur Johannesburg City Hall. Das Rathaus von Johannesburg wurde 1915 auf dem ehemaligen Marktplatz der jungen Stadt errichtet. Vor Kurzem wurde das Gebäude mit dem markanten Rathausturm im englischen Kolonialstil aufwendig saniert und kann jetzt auch als Konzertsaal genutzt werden. Im Gebäude befindet sich auch die Provinzregierung des Bundesstaates Gauteng. Den Abschluss bildete der Nelson Mandela Square.

„Das ist ein großes Einkaufszentrum mit vielen Restaurants im weißen Getto Sandton. Auf dem Platz vor dem Zentrum steht eine große Skulptur von Nelson Mandela. Da sind wir fast schon wieder am Hotel."

Im Hotel kleideten sie sich für das Abendessen im Restaurant. Dort eröffnete ihnen Yael nachdem zweiten Gang: „Wir haben Dirk Dietmann oder Ekkehard Huber, wie er sich hier nennt."

„Ja, und wie können wir ihn treffen. Habt ihr eine Kontaktadresse?", fragte Elmar ganz aufgeregt.

„Langsam, lieber Onkel Elmar. Einer unserer Kontaktleute, verabredet ein Treffen mit ihm. Er versucht, dies morgen hier in Sandton zu arrangieren. Er gibt mir heute Abend, spätestens morgen Bescheid. Und jetzt können wir weiter das vorzügliche Essen hier genießen. Du hast auch einen sehr guten Wein dazu ausgesucht. Übrigens lädt dich Eliezer dazu ein."

„Ich will nicht streiten, aber das kommt gar nicht infrage", widersprach Lene. „Ihr habt uns schon so viel geholfen. Ich weiß gar nicht, weshalb Elmar den Schurken noch treffen will. Mit eurer Hilfe hat Elmar doch jetzt die leidige und wirklich belastende Affäre zu einem guten Ende gebracht. Wir können jetzt wieder ruhig schlafen, zumindest einmal ich."

„Das ist gut, wenn du wieder gut schlafen kannst. Wir haben uns alle gefreut, dass Elmar den Mut hatte, diese Probleme zu lösen, und wir sind dadurch zu einer großen Familie geworden und freuen uns alle, wenn wir uns in Paris zu einem Fest treffen. Papa will auch demnächst nach Stuttgart kommen. Obwohl man in Deutschland jetzt wieder Judenhass erleben kann. Aber in Stuttgart soll es das Problem doch nicht so offen geben wie in Berlin. Aber wir sollen dennoch auch Berlin besuchen."

„Wenn ihr nach Stuttgart kommt, dann wohnt ihr bei uns. Es ist nicht so vornehm wie dieses Hotel, aber ihr seid dann so gut wie zu Hause", lud Lene Yael und ihren Vater ein.

„Lene, wenn alle Kochems kommen, dann müssen wir ein Zelt im Garten aufschlagen", sagte Elmar schmunzelnd.

Fünfundsechzig

Treffen mit Ekkehard Huber, wer ist das?

„Und du bist Reinhard?", fragte Elmar.

„Nein, ich bin Dirk", antwortete der andere.

„Aber der auf dem Schiff hatte die Papiere von Dirk dabei", beharrte Elmar.

„Mein Bruder wollte ein paar Tage mit der Jacht vom Mittelmeer aus nach England schippern. Dann sagte ich zu ihm, er solle meine Papiere nehmen. Wir sehen uns ziemlich ähnlich und so würde ihn niemand fragen, wie er zu der Jacht käme."

Aber wenn man ihn für dich hält, kannst du mit den Millionen verschwinden."

„Na ja, eigentlich war es nicht geplant, dass er sich vor der Küste Spaniens mit jemandem treffen würde, und schon gar nicht geplant war, dass er sich von jemandem ermorden lassen sollte."

Elmar unterbrach: „Aber besonders traurig siehst du nicht aus."

„Elmi, du weißt oder vielleicht weißt du es auch nicht mehr, dass ich noch nie Gefühle spazieren getragen habe. Es hat mich tief erschüttert, aber dann erkannte ich die Chance meines Lebens. Mit so viel Geld kann man überall neu anfangen."

„Indem du mich einspanntest, dass ich die Einlagen neu beschaffen sollte, indem ich Rohdiamanten besorgte und diese schleifen ließ", quetschte Elmar zwischen den Zähnen hervor. „Ich könnte vor dir ausspucken. Hast du die Anschläge auf mich arrangiert oder angeordnet?"

„Nein, das ging wahrscheinlich von Kampmann aus. Die wollten mich, oder in diesem Fall dich drankriegen. Denen ging es gar nicht um das Geld. Ich verstehe deinen Ärger, aber ich konnte nicht länger in Deutschland bleiben. Es waren die Diamanten verschwunden. Zu denen hatte nur meine Freundin, meine Ex-Frau und der Mitarbeiter Heinrich Waidle Zugang. Wer die Diamanten geklaut hat, konnte ich nicht feststellen. Ohne die Diamanten konnte ich den Anlegern keine Rendite mehr geben. Als ich dann die Konten überprüfte, stellte ich fest, dass die Konten leer geräumt waren und die Überweisungen an Nummernkonten vorgenommen waren, die ich nicht kannte, und Waidle war weg. Ach ja, Felizitas war noch da. Die zog den Kopf zwischen die Schultern und wagte doch zu sagen: 'Dass se dem ned hend traua könna, das hädd i ehna am erschten Dag saga könna, aba mi hend se ned gfragt.' Dass ich über diese schwäbische Zurechtweisung nicht erbaut war, kannst du dir vorstellen."

„Aber recht hatte sie", warf Elmar ein. „Wer steckt dann hinter dem Mord an deinem Bruder? Hast du dir da keine Gedanken gemacht."

„Gedanken schon, aber ich konnte ja schlecht zur Polizei gehen, nachdem die meinen zweiten Pass bei ihm gefunden hatten und ich in Südafrika war."

„Doch, hättest du können", widersprach Elmar. „Nachdem du lebst, sehe ich auch keinen Grund, den Mörder deines Bruders zu finden. Mithilfe von Freunden, die dich auch ausfindig gemacht haben und die dich zu dieser Verabredung eingeladen haben, konnte ich den Fonds wieder auffüllen und konnte dann die Gelder mit Zinsen an die Anleger überweisen."

Damit beendete Elmar das Gespräch und wandte sich zur Tür. Er wollte nicht länger etwas mit Dietmann zu tun haben.

Dietmann rief ihm hinterher: „Was ist jetzt? War das schon alles? Wirst du mich bei der Polizei anzeigen? Und was ist mit dem Geschäft, das mir dein Kontaktmann versprochen hat?"

Elmar drehte sich widerwillig um. „Das Geschäft war fingiert, um diese Begegnung zu ermöglichen. Wir werden noch ein paar

Tage Südafrika besichtigen und dann streiche ich dich aus meinen Gedanken. Leb wohl!"

Damit öffnete Elmar die Tür und ging weg. Seine Frau, die völlig verstört die ganze Zeit sprachlos dabei gestanden war, folgte ihm.

Als Dietmann sah, dass Elmar und sie in dem Besprechungszimmer waren, hatte sie den Eindruck, er würde am liebsten flüchten. Aber Yael stellte sich hinter ihm in die Tür und schloss sie. Dietmann ging dann zu Elmar und wollte ihm die Hand geben, doch Elmar verweigerte den Gruß und begann gleich mit den Vorwürfen. Jetzt ging Lene hinter Elmar her, nachdem Dietmann sie immer noch nicht wahrgenommen hatte. Yael schloss die Tür, diesmal von außen, und sagte: „Bist du deshalb nach Südafrika geflogen? Hat sich das gelohnt?"

„Ach Yael, ich weiß jetzt, wie schön Südafrika ist, und falls du noch ein paar Tage Zeit hast, uns zu begleiten, würden wir gerne eine kleine Rundreise machen."

„Eine Woche kann ich mir erlauben, mit euch hier herumzureisen. Ich werde im Hotel gleich ein Programm zusammenstellen", antwortet Yael.

Ende

Dies ist ein Roman. Die Geschichte ist frei erfunden. Auch die Personen mit ihren Vor- und Nachnamen und ebenso die Situationen, in denen sie sich wiederfinden. Sie entstammen meiner Fantasie. Die eine oder andere Namensgleichheit ist also rein zufällig.

Personen

Elmar Garner
Lene, seine Frau
Robert, sein Sohn
Stefanie, seine Tochter
Hillrath, Versicherungsdetektiv
Dirk Dietman, Schulfreund von Elmar Garner
Dietmanns Ex-Frau Hermine
Ellen Flassbeck, Freundin von Dietmann
Frau Felzitas Schäberle, Assistentin von Dietmann
Ekkehard Huber, Assistent von Dietmann
Roman Zeithart, ehemaliger Schulkamerad
Wilfried Schlotterbeck, ehemaliger Schulkamerad
Eliezer Kochem und Söhne Aaron, Shmuel, Roul und Rouven
und Tochter Yael, Geschäftspartner in Israel
Kapmann, Beiratsvorsitzender der Anleger
Gregori Sergejewitsch, russischer Freund und Irina seine Frau
Bernhard Rickle, Freund und Anwalt von Elmar Garner
Krassin, russischer Diamantenhändler
Uljanitsch, Oligarch und Chef von verschiedenen
Diamantenhändlern
Und sonstige, die uns über den Weg laufen.
Achim Riedle, Erhard Regler, Anton Beerbaum ehemalige
Schulkameraden

Glück lässt sich nicht erzwingen, aber es mag hartnäckige
Menschen.

Der Autor

Herr Gebhardt lebte acht Jahre in Bad Urach und wohnt seit 50 Jahren in Stuttgart. Er war als Leiter verschiedener Krankenhäuser, Geschäftsführer einer Rehaklinik und als Berater im Gesundheitswesen tätig.

Nach Eintritt in den Ruhestand begann er zu schreiben. Für seine Kinder hat er schon früher Geschichten ausgedacht und sie ihnen erzählt. Sein 2012 erschienener sein Roman *Band 4. Oktober* setzt sich mit der rechten Szene auseinander.

Auf seinen Reisen sah er neben europäischen Hauptstädten auch Moskau, Ulan Bator, Peking und Sydney.

Auf Wanderungen erzählte er seinen Freunden Teile der Romane. Gerne verbringt er seine Zeit mit der Familie und seinen Enkeln